ALEXIANE DE LYS

LA SPHÈRE

Michel LAFON

Texte © Alexiane de Lys
Illustrations © Tiphs
© Éditions Michel Lafon, 2023
118, avenue Achille-Peretti – CS 70024
92521 Neuilly-sur-Seine Cedex
www.michel-lafon.com

À tous ceux que j'aime.
Vous êtes plus importants
que vous ne le pensez…

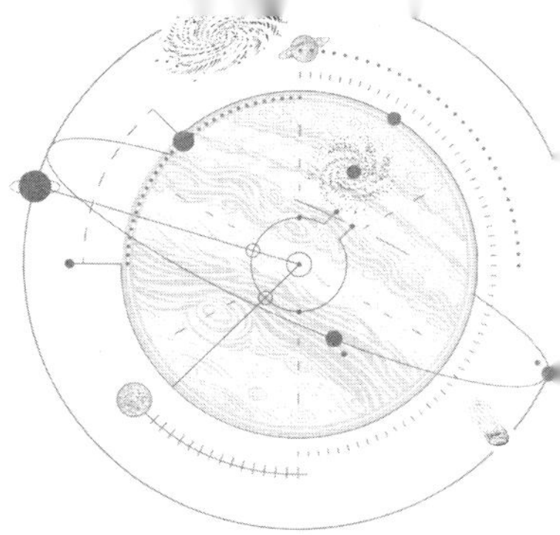

1

– Noria ! On commence dans quatre minutes ! Allez, les filles, bougez-vous !

Je lève les yeux vers Sacha, mon agente. Ou plutôt, *j'essaie* de lever les yeux. Avec la nuée de maquilleuses, coiffeuses et stylistes qui tournent autour de moi en tirant une mèche par-ci, une bretelle par-là, ce n'est pas évident d'y voir clair.

– On fait ce qu'on peut, grommelle Sylvie en me crevant presque l'œil avec une tige de mascara. Si vous étiez arrivées plus tôt, on aurait fini à temps.

Sacha plisse ses yeux fardés de bleu.

– Contente-toi de faire ton travail, Sylvie, on ne te demande pas d'avoir un avis.

Sentant que la situation risque de dégénérer, j'écarte d'un geste deux ou trois mains qui s'affairent autour de mon visage et de mes cheveux pour arranger encore mon apparence, puis me lève en souriant.

– Je suis prête. Merci pour votre boulot, les filles.

Je jette un regard à mon reflet dans l'immense miroir qui me fait face. Mes longs cheveux bruns tombent en cascade sur mes épaules, mon teint pâle a été sublimé par le maquillage et mes yeux gris sont soulignés par un délicat trait de khôl, qui les fait ressortir encore plus que d'habitude. Mes lèvres, mises en valeur par un rouge grenat, s'étirent en un sourire, et je me tourne vers Sacha qui fusille toujours Sylvie du regard.

– On y va ?

Sacha ferme les yeux une seconde, comme pour reprendre contenance, puis ses traits se radoucissent. Elle est vraiment très belle, une chevelure blonde coiffée à la perfection, de longs cils naturels, une bouche pulpeuse, une silhouette élancée… J'espère que j'aurai toujours autant d'allure quand j'atteindrai moi aussi la cinquantaine.

Je la suis dans le couloir qui mène au podium, juchée sur des talons hauts et enveloppée dans un peignoir en soie. En dessous, je ne porte qu'un soutien-gorge hors de prix et un shorty assorti, de la célèbre marque de sous-vêtements Efabula, dont je suis l'égérie. Ledit soutien-gorge est très inconfortable ; il est brodé de pierres précieuses et les conceptrices n'ont pas forcément pensé au confort de leurs clientes quand elles l'ont dessiné. Il en va de même pour le bas. De toute façon, ces sous-vêtements ne seront certainement jamais portés par qui que ce soit : ce serait dommage de prendre le risque de casser une pièce à soixante mille unités.

Je me positionne tout au bout de la file de filles qui attendent leur tour pour défiler. Je suis la dernière à passer, le clou du spectacle. Enfin, c'est plutôt l'ensemble « Le Diamant bleu » que je porte, le clou du spectacle. Et en tant qu'égérie de la marque, j'ai l'honneur de l'incarner. C'est un poste prestigieux et ce serait mentir que de dire que je n'en tire pas une certaine fierté, mais ce n'est pas pour autant mon objectif ultime. Je profite de cette opportunité, consciente que cela reste un honneur éphémère. Ce que je crains, en revanche, c'est de devenir comme les mannequins au milieu desquels j'évolue : aigrie, compétitive, hypocrite, prête à tout pour arriver à mes fins, obsédée par les diktats de la maigreur qui sont présentés comme la norme. Tout ça pour répondre aux critères des vautours qui nous entourent et qui n'hésitent pas à nous rabaisser avec véhémence si nous n'entrons pas dans le moule qu'ils ont imaginé.

Cette pression mise à part, le job paie bien, et vivre dans les quartiers chics du Nouveau Paris n'est pas accessible à tout le monde. Si je peux le garder assez longtemps pour m'assurer une retraite confortable, je ne vais pas m'en plaindre.

Natalia, la fille qui passe avant moi, se tourne et me coule un regard dédaigneux.

– Alors, tu n'as pas peur de casser tes talons ? Je ne suis pas sûre qu'ils soient faits pour supporter ton poids…

Je secoue la tête mais ne réponds rien. Je suis ce qu'on appelle dans le milieu de la mode un mannequin « grande taille ». Ce qui veut dire que je fais un 40, que j'ai des seins et de belles hanches. Et surtout, que je ne ressemble à aucun des mannequins squelettiques qui font la queue pour se déhancher sur le podium. Ce qui ne me dérange absolument pas.

Je sais que Natalia aurait aimé être à ma place, qu'elle aurait voulu être l'effigie de la marque, qu'on ne lui impose pas de faire un 32 et de s'affamer tous les jours pour rentrer dans ses strings. Je sais qu'elle est simplement jalouse. Mais ses propos sont blessants, surtout quand on pense à ce que j'ai dû traverser pour arriver à entrer dans ce milieu avec mon bonnet D.

J'avais fait un peu de mannequinat avant d'être choisie par Efabula, mais seulement des petits contrats avec des marques moins connues. Puis j'ai déniché une super agente, qui m'a quasiment ruinée avant de réussir, enfin, à me décrocher un contrat en or pour la marque de lingerie la plus célèbre au monde. Cela a d'ailleurs fait grincer des dents chez pas mal de mes collègues.

Je ne suis évidemment pas le seul mannequin « grande taille » de la marque. Néanmoins, je suis très certainement la première à défiler avec l'ensemble de lingerie luxueux qui termine en apothéose le défilé annuel. Je suis arrivée au bon moment : Efabula voulait redorer son image en engageant une femme pulpeuse pour, je cite, « montrer au monde que les femmes peuvent aussi être belles dans une robe "grande taille" ». Parce que « le milieu de la mode doit avancer et évoluer ». Je ne me fais cependant pas d'illusions. Ce changement radical d'éthique n'a pas pour objectif d'aider les clientes à se sentir mieux dans leur peau. Il vise plutôt à remonter la cote de popularité de la marque, qui commençait sérieusement à chuter. Et si j'ai été choisie parmi mes autres collègues du même tour de hanches, c'est tout simplement parce que mon agente est plus persuasive que les leurs.

– La ferme, Natalia, siffle Sacha. Tu ferais mieux de te tenir à carreau si tu ne veux pas que je te laisse patauger dans la mélasse dans laquelle tu sembles toujours te fourrer.

Ma rivale rougit et se retourne prestement, comme remuée par un électrochoc. Sacha est aussi l'agente de Natalia. Il vaut donc mieux qu'elle fasse attention à son comportement si elle ne veut pas finir sous les ponts.

Je grimace, mal à l'aise. Le fait que je sois la favorite de Sacha n'a pas que des avantages. Je suis ainsi la victime tout indiquée des brimades et autres manifestations de jalousie des autres filles. Je lui ai déjà demandé de ne plus me défendre en public, mais elle est têtue comme une mule.

Les minutes passent au rythme de la musique pop électro et j'observe pensivement les allers-retours des filles entre le podium et les coulisses. Aujourd'hui, je n'ai pas à subir le même manège infernal. Je ne porterai que « Le Diamant bleu ». Au bout de ce qui me semble être une éternité, Sacha se penche à mon oreille.

– Ça va être à toi, ma belle, mets-leur-en plein les yeux.

Natalia revient en se déhanchant et me fusille du regard quand elle me croise.

J'inspire à pleins poumons, enfouissant profondément le trac qui m'envahit chaque fois que je m'apprête à entrer en scène. Le fait de savoir qu'il n'y aura que des femmes dans l'assistance ne m'aide pas à relativiser, bien au contraire. Si cela fait longtemps que les individus de sexe masculin ont disparu, il est de notoriété publique que la gent féminine est sans pitié.

Je laisse tomber le peignoir à mes pieds et prends l'air sérieux, ravageur, que le public apprécie tant.

Puis, avec seulement quelques morceaux de dentelle incrustée de pierres précieuses pour cacher ma nudité et une paire de talons hauts, je m'avance sur le podium au rythme de la musique et des flashs qui crépitent à chacun de mes pas.

∞

– Tu as encore brillé, Noria. Si je ne t'aimais pas autant, je serais sûrement jalouse.

Killian, mannequin filiforme et accessoirement ma meilleure amie ainsi que ma colocataire, avale cul sec son troisième cocktail de la soirée. Elle commence à être pompette et ça se voit.

Nous sommes à la soirée mondaine organisée par Efabula pour fêter la sortie de sa nouvelle collection. Je suis vêtue d'une robe rouge décolletée jusqu'au nombril et d'escarpins vertigineux assortis. Ce n'est pas moi qui les ai choisis, c'est une création de la marque que je représente. Une fois de plus, je fais de la pub auprès des journalistes, stylistes et riches femmes d'affaires présentes.

Je tique en voyant ma meilleure amie saisir un quatrième verre.

– Tu ne devrais pas boire autant, Killy. Tu n'as rien dans le ventre et je n'ai pas envie que tu tournes de l'œil.

Elle chasse ma remarque de la main, comme si j'étais un insecte nuisible.

– Je me prive trois cent soixante-quatre jours par an, laisse-moi profiter de celui où je peux me lâcher.

Je soupire en l'observant. C'est vrai qu'elle doit se priver. Elle n'a que la peau sur les os et ses yeux d'un bleu azur presque translucide semblent sortir de leurs orbites. Ses cheveux blonds sont ternes et sa peau, blafarde. Parfois, je déteste mon métier pour les contraintes qu'il impose à celles qui le pratiquent. Je me sens misérable et hypocrite : moi, je n'ai pas à me plaindre.

C'est vrai que dans le Nouveau Paris, c'est certainement la profession qui paie le mieux, avec celles d'actrice et chirurgienne esthétique, mais c'est aussi la seule qui oblige la plupart d'entre nous à manger une pomme par jour et rien de plus.

J'attrape une olive et la mâchouille sans grand appétit. On aurait pu penser que, depuis que les femmes sont au pouvoir et ont fait disparaître la tyrannie des hommes, le féminisme aurait pris le dessus. Il n'en est rien. Le milieu de la mode est toujours aussi impitoyable et rares sont les rondeurs qui y sont acceptées. Je fais partie des exceptions.

– C'est toujours bon pour samedi ?

Je cligne des yeux et me tourne vers Killian.

– Hein ?

– Ne me dis pas que tu as déjà oublié ? La Sphère, le monde virtuel, le fun !

– Oh non, je croyais que tu avais changé d'avis !

Elle écarquille ses yeux déjà globuleux.

– Tu rigoles ? Ça fait des mois que j'économise pour ça ! Et je sais très bien que tu as assez en poche pour te payer une petite excursion dans le Monde des Rêves.

Je me prends la tête entre les mains. La Sphère, ou le Monde des Rêves, comme l'appelle le commun des mortels, est un endroit étrange. Aujourd'hui, peu de femmes prennent encore la peine d'effectuer de vrais voyages. La plupart de mes concitoyennes, si elles en ont les moyens, s'offrent des vacances dans la Sphère, une sorte de temple de la réalité virtuelle qui permet aux clientes de vivre leurs rêves les plus fous. D'acheter ce qu'elles veulent, de devenir n'importe quel personnage. On peut s'offrir la Lune, habiter au sommet de l'Everest, effectuer un saut dans le passé ou incarner une impératrice romaine. Il n'y a aucune limite. Malheureusement, je ne suis pas du tout emballée. L'idée de vivre de fausses aventures pendant plusieurs jours me rebute.

– Je t'en prie, Killian ! On ne pourrait pas aller voir un film, tout simplement ? Il y en a un nouveau à l'Hollogramma, un truc bourré d'action. Ça a l'air de déménager.

Elle abat son poing sur la table où nous nous sommes installées.

– Mais je m'en tape de ton film ! Je te parle de la Sphère, là ! Le truc le plus génial que l'humain ait jamais inventé. Tu peux y faire tout ce que tu veux !

Elle se penche vers moi, une lueur malicieuse dans le regard.

– Et tu peux faire des rencontres, minaude-t-elle. Des tas de rencontres ! Des hommes, Noria ! Tu n'as pas envie de savoir à quoi ils ressemblent en vrai plutôt que sur une vieille photo ?

Je grimace, certainement pas la réaction que Killian attendait. Je ne suis pas lesbienne, comme beaucoup de mes concitoyennes, mais après tout ce qu'on m'a appris à l'école, c'est-à-dire comment les hommes, ces humains de sexe masculin, ont ravagé la planète, j'ai moyennement envie d'en rencontrer un, même s'il est un simple programme d'ordinateur.

Et puis, si je veux voir des hommes, je peux aller au Centre des archives numériques ou me rendre à la banque de sperme, où les plus beaux spécimens sont exposés en vitrine. Bon, ces mâles-là sont dans un état végétatif, mis au monde seulement pour fournir aux centres de fécondité de quoi inséminer les mères porteuses, mais ça me suffit.

– Franchement ? Non, je lui rétorque après une seconde de réflexion. Je n'en ai jamais eu besoin jusqu'ici et je ne vois pas ce que ça pourrait m'apporter. Je vais simplement y perdre mon temps. En plus je, euh… je ne suis pas libre la semaine prochaine.

– Bien sûr que si, tu es libre, c'est ta semaine de congé. Je le sais, Sacha me l'a dit.

– Je n'ai pas trop envie, Killy…

Elle serre les dents et croise les bras, s'appuyant contre le dossier de sa chaise.

– Tu viens avec moi, oui ou non ?

Je souffle de mécontentement. Si je lui dis non, elle va m'en vouloir pendant un mois et je déteste quand elle boude. Au pire, il ne s'agira que d'une semaine…

– Bon, comme tu veux… Mais ne me demande pas de recommencer chaque fois que je suis en vacances !

Elle bondit sur sa chaise, ivre de joie, littéralement.

– Tu plaisantes ? J'ai tout juste assez pour me payer une virée dans le Monde des Rêves.

La voir aussi heureuse chasse presque aussitôt ma mauvaise humeur. Après tout, je dois arrêter d'être égocentrique. Killian ne gagne pas aussi bien sa vie que moi et n'a pas souvent l'occasion de s'amuser. Ça lui fera du bien de se distraire.

Je sirote ma boisson en continuant à papoter avec elle. Ce week-end promet d'être mémorable.

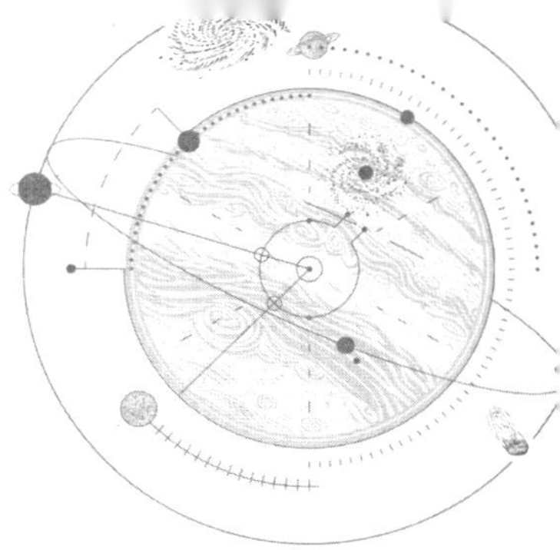

2

– Dépêche-toi, on va être en retard !

– Oui, oui, j'arrive, maugrée-je.

Killian trépigne d'impatience dans l'entrée de l'appartement, habillée comme si elle se rendait à la cérémonie des César. Je me suis contentée d'enfiler un jean et un chemisier blanc, tout ce qu'il y a de plus simple. De toute façon, une fois dans le monde virtuel, je pourrai porter ce que je veux. Pas que ça me transporte de joie, mais bon.

Je traîne des pieds jusqu'à la porte et m'arrête devant le miroir de l'entrée. J'arrange rapidement mes boucles châtaines, espérant retarder le plus possible le départ.

– Mais c'est bon, tu es très belle, comme d'habitude !

Killian m'attrape par le coude et me tire vers la sortie. J'ai tout juste le temps de scanner mon iris pour verrouiller la porte.

– Pourquoi es-tu si pressée ? La Sphère est à une heure d'ici en Electrover et on n'a rendez-vous que dans deux heures. Ce n'est pas comme si on allait être en retard.

– On ne sait jamais, je veux parer à toute éventualité.

Nous prenons l'ascenseur qui nous dépose au rez-de-chaussée. Mon Electrover est sagement garé devant la porte, à l'emplacement 23. C'est un engin qui existe depuis bientôt quinze ans et qui a remplacé les voitures électriques, encore trop dangereuses et inconfortables. Il n'y a pas de roues et survole le sol grâce à un système d'électroaimant. Il se manœuvre tout seul et n'a pas de volant. J'ai juste à donner l'adresse pour qu'il nous y conduise, toujours sans encombre.

La portière coulisse en me reconnaissant et je m'assieds pesamment sur le siège confortable. Killian m'imite avec beaucoup plus de légèreté, un sourire extatique sur les lèvres.

– Emmène-nous à la Sphère la plus proche.

– Très bien, mademoiselle Simon, articule la voix féminine de mon véhicule.

L'Electrover se met en route et j'incline mon siège en arrière en me massant les paupières. J'espère que je ne vais pas m'ennuyer toute la semaine.

J'observe le paysage défiler rapidement sous mon regard éteint. Le Nouveau Paris a été complètement repensé. Les immondes bâtisses sales et taguées ont été remplacées par de beaux immeubles haussmanniens et les petites rues n'existent plus, ne laissant que de larges avenues dans lesquelles les Electrover peuvent circuler facilement. Il fait encore nuit, nous sommes en hiver et les lampadaires sont allumés, diffusant une agréable lueur blanche.

Il y a des arbres partout et nous passons devant le plus grand parc citadin de l'ancienne Europe, le parc Jules-Noir, nommé en l'honneur de son fondateur.

Nous sortons finalement du centre-ville pour prendre la rocade. Il y a déjà beaucoup de monde sur les routes, mais le trafic est fluide, comme d'habitude.

Killian n'arrête pas de parler d'une voix excitée. Je ne lui prête qu'une oreille distraite et elle finit par me secouer par l'épaule.

– Hum, quoi ?

– Mais tu m'écoutes au moins ?

– Non, désolée. Tu disais quoi ?

Elle ne prend pas ombrage de mon indifférence et sautille sur son siège.

– Tu crois que je vais embrasser un garçon pour la première fois de ma vie ?

Je ne peux m'empêcher de sourire devant son air fébrile.

– Belle comme tu es ? Ça ne fait aucun doute. Ah tiens, je me demandais, tu vas changer ton apparence ? Tu m'as bien dit que c'était possible, non ?

C'est à son tour de paraître rêveuse.

– Oui, oui. On peut incarner qui on veut. Enfin, je crois. Je n'en sais pas vraiment plus. C'est assez mystérieux comme endroit, je ne connais pas toutes les règles.

Elle se tait et nous finissons le trajet en silence.

Nous alternons entre des forêts et des champs en jachère quand la Sphère émerge du brouillard. C'est un immense monument en forme de dôme. J'avais déjà vu des photos et regardé des documentaires qui dévoilent son apparence, mais elle est bien plus impressionnante en vrai. Je sais qu'il y a une Sphère à proximité de chaque grande ville du globe. Elles sont toutes parfaitement identiques, qu'elles se trouvent dans un pays arabe, en Asie ou en Europe. Un dôme aux parois gris mat, comme un énorme furoncle sorti de terre.

Il y a une queue d'une centaine de mètres pour atteindre le portail, sévèrement gardé par des militaires. Pourtant, nous sommes carrément en avance. Par chance, les Electrovers devant nous avancent vite et, au bout d'une vingtaine de minutes, c'est à notre tour de nous arrêter à proximité du guichet d'entrée. Une femme armée jusqu'aux dents se penche vers nous et j'appuie avec nervosité sur la touche de déverrouillage des vitres.

– Bonjour, mesdames. Vous avez rendez-vous ? s'enquiert-elle d'une voix assez sèche.

Je déglutis, pas vraiment à l'aise. Que se cache-t-il là-dedans pour que ce soit surveillé à ce point ? Je croyais que c'était un lieu de divertissement…

– Euuuh… oui. Je, nous… On est bien à la Sphère, n'est-ce pas ? L'endroit où on peut, euh, réaliser nos rêves impossibles ?

Je n'arrive pas à croire que je viens de lui ressortir le slogan de propagande de la Sphère qui passe en boucle sur tous les écrans. Je ne me suis jamais sentie aussi stupide.

La militaire cligne des yeux, le regard vidé de toute émotion.

– Oui, vous y êtes. Vous avez vos badges ?

Des… badges ? Mais de quoi ce robot parle-t-il ?

Avant que j'aie pu exprimer mon effarement, deux cartes en plastique rose apparaissent sous mon nez. Je me tourne vers Killian, qui sourit comme une demeurée.

– Oui, les voilà.

La militaire les saisit et les scanne avec un appareil étrange. Un « bip » approbateur résonne et je ne peux m'empêcher de me sentir soulagée.

Le cerbère hoche la tête et nous gratifie d'un mince sourire de façade. Elle nous rend les cartes et fait signe à son acolyte d'ouvrir le portail.

– Vous pouvez passer. Suivez la route jusqu'au parking. Vous êtes en avance, les cessions n'ouvrent que dans une heure.

– Oui, oui, on sait, chantonne Killian en battant des cils.

J'adresse un sourire désolé à la femme et ordonne à l'Electrover d'avancer. J'attends que nous ayons dépassé les deux militaires depuis une bonne vingtaine de mètres pour me décider enfin à ouvrir la bouche. On ne sait jamais, des fois qu'elles auraient des oreilles supersoniques qui leur permettraient d'entendre à distance…

– Killian ! Tu crains ! Tu aurais pu me prévenir qu'on avait des badges. Je suis passée pour une débile. D'ailleurs, combien je te dois ? Une semaine dans la Sphère… tu as dû te ruiner.

– Oh ça oui, ça m'a coûté une blinde. Presque cinq mille unités pour nous deux.

Je m'étouffe avec ma salive.

– Tu plaisantes, j'espère ?

– Malheureusement non. C'est qu'elles coûtent cher, ces petites cartes roses.

Et elle s'esclaffe ! Moi, je serais prête à supplier qu'on reprenne la mienne si je ne craignais pas que Killian m'en veuille pour toujours.

Je m'enfonce dans mon siège et croise les bras.

– Franchement, ça a intérêt à envoyer du lourd, ton truc. Je n'ai pas envie de laisser partir cinq mille unités pour des prunes.

Elle me sourit malicieusement.

– Je te parie tout ce que tu veux que, de nous deux, c'est toi qui vas le plus t'éclater.

Ça, c'est ce qu'on verra…

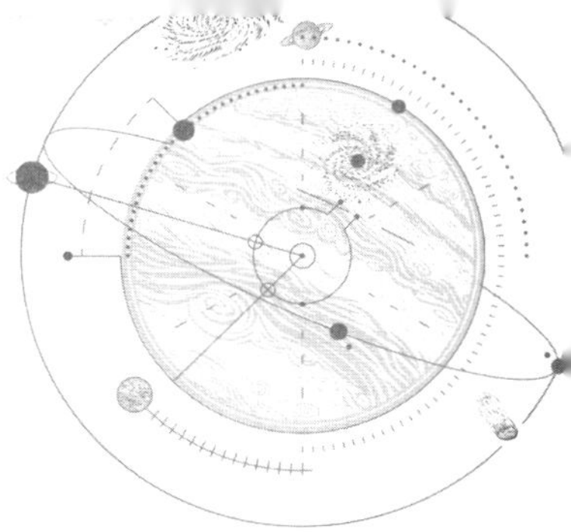

3

Nous arrivons sur l'immense parking qui entoure la Sphère. Il forme un anneau autour du bâtiment, donnant à la structure des allures de Saturne. Nous n'avons pas à nous garer. Le véhicule ralentit jusqu'à une bande destinée aux arrêts minute et nous descendons de l'Electrover. Celui-ci repart tout seul, guidé par le système électromagnétique du parking. Une voix dématérialisée venant de nulle part nous fait sursauter :

– Votre véhicule va être stationné par notre service d'aide au parking et vous sera automatiquement restitué à la fin de votre séjour. Merci d'avoir choisi de faire confiance à Marvel Inc. Et bon voyage dans la Sphère !

En voyant notre Electrover s'éloigner, je sens mon estomac se nouer d'appréhension, sans vraiment savoir pourquoi. Je pense que le bâtiment en lui-même a de quoi intimider n'importe qui. Il est haut d'au moins dix étages et a la circonférence de quatre gratte-ciel. Il est tout en verre fumé et son quadrillage de liteaux en acier lui donne l'apparence d'un œuf de Fabergé géant.

Killian vient me rejoindre et observe le dôme à son tour.

– Ouah… c'est…

Ma meilleure amie qui ne trouve pas ses mots… c'est dire si le monument est impressionnant ! Son ahurissement ne dure toutefois pas assez longtemps pour lui faire perdre le nord. Elle tape soudain dans ses mains et je sursaute.

– Bon ! On ne va pas rester plantées là comme des poireaux. Viens, on va essayer de repérer l'entrée.

Je hoche la tête et la suis en silence. Ce n'est pas bien difficile de trouver notre chemin. Il n'y a qu'à suivre la masse monstrueuse de clientes qui s'engouffre dans le dôme par les nombreuses portes d'accès. Nous nous dirigeons vers l'une d'elles et y pénétrons à notre tour. Je n'ai jamais rien vu de tel. Le rez-de-chaussée de la Sphère est un gigantesque hall circulaire au sol de marbre et au mobilier quasi inexistant. Le seul élément qui brise la monotonie, c'est l'immense comptoir en son milieu, en forme d'anneau. Il abrite une vingtaine d'hôtesses prêtes à accueillir la clientèle.

Je regarde autour de moi, la bouche grande ouverte, passablement perplexe. La Sphère est vide. Vide et archi vide. Le globe au-dessus de nos têtes scintille comme du cristal, culminant à trente ou quarante mètres de hauteur. Je peux discerner les nuages, assombris par le verre teinté. Il n'y a pas de bureaux, pas de cabines individuelles, rien qui ne laisse présager un long séjour en sommeil artificiel. Un infime espoir gonfle ma poitrine. Peut-être que les locaux sont en rénovation…

Killian met fin à mes fantasmes :

– Zut, marmonne-t-elle en désignant le comptoir truffé d'hôtesses. C'est fermé. Il va nous falloir patienter un peu, ma chère Noria. Vu le monde qui attend déjà, je sens que ça va être la débandade à l'ouverture.

– Comme si je ne t'avais pas répété vingt fois que ça ne servait à rien d'être trop en avance.

– Oh, regarde ce joli banc en verre ! Allons nous y asseoir, ça nous permettra de patienter pas trop loin de l'accueil. Je vais guetter un signe des standardistes et sauter sur la plus proche dès qu'elle ouvrira.

Je ricane.

– Oh, je te fais confiance…

Killian est trop excitée pour répondre à mon sarcasme. Elle va s'asseoir sur le banc translucide et commence à battre des jambes comme une gamine de cinq ans. Sauf que ses pieds touchent le sol et qu'ils produisent un boucan épouvantable. Je me pose à côté d'elle en lissant un pli imaginaire sur mon jean. Je ne suis pas du tout à l'aise dans cette ambiance froide et… vide. Le fait qu'une centaine de personnes y circulent en parlant à voix basse ne rend pas les lieux plus chaleureux.

– À ton avis, tu crois que les Paranos ont raison ? Tu crois que ce sont des femmes qui ont provoqué la disparition des hommes ? En introduisant le virus qui les a décimés ?

Le ton tout à coup sérieux, peut-être même un peu craintif de ma meilleure amie met mes sens en alerte. Qu'est-ce qui l'a amenée à s'interroger sur ce sujet ? La connaissant, elle est tout à fait capable de prêter foi à des élucubrations pareilles.

– Je ne pense pas. Je suis sûre que non, d'ailleurs. Les Paranos sont des femmes ambitieuses et avides de pouvoir. Elles cherchent juste des excuses pour renverser le Sénat. C'est n'importe quoi, Killian, il ne faut pas que tu écoutes des ragots pareils.

– Je ne les écoute pas, se défend-elle, mais ça ne coûte rien de te demander ton avis. Tu ne peux pas nier que c'est bizarre que ce virus ait été créé dans un labo secret au fin fond de l'Alaska et qu'il ait été malencontreusement relâché dans la nature.

– Killy, tu es allée à l'école, comme moi. Tu sais très bien ce qui s'est passé. Il y a eu une fuite de gaz et une explosion dans le labo. Les rescapés se sont enfuis, mais les femmes qui y travaillaient étaient dès lors porteuses saines du virus qui imprégnait l'air. Il leur a suffi de regagner la civilisation pour contaminer tout le monde. La pandémie s'est répandue si vite qu'on n'a pas pu l'enrayer. C'est comme ça.

Mon amie têtue redresse fièrement le menton en croisant les bras.

– Mouais. C'est facile de croire aveuglément ce qu'il y a marqué dans les livres d'histoire. Peu importe. Pendant une semaine, je ne veux plus entendre parler de Sénat, de pandémie ou de complot. Ça va être génial !

J'acquiesce sans répondre. C'est vrai que c'est facile d'y croire, mais je ne veux pas sombrer dans la paranoïa comme nombre de mes concitoyennes. Je dois déjà penser à beaucoup de choses ; inutile que je me prenne la tête avec ça. De toute façon, la Terre se porte bien mieux depuis que les hommes ont disparu.

Soudain, Killian se lève d'un bon et me tire par le bras en couinant, me sortant de ma rêverie. Les hôtesses, mues par un signal inaudible, ont ouvert leur guichet à l'unisson. Killian se jette sur le comptoir avant qu'une autre cliente ait le temps d'esquisser le moindre geste. Je masque ma gêne derrière un visage impassible. Quel manque de savoir-vivre, je vous jure !

Lorsque notre standardiste remarque ma meilleure amie, à présent quasiment perchée sur le bois verni du comptoir, elle nous sourit, révélant une rangée de dents blanches étincelantes. J'en connais une qui s'est offert une bonne restructuration faciale ! L'opération doit être assez récente, car on peut encore discerner les deux minuscules cicatrices au coin de ses oreilles. C'est par là que les appareils de remodelage passent pour effectuer les greffes ou les limages d'os. Elle a bien tenté de dissimuler les preuves sous deux mèches de cheveux frisottées, s'échappant de son chignon impeccable, mais on ne me la fait pas, à moi.

– Mesdemoiselles, bienvenue ! Vous êtes mes premières clientes aujourd'hui. Vous avez vos badges ?

Killian lui tend d'une main fébrile lesdits badges et j'aperçois une inscription noire sur une des cartes roses. Je fronce les sourcils.

– VIP ? Qu'est-ce que ça signifie ?

Killian me regarde comme si je venais de lui demander combien font deux plus deux.

– *Very Important Person.*

– Merci, Einstein, ça, je le sais. Je voulais dire, pourquoi est-ce que tu nous as pris des cartes VIP ? À quoi servent-elles ?

Elle me sourit avec machiavélisme.

– Ça va nous permettre de griller tout le monde. Il y a des places limitées pour chaque activité et je voulais être sûre qu'on ait la chance de choisir celle qu'on voulait.

J'aurais bien envie de me plaindre en disant qu'elles ont dû coûter bien plus cher que des cartes normales, mais bon, je ne risque pas de réitérer l'expérience de toute façon, alors pourquoi s'en faire ? Ce que je regrette le plus, c'est de passer ma seule et unique semaine de congé du trimestre couchée dans un sarcophage avec des électrodes sur le crâne. Oui, car c'est la marche à suivre pour profiter des délices du Monde des Rêves. Nous devons être mises en sommeil artificiel, par un procédé que je ne connais pas. Tu parles d'un rêve ! Au moins, on ne pourra pas dire que je ne me suis pas reposée.

L'hôtesse nous tend un formulaire à remplir et signer. Sans rire, il fait au moins dix pages. Je fronce les sourcils et survole le contenu. Il est question de décharge de toute responsabilité en cas de problème. Les problèmes en question sont « perte de la mobilité », « amnésie temporaire », « paralysie faciale », j'en passe et des meilleures.

Je relève la tête vers la femme qui s'affaire à ranger des papiers sur son bureau.

– Dites-moi, ces problèmes-là, ils sont fréquents ?

Elle fait mine de remarquer ma présence, comme si je venais d'apparaître mystérieusement.

– Oh non, pas du tout, pour tout vous dire, on n'a jamais eu de cas ici. C'est une toute petite précaution à prendre, ne vous inquiétez pas. C'est parce que la cryogénisation ne…

J'ouvre de grands yeux effarés.

– Attendez… Quoi ? La cryogénisation ? Vous voulez dire que nos corps vont être congelés ?

– Oui, enfin en quelque sorte. Ce n'est pas une cryogénisation comme on l'entend. C'est pour éviter à votre organisme de maigrir et de changer durant l'expérience.

Je pose le formulaire sur le comptoir et attrape Killian par le bras, qui a presque fini de remplir le sien. Elle s'apprête à signer la dernière page.

– Viens, on s'en va.

Elle ne lève même pas la tête vers moi.

– Hein ?

Je commence à la tirer vers la sortie, sous les yeux médusés de l'hôtesse.

– Mais qu'est-ce que tu fabriques, Noria ?

– On s'en va, je répète. C'est trop dangereux, je n'ai pas envie qu'on se retrouve paralysées ou je ne sais quoi, juste pour aller jouer les demoiselles en détresse. Tous les chevaliers en armure ne valent pas qu'on prenne le risque.

Elle se dégage brusquement en pinçant les lèvres et me lance un regard noir.

– Toi, tu fais ce que tu veux, mais moi, je vais aller jouer les demoiselles en détresse, que ça te plaise ou non. Je suis majeure et responsable de mes actes. Et là, ce que je veux, c'est participer à cette expérience.

– Mais…

Elle redresse le menton et me tourne le dos.

Franchement, j'hésite à prendre la porte. Retourner à mon Electrover et faire comme si rien ne s'était passé… mais je ne peux pas laisser Killian seule ici. Elle serait capable de se mettre dans de sales draps.

Je soupire et vais la rejoindre. Je remplis le formulaire en m'efforçant de ne pas lire ce qui y est écrit – inutile de me faire peur pour rien – et signe au dos.

L'hôtesse nous les arrache pratiquement des mains, un sourire satisfait aux lèvres. Quand je me retourne, je me rends compte qu'il y a une file de clientes qui attendent plus ou moins patiemment leur tour. J'avais presque oublié que nous n'étions pas les seules à nous condamner à la congélation, aujourd'hui.

– Vous pouvez patienter sur les bancs. Rebecca va vous escorter dans un instant.

Je n'ai aucune envie de patienter sur un banc. Là, j'ai juste envie d'en finir. De m'allonger et de rentrer dans cette fichue simulation qui me laissera – avec un peu de chance – sans séquelles. J'emboîte quand même le pas à Killian, de mauvaise grâce. C'est mieux que de rester plantée, seule, au milieu du hall.

Les nouvelles venues sont plus rapides que nous et nous sommes bientôt trop nombreuses à patienter. Il n'y a plus de places assises. La standardiste s'en aperçoit et porte une main à son oreille. Elle murmure quelques mots et une jeune femme apparaît presque aussitôt à nos côtés.

– Mesdemoiselles, bonjour. Celles d'entre vous qui ont signé la décharge peuvent me suivre. Je vais ouvrir les portes et vous mener à la salle du choix.

Killian regarde autour d'elle.

– Quelles portes ?

L'hôtesse sourit mystérieusement et appuie sur sa tablette tactile. Un bruit de coulissement retentit derrière nous et je me retourne. Je dois avouer que ce que je vois m'épate beaucoup. Une plaque de dix mètres carrés au moins vient de s'ouvrir dans le sol, au fond du hall. Des rambardes en marbre sculpté s'élèvent pour empêcher quiconque de tomber et un escalier apparaît.

Killian sourit comme une petite fille devant un tour de magie et moi, je sens la tension dans mon ventre s'intensifier. J'ai l'impression de m'aventurer dans une tombe. Dans ma tombe, pour être exacte.

– Veuillez me suivre, nous invite celle que je suppose être Rebecca.

Elle se dirige vers le trou béant et commence à descendre les marches. Killian la suit sans hésiter et je l'imite en jetant des coups d'œil inquiets par-dessus mon épaule. Nous descendons un étage. Des lumières bleutées nous escortent jusqu'en bas, créant une ambiance détendue et en même temps fantastique. Les marches sont en marbre gris, de même que les murs. La construction dans son ensemble paraît être taillée dans le marbre.

Nous finissons par arriver à un palier qui s'éclaire aussitôt à notre apparition. J'en reste bouche bée. Nous entrons dans une salle immense, presque aussi grande que le hall de la Sphère. Il s'agit en fait d'un bar, avec un comptoir au fond de la pièce ainsi que des chaises et des tables en verre élégamment disposées dans l'espace. Il y a de quoi accueillir au moins mille personnes.

Rebecca désigne l'espace d'un geste gracieux :

– Installez-vous. Si vous désirez boire quelque chose, je vous invite à vous approcher du bar. Nos serveuses seront ravies de vous conseiller nos meilleurs cocktails.

Killian, qui a déjà oublié notre altercation, s'accroche à mon bras, hystérique.

– Oh, mon Dieu, Noria ! Tu as vu cet endroit ? C'est supra génial !

Sans écouter ses élucubrations, je me tourne vers Rebecca, qui s'apprête à partir.

– Pourquoi des escaliers ? Ce n'est pas un peu archaïque ? Pourquoi ne pas utiliser des ascenseurs ?

Elle me sourit avec amabilité.

– Nous accueillons des centaines de personnes par jour. Ce serait trop compliqué d'utiliser des ascenseurs. Nous avons préféré installer des escaliers qui, soit dit en passant, sont bien meilleurs pour la santé. Nous avons bien un monte-charge, mais il est réservé aux clientes à mobilité réduite.

Elle m'adresse un clin d'œil et s'éloigne.

Killian pose un doigt sur son menton devant l'embarras du choix, puis se dirige vers une table – complètement au hasard à mon avis – et s'y installe. Je m'assieds à mon tour. Elle n'a pas l'air de vouloir prendre un cocktail, alors que boire quelque chose d'alcoolisé m'aurait peut-être un peu détendue.

Dommage.

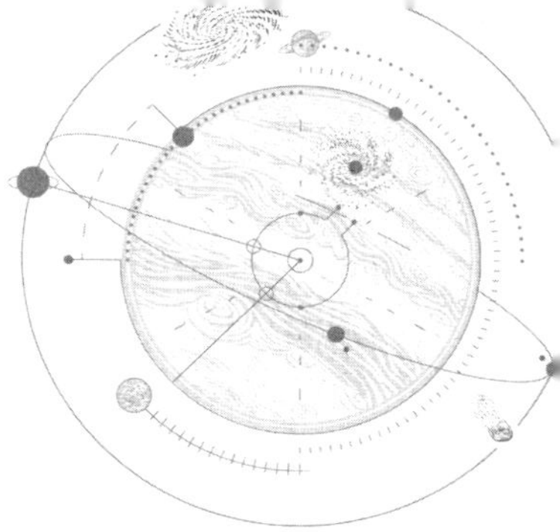

4

Bien que les tables disposées dans l'immense pièce soient en verre, la surface translucide ne comporte pas l'ombre d'une trace de doigt. Trop tentée, je laisse traîner les miens sur la matière froide – avec une joie mesquine, je dois bien l'avouer. Voir mon sébum salir le meuble impeccable me procure une grande satisfaction.

La salle se remplit progressivement. J'observe toutes ces femmes s'installer et je remarque qu'elles sont aussi excitées que Killian. Les places viennent à manquer et certaines filles s'asseyent à notre table. Killy les accueille avec le sourire.

– Bonjour ! Moi, c'est Killian, et voici Noria. Vous venez pour la première fois ?

Les trois filles, à peine plus âgées que nous et déjà bien retravaillées esthétiquement parlant, lui rendent son sourire.

– Oui, répond une brunette, sans se présenter. On économise depuis un moment pour se le payer. C'est super excitant, pas vrai ? On va rencontrer des hommes pour la première fois !

– Des programmes d'ordinateur, ne puis-je m'empêcher de la corriger. Ce ne seront pas de vrais hommes, pas de vraies personnes.

– Oui, mais peu importe, rétorque sa copine blonde. Nous, on ne verra pas la différence.

Elles se mettent à discuter avec Killian et je finis par perdre le fil de la conversation. Leurs babillements ne m'intéressent pas. De toute façon, je n'arrive pas à comprendre cet engouement pour la gent masculine. On peut faire ce que l'on veut, devenir qui l'on veut dans cette simulation virtuelle, non ? Et tout ce qui les intéresse, c'est le flirt ?

Une femme blonde coiffée comme Marilyn Monroe s'avance dans la salle, droite comme un I, un sourire affable sur les lèvres. Elle se dirige vers un podium et tapote son micro pour vérifier qu'il fonctionne, attirant par la même occasion notre attention.

Les conversations se calment puis s'éteignent.

– Chères Sphéreuses en quête d'aventures ! Je me présente, je suis madame Josépha Garnier, directrice de la Sphère de la zone du Nouveau Paris. Et surtout, je vous souhaite à toutes une chaleureuse bienvenue !

Un tonnerre d'applaudissements, auquel je me joins à contrecœur, accueille ses propos.

– Je suis là pour vous remercier d'être venues aujourd'hui, reprend-elle une fois que l'ovation s'est calmée, et pour vous expliquer un peu le fonctionnement de la Sphère, même si certaines n'en sont pas à leur premier voyage. Il faut dire qu'une fois qu'on y a goûté, il est dur de se passer du Monde des Rêves !

Le ton enjoué de Josépha me file de l'urticaire.

– Vous allez bientôt être amenées à faire un choix, le choix de votre simulation. Nous en avons des dizaines de disponibles sur ce site, dont une nouvelle que nous inaugurons aujourd'hui. Je vous en parlerai dans quelques instants. Je vais d'abord vous exposer les contraintes.

Voilà qui est intéressant.

– Une fois dans la Sphère, vous ne pourrez plus en sortir tant que la simulation ne sera pas terminée. Si vous avez choisi un voyage d'une journée, elle se terminera demain à la même heure. Si c'est une semaine, vous devrez y rester sept jours. Il est impossible d'interrompre une simulation, pour des raisons d'ordre technique et de sécurité. L'arrêt brutal d'une simulation pourrait avoir des répercussions catastrophiques sur votre organisme. Non seulement cela ferait désordre pour les femmes qui ont choisi la même simulation que vous, mais si on vous réveille durant la simulation, cela peut engendrer de graves problèmes de santé. En résumé, si vous changez d'avis, c'est maintenant, et pas durant la simulation.

Elle attend un moment, mais personne ne bouge. Je ne sais pas si c'est par conviction ou parce qu'elle nous a toutes pétrifiées sur nos chaises.

– Très bien ! lance-t-elle d'un ton jovial. De toute façon, je vous rassure, une fois que vous vivrez la situation de vos rêves, vous n'aurez aucune envie de vous réveiller. Je vais laisser Laura, mon assistante, vous expliquer la marche à suivre.

Elle recule et une petite femme ronde s'empare du micro.

– Bonjour, chères Sphéreuses ! Tout d'abord, j'ai une bonne nouvelle à vous annoncer. Une nouvelle simulation dans les forfaits « semaine » est disponible. Normalement, lorsque vous commencez une simulation, vous devez la terminer. La complexité de chacune d'entre elles est travaillée en fonction de la durée de votre séjour.

Cette fois-ci, en revanche, nous inaugurons une toute nouvelle aventure qui se déroulera en plusieurs étapes. Je vous explique. Celles d'entre vous qui ont choisi une semaine vivront les sept premiers jours de cette odyssée, et se réveilleront avant qu'elle ne se termine. Les Sphéreuses qui ont choisi le forfait de deux semaines arriveront à un tiers de la simulation. Seules les membres ayant acheté le forfait d'un mois pourront boucler l'aventure. Je rassure les clientes qui ont décidé de rester deux semaines ou moins : il vous sera possible de revenir avec le forfait mensuel et de jouir du même périple, dans son intégralité cette fois, en ne payant que pour les semaines qui vous manquent. C'est excitant, n'est-ce pas ? Je ne vous en dis pas plus afin de ne pas vous gâcher la surprise. Comme vous avez dû le remarquer, nos tables n'ont pas de nappes. C'est parce que le verre qui les compose va se transformer en menu de sélection. Vous pourrez faire vos choix en glissant vos doigts dessus.

Ma satisfaction d'avoir laissé des traces sur la table transparente s'estompe d'un coup : en fait, c'était prévu depuis le début…

– Je vais vous demander de scanner votre carte. Pour cela, passez-la à plat sur la surface. Ensuite, vous n'aurez plus qu'à toucher l'écran.

Killian me tend ma carte et je m'exécute. Un menu aux couleurs chatoyantes s'affiche, alors que le verre s'opacifie mystérieusement. J'ai l'impression de me retrouver devant une tablette géante. Nous sommes cinq autour de la table et chacune d'entre nous a un rectangle bleu de la taille d'une boîte à chaussures devant elle, représentant le menu. Les rectangles sont reliés à un cercle rouge au centre de la table par des lignes bleues.

Je soupire. C'est parti…

Je frôle le verre du bout du doigt et un large panel de choix s'affiche en images carrées à l'intérieur du rectangle bleu. Il y a des photos de randonnée dans des paysages montagneux, de lycée à l'ancienne, d'île tropicale, et je repère même une photo prise lors d'un défilé de mode.

– Vous y êtes ? Ce que vous voyez apparaître, ce sont les possibilités qui vous sont offertes en simulation. Si vous avez pris un forfait journalier, vous aurez les activités adaptées en conséquence, *idem* pour le forfait « trois jours », le forfait « semaine », etc. La nouvelle simulation a un bordereau doré pour que vous puissiez l'identifier plus rapidement. Je vais maintenant laisser les VIP faire leur choix. Comme la séance doit commencer dans trois quarts d'heure, vous avez dix minutes devant vous. Celles d'entre vous qui ont opté pour le tarif standard pourront choisir juste après, ne vous inquiétez pas.

Killian se penche vers moi.

– On choisit la même chose, pas vrai ?

Je hoche vigoureusement la tête. Hors de question de la laisser seule (et hors de question de me retrouver seule, aussi).

Je fais défiler les choix sans grand enthousiasme quand une image m'interpelle. C'est la nouvelle simulation, je la reconnais à son encadré d'or. Elle représente un énorme vaisseau spatial noyé dans un océan d'étoiles.

Fascinée malgré moi, je clique dessus. Le fond se change en nuage galactique et un texte s'affiche, surmonté d'un gros rectangle rouge estampillé « choisir ». Je parcours le résumé avec intérêt.

« La Terre est détruite. Pour sauver l'humanité, embarquez à bord de l'*Artémis*, le vaisseau le plus rapide de l'univers. Il vous mènera à Tragos, la dernière planète habitable. Le voyage dure deux semaines et vous aurez le temps de faire connaissance avec notre charmant personnel de bord… Au bout de ces quinze jours, celles qui ont opté pour trois semaines et plus de simulation auront la joie d'atterrir sur Tragos et d'y construire une nouvelle vie. »

Il ne m'en faut pas plus pour être convaincue. C'est cette simulation que je veux. Même si mon forfait ne me permettra de rester qu'une semaine dans la simulation, et donc de ne vivre que la partie dans le vaisseau, je trépigne d'excitation. Bien malgré moi, je dois l'avouer.

J'ai toujours eu la tête dans les étoiles. Quand j'étais petite, ma mère ne cessait de m'embêter avec ça. « Noria, arrête de rêvasser », « Noria, tu as encore oublié ta tête à l'école, n'est-ce pas ? ».

Je me souviens même qu'elle m'avait offert un petit télescope. Je devais avoir dix ans. Je n'avais eu de cesse de regarder les constellations et de traquer les comètes et autres étoiles filantes.

Alors, voir un de mes rêves se réaliser, à savoir voyager dans l'espace pour explorer d'autres planètes, même si c'est virtuellement, me donne presque envie de remercier Killian de m'avoir traînée ici.

– Ooooooh, couine soudain l'intéressée, m'extirpant de mes songes. Regarde, Noria ! Il y a une session où on peut incarner une princesse ! Je veux faire ça !

Je secoue la tête.

– Non, on va participer à la nouvelle expérience, celle du vaisseau spatial.

– Mais ça a l'air nul ! Non. On va faire les princesses. Il ne reste que trois places…

Avant qu'elle ait pu finir sa phrase, je clique sur mon rectangle rouge.

Une nouvelle fenêtre remplace la précédente. Un texte avec des petits confettis s'affiche : « Merci et bon voyage ! »

– Mais… pourquoi tu as fait ça ? me demande Killian, visiblement déçue.

Je me tourne vers elle.

– Killy, il te reste deux minutes trente pour choisir. On est venues ici pour toi, je suis d'accord, mais je n'ai aucune envie de jouer les Cendrillon pendant une semaine. Alors soit tu choisis le vaisseau pour qu'on soit ensemble, soit tu prends les princesses. Franchement, je suis sûre que si tu me suis, tu ne le regretteras pas.

Elle fronce les sourcils, réfléchit, puis soupire et clique sur la case du vaisseau spatial. Elle écarquille les yeux.

– Ouh là ! Il ne reste plus que deux places ! Il y en avait cent !

Je n'attends pas qu'elle déblatère encore plus. Je clique sur « choisir » à sa place. Une fenêtre identique à la mienne s'affiche et je souris, soulagée. On est toutes les deux sur le même bateau, maintenant, ou plutôt dans le même vaisseau.

– Eeeeeh ! Et si j'avais préféré les princesses ?

– Ne fais pas ta mauvaise tête, je suis sûre que tu vas adorer la simulation et les interactions avec les personnages. Crois-moi, un astronaute, c'est bien plus sexy qu'un prince charmant.

Elle croise les bras en boudant.

– J'espère, ouais. Parce que je n'ai pas payé cinq mille unités pour m'ennuyer pendant une semaine.

Je m'apprête à lui répondre quand un « ding » sonore résonne dans la salle. Laura reprend la parole.

– La nouvelle simulation a fait sensation, à ce que je vois ! s'exclame-t-elle en examinant un écran sur son pupitre. Je vais à présent prier le reste des Sphéreuses de choisir parmi les simulations restantes. Quant aux membres VIP, si vous voulez bien suivre Sandra, au fond de la salle, je vous en serai reconnaissante. N'oubliez surtout pas votre badge, il vous sera indispensable pour la suite de l'aventure !

Je me retourne et vois une jeune femme en tailleur, tout sourire, qui nous attend devant l'escalier que nous avons emprunté pour descendre.

Killian et moi nous levons, imitées par au moins deux cents femmes. Je ne pensais pas qu'il y aurait autant de VIP.

Lorsque nous rejoignons Sandra, je m'aperçois qu'un nouvel escalier est apparu, qui mène encore à un étage inférieur. Notre guide nous invite à lui emboîter le pas, et c'est le ventre noué par l'anxiété, mais aussi, je dois bien l'admettre, beaucoup d'excitation, que j'obtempère.

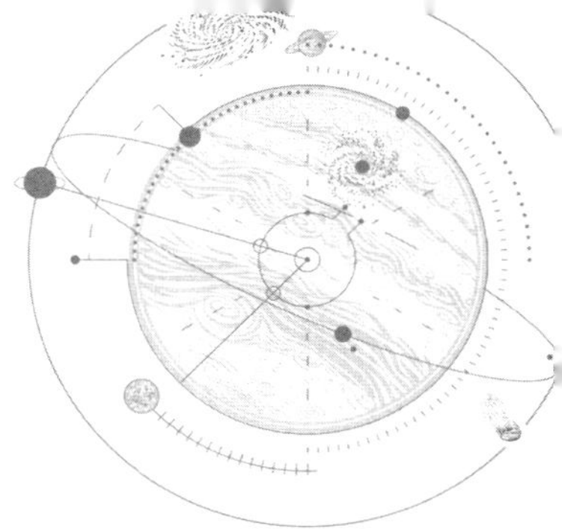

5

Je regarde la cuve transparente, sans vraiment croire qu'elle est là, devant moi.

Après nous avoir descendu encore un étage, Sandra nous a menées dans une grande salle ronde, seulement éclairée par des LED bleutées. Au fond de la salle, une série de cuves de cryogénisation verticales étaient disposées en arc de cercle contre le mur. Il y en avait au moins quarante, toutes ancrées sur des socles noirs.

Elle nous a expliqué qu'il y a, sous terre, sur une surface de plus de dix kilomètres carrés autour de la Sphère, un réseau de tunnels qui mènent aux différentes interfaces de simulation. Devant chaque cuve se trouvait une borne holographique.

– Il vous suffit de scanner votre badge à la borne, a commenté notre guide, et la cuve s'ouvrira. Vous n'aurez qu'à entrer et à fermer les yeux durant le voyage. Vous serez cryogénisée en arrivant dans l'interface. L'opération, le trajet et la mise en stase ne durent jamais plus de dix secondes. Vous n'aurez pas le temps de stresser.

Dix secondes, c'est amplement suffisant pour stresser, ai-je pensé. Je ne suis pas claustrophobe, mais franchement, l'idée de me retrouver coincée dans un coffre en verre pendant une semaine m'a donné la nausée.

Nous avons fait la queue côte à côte, Killian et moi. Les filles devant nous ont scanné leur badge, leur cuve s'est ouverte, elles sont entrées dedans, un sourire nerveux sur les lèvres. Des sangles ont surgi au-dessus de leurs épaules et se sont fermement plaquées sur leur buste, afin de les maintenir contre la cloison molletonnée dans leur dos. Puis la vitre s'est refermée, les scellant à l'intérieur de la cuve. Leur prison transparente a eu l'air de tomber subitement. Elles ont disparu l'une après l'autre dans le dédale de tunnels qui courent sous la Sphère. Dix secondes plus tard, une nouvelle cuve descendait du plafond pour prendre la place de la précédente dans un claquement fataliste.

C'est à mon tour.

Pourtant, je ne parviens pas à avancer. Une myriade de questions m'empêchent d'entrer dans ce cercueil. Et s'il y avait un dysfonctionnement, que je restais coincée quelque part entre l'interface de simulation et la salle dans laquelle je me trouve ? Et si je ne sortais pas d'ici vivante ? Et si la cryogénisation se passait mal ? Et si on ne me retrouvait jamais ?

Sandra vient se poster à côté de moi. Perdue dans mes pensées angoissantes, je ne l'ai pas entendue approcher. Je n'ai même pas remarqué que Killian était déjà partie, elle.

Je ne lui ai pas dit au revoir. J'ai envie de pleurer.

– Ne vous inquiétez pas, il n'y a aucun danger, me susurre Sandra. Dans toutes les Sphères du monde, on n'a jamais recensé un seul dysfonctionnement. Vous êtes en sécurité.

Il faut bien un début à tout, pensé-je amèrement. *Pourquoi ça ne serait pas avec moi ?*

Je déglutis et avance d'un pas. J'entre dans ma cuve la gorge serrée et, lorsque les sangles s'abattent sur mes épaules dans un claquement sec et me plaquent contre la paroi derrière moi, je sais que je vais le regretter. Je voudrais m'élancer en avant, mais les sangles me retiennent et la porte en verre se referme, me coupant définitivement toute retraite.

Je tends les bras vers la paroi pour tenter d'appeler Sandra, mais il est trop tard. Je ressens un puissant vertige et me retrouve dans le noir complet. Des spots lumineux sont incrustés à intervalles réguliers dans le tunnel en béton qui contient la cuve et je me rends compte que ce dernier tombe à une vitesse hallucinante. Je suis dedans depuis à peine deux secondes et nous avons déjà passé une quinzaine de spots. La nausée s'empare de moi, mon estomac ne résiste pas à la gravité et j'ai bientôt l'impression que tous mes organes se retrouvent dans ma gorge. Mes poumons se contractent et ma respiration se coupe. Je m'accroche aux sangles de toutes mes forces, les yeux fermés, et prie désespérément pour que la sensation de chute cesse enfin.

Cinq secondes à peine se sont écoulées, pourtant j'ai l'impression d'être dans cette prison depuis une éternité.

Ma cuve pénètre tout à coup dans un espace vide, teinté de bleu. J'ouvre les yeux, trempée de sueur. Des tunnels de verre s'entrecroisent autour de moi et, à mes pieds, à plus de cent mètres de là, s'étendent des hectares et des hectares de terrain. On pourrait presque croire que je survole un circuit imprimé géant sur lequel se trouvent des centaines de dômes transparents. De loin, je n'arrive pas à discerner de quoi il s'agit. Mais, tandis que ma cuve s'approche du sol, je réalise que tous les points noirs dans les dômes sont des socles destinés à accueillir les cuves et qu'ils sont reliés à des kilomètres de tuyaux courant sur le sol, pulsant une lumière bleue.

Cet endroit semble vivant.

Alors que je me rapproche toujours aussi rapidement du sol, je vois d'autres cuves déjà enclenchées sur leur support. Certaines sont bleues et recouvertes de givre. Je peux deviner une silhouette humaine à l'intérieur.

Certaines viennent à peine de se poser et, avant que la glace ne recouvre leur surface, je vois distinctement les femmes à l'intérieur hurler.

Mon sang se glace dans mes veines, et mes jambes menacent de céder sous mon poids. Heureusement – et malheureusement pour moi –, les sangles me maintiennent toujours en place.

Mon cercueil ralentit tout à coup et pénètre dans un dôme en créant une onde de choc à sa surface, comme lorsqu'on jette un caillou dans une mare. Il vient s'enclencher sur un support dans un claquement métallique.

Je n'ai pas le temps de réfléchir plus avant. Un froid terrible me submerge. La dernière chose dont je me souvienne, ce sont les cristaux de glace qui envahissent ma bouche ouverte en un cri silencieux.

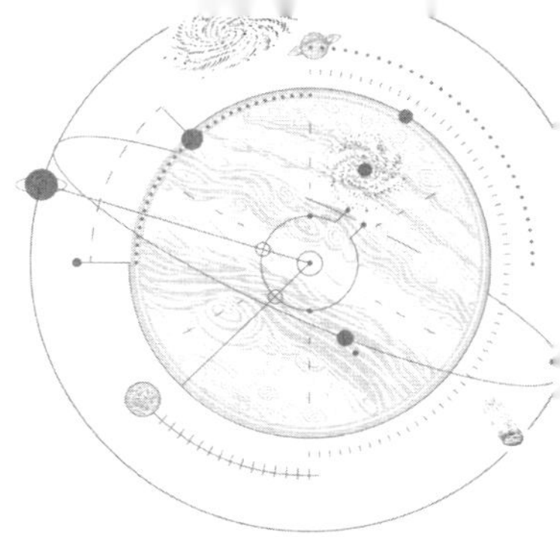

6

Lorsque je reviens à moi, je suis en train de convulser. Je ne suis plus sanglée dans ma cuve, mais à un brancard inconfortable. Il ne doit pas avoir de roulettes, parce qu'il flotte dans des couloirs étranges sans émettre le moindre bruit. Deux silhouettes, de part et d'autre de mon corps allongé, courent pour rester à côté de moi. Ma vue est troublée, je n'arrive pas à les identifier. Ma respiration est bloquée dans ma poitrine, mon cœur bat si fort que j'ai l'impression qu'il s'est transformé en massue.

Je crois que je suis en train de mourir.

Je perds à nouveau connaissance.

∞

– Mademoiselle Simon ? Mademoiselle Simon, est-ce que vous m'entendez ?

Ce n'est pas spécialement le sens de cette phrase qui me fait revenir à moi, mais la voix de celui qui la prononce.

Celui.

Pas *celle*.

Il s'agit d'une voix d'homme.

C'est un son que j'ai seulement entendu dans des vieux films. Grave, vibrant dans ma poitrine comme le son d'une basse dans une boîte de nuit. C'est assez inhabituel pour faire repartir mon cœur à la vitesse grand V.

– Est-ce qu'elle va bien ? Elle va s'en sortir ? Répondez-moi !

Je reconnais cette voix. C'est celle de Killian.

– James, fais sortir cette hystérique d'ici, claque la voix. J'ai besoin de calme.

J'ouvre les yeux, l'esprit embrumé, le souffle coupé. Tout d'abord, je ne vois pas grand-chose, à part une lumière blanche aveuglante et une ombre penchée sur moi. Je cligne des paupières, essayant de chasser la brume de ma vue.

– Elle revient à elle, constate la voix. Enlève-lui le masque à oxygène, que je sache si elle peut parler.

On retire quelque chose de mon visage et une odeur d'antiseptique me pique les narines.

– Mademoiselle Simon, est-ce que vous avez mal quelque part ? Est-ce qu'au moins vous m'entendez ?

Quelqu'un se saisit de ma main.

– Serrez mes doigts si vous êtes consciente.

Je dois m'y prendre à plusieurs reprises avant de réussir à faire ce qu'il me demande.

Il retire aussitôt sa main et pose un objet froid sur ma poitrine. Ma vue s'éclaircit de plus en plus, et je peux progressivement discerner ce qui m'entoure. Mis à part la silhouette du docteur au-dessus de moi, il n'y a pas grand-chose à voir. Il semblerait que je sois dans une infirmerie. Elle est puissamment éclairée par des LED encastrées dans le plafond blanc. À ma droite et à ma gauche, il y a un rideau en plastique.

L'ombre bouge, et je peux enfin distinguer ses traits. Je ne m'étais pas trompée. L'être humain qui est en train de me soigner est bel et bien un *homme*.

Il a des cheveux courts, noirs, ébouriffés, une peau couleur de miel, et des sourcils épais, bien plus épais que ceux d'une femme. Ses yeux marron, presque noirs, sont soulignés de longs cils fournis. Son visage ne forme pas un ovale parfait, comme ceux tant recherchés chez les mannequins que je côtoie. Il est particulier, moins doux que celui d'une femme. Sa mâchoire carrée, ses arcades sourcilières plus marquées et la barbe qui couvre ses joues créent un tel contraste avec ce que j'ai l'habitude de voir que j'ai l'impression de subir un nouveau choc.

Mon esprit détraqué et formaté se met à énumérer les critères de mode en ce qui concerne « l'idéal masculin ». Dans le pire des moments, cela va sans dire.

Chez l'homme, le front doit compter pour un tiers du visage. La lèvre inférieure, être légèrement plus charnue que la supérieure, et la bouche, impérativement avoir une forme harmonieuse et se trouver pile au milieu du visage. Les sourcils doivent former un arc au-dessus des yeux, dépassant légèrement de chaque côté, sans atteindre la naissance du nez. Ce dernier ne doit pas être trop long, sans bosse sur l'arrête, et un peu en dessous de la moitié du visage. Il ne doit pas être crochu, ni trop en trompette. Les oreilles, plaquées contre le crâne, doivent se trouver entre la ligne de l'œil et celle du bout du nez.

Je pourrais aussi vous parler des fossettes, de la forme de la mâchoire ou des dents, mais l'homme se penche sur moi, interrompant mon délire mental.

– Mademoiselle Simon, vous venez de sortir de l'état d'hibernation artificielle, vous êtes en état de choc. Est-ce que vous avez froid ? Est-ce que vous sentez tous vos membres ?

Une sensation de panique m'étreint la gorge. Et le pire dans tout ça, c'est que je ne sais pas exactement pourquoi.

– Ne vous approchez pas de moi ! j'arrive à murmurer faiblement.

Tout d'abord surpris, l'homme a un rire sans joie.

– Bien, au moins vous pouvez parler. Je réitère ma question : est-ce que vous sentez tous vos membres ?

L'angoisse qui rôdait à la surface depuis mon réveil se transforme en peur morbide. Je ne sais pas où je suis, je ne sais pas qui sont ces gens, je ne sais pas ce qui m'est arrivé, et mon corps me fait mal à plusieurs endroits.

J'ai soudain un besoin urgent de m'échapper, de me retrouver seule. L'énergie qui me manquait jusque-là revient avec force et me donne l'impulsion nécessaire pour me redresser. Sauf que le docteur est sur la trajectoire directe de mon crâne qui le heurte de plein fouet dans le nez.

Il pousse un cri de douleur – accompagné d'un juron que je ne répéterai pas – et recule d'un pas. Je n'avais pas prévu de lui faire une prise de catch, mais finalement l'effet est là, il a reculé. De toute façon, je suis trop sonnée pour m'en vouloir. Mon esprit affolé part dans tous les sens.

Je passe mes jambes tremblotantes par-dessus le brancard flottant et me relève en chancelant. Il y a un autre homme dans la pièce, un docteur ou un infirmier, je ne sais pas.

Il se précipite sur moi pour, j'imagine, me contraindre à me recoucher, mais je lève une main fébrile et recule en titubant vers un des murs. Je n'ai jamais été aussi terrifiée de toute ma vie. Je suis censée être en pleine simulation, mais tout semble si réel… Je ne sais plus ce qui est vrai et ce qui ne l'est pas.

Je me pose un million de questions qui, pour l'instant, restent sans réponse. La première est celle-ci : peut-on convulser et frôler la mort dans la Sphère ?

Elle est suivie par de nombreuses autres : cela fait-il partie du jeu ? Est-ce que je suis vraiment en train d'imaginer tout ça ? Ou peut-être que je suis morte durant l'étape de la cryogénisation ?

– Ne vous approchez pas de moi, je répète, la gorge nouée.

Docteur Parfait, une main sur le nez, adresse un signe de tête à son collègue et celui-ci s'éloigne un peu. Je respire tout de suite mieux.

– Mademoiselle Simon, vous n'avez rien à craindre de nous, me susurre-t-il d'une voix conciliante. Nous voulons juste nous assurer que vous allez bien, c'est tout.

Mon esprit va à cent à l'heure. Bien sûr que je vais bien, qu'est-ce qu'il raconte ? Je ne peux qu'aller bien, j'ai payé cinq mille unités pour m'amuser dans une simulation. Je ne suis pas en danger.

Et pourtant, mon mal de crâne et mes nausées ne sont pas imaginaires, eux. Et mon cœur qui bat si vite…

– Reculez ! Vous… vous n'êtes que des programmes d'ordinateur, des fichus codes ! Vous n'êtes pas réels ! Laissez-moi partir ! Je veux sortir d'ici ! Je veux rentrer chez moi !

L'infirmier se tourne vers docteur Parfait.

– Elle fait une crise de panique.

Son collègue lui lance un regard noir puis reporte son attention sur moi. Il lève les mains en l'air en signe d'apaisement, le sang dégoulinant de sa narine droite. Quelques gouttes viennent tacher le sol immaculé de l'infirmerie.

– Mademoiselle Simon, écoutez-moi. Je suis terriblement désolé, je ne me suis pas présenté. Je m'appelle Sam

Laroche, je suis le docteur en chef à bord de l'*Artémis*. Vous venez de sortir d'hibernation artificielle et vous êtes encore faible, je vous en prie, asseyez-vous.

Je suis donc bien dans la simulation… Cet homme, que dis-je, ce logiciel croit être dans un vaisseau spatial.

Ignorant complètement l'être non vivant devant moi, je lève les yeux au ciel, espérant désespérément être entendue par les femmes qui gèrent la Sphère.

– Je veux quitter l'interface. Je veux rentrer chez moi ! Sortez-moi d'ici ! Je vous en prie !

Des gouttes de sueur coulent sur mon front et dans mon dos. J'ai froid et en même temps terriblement chaud. J'ai également très soif.

Docteur Parfait, Sam de son petit nom, fronce les sourcils.

– Je comprends votre réaction, mais si vous ne vous calmez pas tout de suite, je vais être obligé de vous administrer un sédatif. Ce n'est pas ce que vous voulez, n'est-ce pas ?

Il avance d'un pas dans ma direction.

– N'approchez pas ! je hurle, complètement hystérique. Et Killian, qu'avez-vous fait de Killian ?

Sam continue à s'approcher malgré tout.

– Votre amie va bien, mais elle s'inquiète pour vous.

Je regarde autour de moi, en quête d'une issue. Le docteur-logiciel, à qui on a dû donner des réflexes de ninja en plus de sa formation médicale, en profite pour me sauter dessus. C'est à ce moment-là que je me rends compte :

1. qu'il est grand,

2. qu'il est drôlement fort et

3. qu'il a beau être un algorithme, sa peau et sa chaleur corporelle semblent bien réelles.

Je comprends pourquoi autant de femmes viennent à la Sphère. Tout y est plus vrai que nature. Sauf que dans mon cas, ça ne fait qu'accentuer mon malaise.

Il m'attrape par le bras et coince mes mains derrière mon dos, avant même que j'aie pu bouger le petit doigt. Il se penche à mon oreille et me murmure d'une voix apaisante :

– Maintenant, calmez-vous, ou vous allez vous blesser.

Loin de m'apaiser, son souffle tout contre ma joue me donne un regain d'énergie. Dans un élan désespéré, je lève la jambe et lui assène un violent coup dans l'entrejambe.

Visiblement, les algorithmes sont sensibles à la douleur, tout comme nous. Le gentil docteur pousse un deuxième cri et me lâche avant de se plier en deux.

Je n'attends pas qu'il s'en remette et bondis vers la sortie. J'évite souplement son collègue, pousse la porte et me retrouve dans un couloir en forme de tunnel arrondi, édifié dans un matériau lisse et blanc comme la neige. Il est bordé de spots lumineux. Je peux choisir de prendre à droite ou à gauche.

Sans trop réfléchir, je choisis la droite et me mets à courir. C'est à ce moment précis que je remarque mon accoutrement : je porte une combinaison noire moulante qui ne laisse aucune place à l'imagination. Je pourrais tout aussi bien être nue, ça ne changerait pas grand-chose.

J'essaie de mettre de côté la gêne que je ressens et prie pour tomber sur une porte de sortie. Malheureusement, les divinités de la technologie sont sans doute contre moi parce que je me retrouve nez à nez avec un sas verrouillé.

J'entends des pas précipités dans mon dos. Je n'ai pas le temps de me retourner que tout devient noir et que mon corps s'affale lourdement sur la moquette rouge.

7

Lorsque je me réveille, je suis de retour à l'infirmerie.

Je cligne des yeux et grimace. Ma tête me fait affreusement souffrir.

Je pousse un gémissement plaintif pour deux raisons. D'une, j'ai mal, et de deux, ce qui s'est passé plus tôt n'était pas un mauvais rêve. Force est de constater que je suis toujours coincée dans la simulation.

Je tente de me redresser et c'est là que je m'aperçois que je suis vraiment en train de vivre un cauchemar. Non content de m'avoir anesthésiée par je ne sais quel moyen, docteur Parfait m'a aussi attachée au lit afin de m'empêcher de bouger ! Je n'arrive pas à le croire.

La peur commence à me ronger les entrailles et j'inspire profondément pour me calmer. Tout va bien, je ne suis que dans une interface virtuelle, me répété-je. Rien de tout cela n'est réel. Je n'ai qu'à faire profil bas pendant une semaine, ensuite je rentrerai chez moi et reprendrai une vie normale.

– Ohé ? Il y a quelqu'un ? j'appelle faiblement.

J'entends des pas derrière les rideaux blancs qui m'entourent. Une main vient tirer celui de gauche, qui laisse apparaître Sam. Je remarque pour la première fois son accoutrement. C'est une combinaison blanche, un peu similaire à la mienne, mais, Dieu merci, bien moins moulante. Une mèche de coton dépasse de sa narine droite et, quelque part, ça me rassure. Au moins ça prouve que les hommes à bord ne sont pas infaillibles.

Il me sourit avec amusement. Je ne sais pas comment il fait pour ne pas avoir l'air ridicule avec son nez enflé et ce morceau de coton qui pendouille.

– Mademoiselle Simon… Je suis heureux de constater que vous allez mieux. Et que vous semblez plus calme.

– Plus calme, tu parles, je marmonne.

– Plaît-il ?

Je ne réponds pas et regarde autour de moi.

– Puisque j'ai recouvré mon sang-froid, pourriez-vous me détacher ? Je ne me sens pas très en confiance, saucissonnée de la sorte sur un lit d'hôpital.

Il pince les lèvres, semblant peser le pour et le contre.

– Je ne sais pas. Votre prise de tout à l'heure était très douloureuse. Mon entrejambe s'en souviendra. Et il n'a aucune envie que vous recommenciez.

– Docteur, je vous assure que je n'ai pas l'intention de vous frapper à nouveau. Sauf si vous insistez pour me faire une injection dans la fesse, mais je ne pense pas que ce soit dans vos projets, n'est-ce pas ?

Il rit brièvement et commence à défaire les liens.

– Non, vous avez raison, mais ne me tentez pas. Là, voilà. Ne vous relevez pas trop vite pour éviter les vertiges.

Je lui obéis et me redresse en grimaçant. J'ai la nausée et une migraine atroce. Je porte une main à ma tête en fermant les yeux de douleur.

– Je peux savoir ce que vous m'avez fait ? J'ai l'impression qu'un marteau-piqueur est en train de se frayer un passage à travers mes neurones.

– Oh moi, rien. Je me suis contenté d'utiliser mon pistolet à impulsion électrique pour vous neuroneutraliser. Ça vous a fait perdre connaissance. Ce procédé a l'avantage de ne déclencher aucun effet secondaire chez le patient, contrairement aux anesthésiants d'autrefois, sauf bien sûr lorsqu'en tombant le fugitif se cogne le crâne contre le sol. Et c'est précisément ce qui vous est arrivé. Restez immobile, maintenant.

J'obtempère, ne voulant pas tenter le sort. Si je ne joue pas la jeune fille gentille et docile, je risque de me retrouver à nouveau ligotée à ce lit inconfortable. Inutile de préciser que je n'en ai aucune envie.

Le docteur – peu importe la façon dont je dois le nommer – m'ausculte, prend mon pouls et ma tension tout en me jetant des petits coups d'œil indéchiffrables.

– Hmm, ce n'est pas brillant.

La faute à qui ? ai-je envie de hurler. Son pistolet à la noix n'a peut-être pas causé de dégâts en lui-même, mais s'il ne s'en était pas servi, je n'aurais pas de bosse sur le front à cet instant précis.

Il finit par enlever son stéthoscope futuriste (il n'y a pas de tube pour relier le pavillon aux oreillettes, alors que, même dans le monde réel, les doctoresses ont encore un stéthoscope à l'ancienne – les créatrices du programme ont mis le paquet pour nous dépayser !) et me regarde franchement.

– Vous nous avez fait une belle frayeur, à James et à moi, tout à l'heure. Je sais que vous étiez sous le choc. La sortie d'hibernation artificielle ne s'est pas déroulée comme prévu dans votre cas. Au lieu de faire remonter lentement votre température corporelle, comme c'était initialement prévu, l'interface de votre cuve vous a envoyé la dose complète de l'activateur thermique, ce qui a provoqué un choc violent. Sans vous mentir ni vouloir vous affoler, je ne pensais pas que vous vous en sortiriez vivante.

Je ne réponds pas. Que se serait-il passé si j'étais morte ? Me serais-je réveillée dans la réalité ? Aurais-je pu avoir des séquelles ? La directrice de la Sphère du Nouveau Paris a affirmé qu'il était très dangereux d'interrompre une simulation en cours… mais dangereux à quel point ?

– Vous… reprend Sam en hésitant, vous avez dit certaines choses étranges. Je sais bien que vous étiez sous le choc et en proie à une crise de panique, mais… Vous répétiez que nous n'étions que des programmes d'ordinateur, James et moi.

Je le fixe sans un mot. Il a l'air sincèrement inquiet pour moi.

– Vous allez mieux ? Plus de délires et autres hallucinations ?

Honnêtement ? J'ai pitié de lui. Il ne sait même pas qu'il n'existe pas… Et pourtant, c'est lui qui me prend pour une folle.

Je me penche en avant, curieuse malgré moi.

– Sérieusement ? Vous êtes persuadé que vous êtes réel ? Que vous êtes vraiment à bord d'un vaisseau qui va atterrir sur une nouvelle planète ?

Docteur Sam plisse les yeux et me dévisage en silence pendant un moment, sondant mon regard. Sa main frôle le pistolet neuroneutralisant pendu à sa ceinture.

Comprenant que j'ai commis une erreur, j'éclate d'un rire joyeux qui le fait sursauter. Ça y est, s'il ne me croyait pas folle, maintenant je suis sûre qu'il n'a plus aucun doute.

– Je plaisante ! m'esclaffé-je en feignant de trouver la situation hilarante. Non, docteur, plus de délires ni d'hallucinations. Mis à part cet affreux mal de tête, que je vous dois d'ailleurs, tout va bien.

Il laisse échapper un discret soupir de soulagement.

– Vous m'avez fait peur, j'ai cru que vous replongiez.

Si tu savais, mon pote…

– Est-ce que je peux sortir ? Je dois retrouver ma meilleure amie, Killian. Sans moi, elle est capable de se mettre dans la pire des situations.

– Je vais bien être obligé de vous laisser sortir, oui. Vous devez absolument passer au Régénérateur neuronal.

Allons bon, qu'est-ce que c'est que ça, encore ?

Je vais lui poser la question quand il porte une main à son menton, tout à coup songeur.

– Votre amie, elle ne serait pas grande, maigre et blonde, à tout hasard ?

Je me fige.

– Si, pourquoi ?

– Parce qu'elle a été mise en cellule d'isolement par la sécurité.

– Quoi ? Comment ça ? Pourquoi ?

Il soupire et s'assied sur le bord du lit.

– Elle est devenue complètement hystérique et a frappé un des gardes quand je l'ai fait mettre dehors. Ça n'a forcément pas plu à la sécurité qui l'a collée en cellule. Mais ne vous inquiétez pas, ce n'est qu'une formalité, elle devrait bientôt être libérée. Si elle se calme, s'entend.

Je me lève d'un bond et manque m'affaler sur le sol. Sam me rattrape, vif comme un serpent, et me soutient le temps que je retrouve l'équilibre. Je ne peux m'empêcher de remarquer les muscles qui saillent sous sa combinaison blanche. Et de me maudire pour ça.

– Eh ! Mais où croyez-vous aller comme ça, exactement ? Vous n'êtes pas en état de marcher !

Je m'accroche à ses épaules musclées, autant pour ne pas tomber que pour l'obliger à me regarder dans les yeux.

– Je dois me rendre à la sécurité.

Il fronce les sourcils, mécontent.

– Il en est hors de question, vous…

– Si vous ne me conduisez pas à elle, je rétorque d'un ton menaçant, je me mets à hurler comme une possédée et rameute la moitié de la population à l'infirmerie ! On n'aura pas d'autre choix que de me faire enfermer aussi, et alors je pourrai la voir.

Sam a l'air très en colère d'un coup, et je dois bien admettre que ça ne fait qu'ajouter à son charme. Ben quoi ? Je ne peux pas ignorer les belles choses.

Quel âge peut-il bien avoir, d'ailleurs ? Vingt-sept, vingt-huit ans ? Et qu'est-ce que ça peut bien me faire de toute façon ?

– Si vous hurlez, menace-t-il à son tour, je vous ligote comme un saucisson à ce lit et vous bâillonne. Vous serez bien obligée de vous calmer.

Constatant qu'il a l'avantage, je change de tactique et prends mon regard le plus suppliant.

– Je vous en prie, c'est une jeune fille très fragile, elle doit être terrifiée.

J'exagère beaucoup et apparemment Sam le sait. Il me scrute un moment et finit par prononcer un juron qui me fait mal aux oreilles. Eh bien, il n'est pas très poli, ce monsieur.

– Attendez-moi là.

Il s'apprête à traverser le rideau, mais se ravise. Il lève un doigt dans ma direction et plisse les yeux, menaçant.

– Et je vous préviens, si vous bougez ne serait-ce qu'un orteil, je vous neuroneutralise à nouveau !

Je hoche vivement la tête, trop heureuse qu'il accepte de m'aider.

Il s'éloigne et je l'entends farfouiller dans l'infirmerie. Il revient avec un fauteuil volant. Ça, je connais. Ça fonctionne comme un Electrover. Les femmes handicapées ou souffrantes peuvent l'utiliser pour se déplacer. Un joystick permet de mouvoir le fauteuil.

Je trouve la situation parfaitement ridicule et je n'ai aucune envie de m'asseoir là-dedans. Néanmoins, avant même que j'aie pu ouvrir la bouche pour protester, Sam me jette un regard chargé d'avertissements et je le crois quand il promet de se servir à nouveau de l'arme accrochée à sa ceinture. Du coup, je me tais.

Il laisse le fauteuil et s'approche de moi. Passant ses bras sous mes cuisses et derrière mes épaules, il me soulève comme si j'étais aussi légère qu'une plume. Et pourtant, je pèse plus de soixante-dix kilos. Mais bon, il faut prendre en compte le fait que nous sommes en pleine simulation et qu'il est un algorithme dopé aux testostérones. Je suppose que, s'il avait eu envie de voler et que c'était dans sa programmation, il n'en aurait eu aucun mal.

– J'aurais pu marcher jusqu'au fauteuil, protesté-je, même si une minuscule partie de moi trouve le contact de mon bras contre son torse plutôt plaisant.

Bon sang, mais que m'arrive-t-il ?

– La ferme, ordonne-t-il.

Je fais mine d'être offusquée alors qu'il me dépose avec délicatesse sur la chaise volante. Le fauteuil s'affaisse légèrement sous mon poids avant de reprendre sa position initiale.

– Pour quelqu'un qui a prêté le serment d'Hippocrate, je ne vous trouve pas très poli…

Il ricane.

– Le serment d'Hippocrate ne bannit pas les jurons et insultes, heureusement. Tant que je ne vous laisse pas crever la bouche ouverte, je peux toujours continuer à exercer.

– Charmant.

– Suivez-moi, m'invite-t-il en me tenant le rideau pour que je puisse passer.

Je pose un doigt sur le joystick et le pousse en avant. Le fauteuil se met docilement en marche. Sam passe à nouveau devant moi et, sans vérifier que je le suis, quitte l'infirmerie.

Je soupire et le suis avec mon moyen de transport inadapté. Je ne suis pas infirme, toute cette comédie est ridicule.

Mais bon, je vais enfin découvrir ce fameux vaisseau, et je suis prête à rester clouée au fauteuil pour ça.

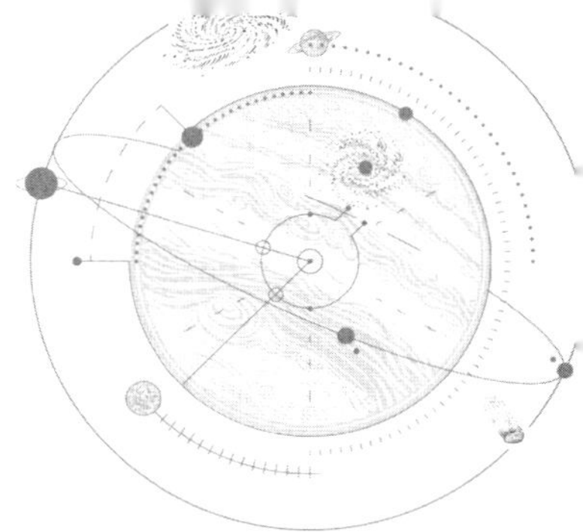

8

Sam tourne à gauche. Il m'explique que nous sommes dans l'immeuble des soins. Nous nous trouvons au dernier étage, le troisième. C'est celui des infirmeries. Un docteur est affilié à chacune d'entre elles. Sam m'explique que les architectes ont préféré dessiner plusieurs locaux pour faciliter l'administration et la gestion des malades, plutôt qu'une seule grande salle dans laquelle il aurait été compliqué de se mouvoir. Je hoche la tête – après tout, cela paraît plutôt logique.

Nous pénétrons dans un ascenseur suffisamment grand pour contenir plusieurs brancards côte à côte et je compte les numéros d'étages. Intriguée, je désigne le bouton du -1.

– Qu'y a-t-il au sous-sol ?

Il baisse les yeux et regarde ce qu'indique mon doigt. De là où je suis, il a l'air de mesurer trois mètres cinquante (Sam, pas mon doigt). Il ne doit pas dépasser le mètre quatre-vingt-cinq, mais j'ai l'impression d'être une naine dans ce fauteuil à côté.

– C'est le bloc opératoire. Le deuxième étage abrite les soins intensifs, et le premier, les chambres pour les malades en convalescence.

Il me jette un regard en biais.

– J'ai bien cru que j'allais devoir vous y envoyer. Ces crétins d'infirmiers de maintenance auraient dû vous y conduire d'office au lieu de vous faire monter à l'infirmerie. J'ai beau être doué, je ne suis pas chirurgien.

Je fronce les sourcils. J'ai du mal à le suivre.

– De maintenance ? C'est-à-dire ?

Les portes de l'ascenseur s'ouvrent sur un immense hall qui ressemble beaucoup à celui d'un hôpital. Devant moi, des portes coulissantes laissent entrer et sortir des hommes en combinaison beige ou blanche, plus ou moins pressés. À ma gauche se trouve un comptoir d'accueil derrière lequel un homme blond tape à l'ordinateur. Sur ma droite, une salle d'attente. Sam n'attend pas que je revienne de ma surprise. Il se met à avancer vers la sortie, tout en continuant à me parler.

– Oui, ce sont eux qui sont chargés de la sortie d'hibernation artificielle des femmes à bord. Apparemment, votre infirmier y est allé un peu fort sur l'étape décongélation. Si j'apprends de qui il s'agit, je m'assurerai qu'on le tienne éloigné des sarcophages.

Les sarcophages ? Je suppose qu'il s'agit des cuves dans lesquelles nous avons été congelées et transportées.

– En parlant de ça, je n'ai pas vu de femmes dans le personnel soignant, uniquement des hommes. C'est normal ?

Il louche dans ma direction, comme si j'étais un peu zinzin.

– Hmmm… La sortie d'hibernation a dû griller quelques neurones. C'est fréquent et, ne vous inquiétez pas, ça repousse.

Je le fusille du regard et il rit. Nous nous arrêtons devant les portes vitrées.

– Pour répondre à votre question, en effet, le personnel médical à bord est entièrement masculin. Nous avons été réveillés une semaine plus tôt, en même temps que les mécaniciens et l'équipage. N'y voyez pas là une preuve de sexisme. C'est juste que, physiologiquement parlant, les hommes supportent plus longtemps l'allure à laquelle le vaisseau voyage. Vous tombez malade à partir de trois semaines à cette vitesse. Nous pouvons tenir un peu plus d'un mois avant de ressentir les symptômes du mal de l'espace. Et comme on devait manœuvrer le vaisseau au moins trois semaines et demie avant d'atterrir, ils ont été obligés de choisir des hommes pour faire le travail.

J'écoute attentivement ses explications, toujours aussi perdue.

– Vous avez parlé de régénéra… quelque chose, tout à l'heure.

Il hausse un sourcil.

– Le Régénérateur neuronal ?

– Si vous le dites. C'est quoi, au juste ?

– Ben, mon vieux… Vous, ça ne vous fera pas de mal d'y passer ! C'est un raviveur de souvenirs par ondes alpha. Avec ce petit joujou, vous serez sûre de recouvrer la mémoire. Moi aussi, j'étais un peu perdu en me réveillant. Après un passage au RN, j'étais comme neuf.

J'ai un rictus de dégoût.

– Il est hors de question qu'on me bombarde d'ondes alpha, quoi que ça puisse être !

– Dommage ! chantonne-t-il. C'est obligatoire pour tout le monde. Surtout vous, les femmes, qui êtes pratiquement amnésiques quand vous vous réveillez. Ne vous inquiétez pas, c'est quasiment inoffensif.

Sérieusement, ce type a un don pour me rassurer.

– Quasiment ? Excusez-moi de vous le dire, mais vous êtes nul en persuasion.

– Je ne cherche pas à vous persuader puisque vous n'avez pas le choix. Mais j'accepte de bonne grâce vos excuses.

J'ignore la pique et réfléchis. Sam croit qu'il a été réveillé une semaine plus tôt. Mais réveillé par qui ? Je ne peux pas paraître crédible si je ne connais aucun détail de la « mission » en cours. Je ne sais pas depuis combien de temps on est censés être en train de voyager, ni le nombre de passagers à bord. Encore moins ce qu'on doit y faire. Je n'ai pas envie de poser toutes ces questions à Sam, je ne veux pas qu'il doute encore de ma santé mentale et veuille se servir de son pistolet. Je ne sais pas jusqu'où peuvent aller mes questions sans l'inquiéter.

– Et euh, quand commencent les séances de Régénération neuronale ?

Sam jette un coup d'œil par les baies vitrées, l'air impatient.

– Elles ont déjà commencé. Toutes les femmes sont amenées au RN dès leur réveil. Vous y avez échappé seulement parce que vous étiez dans un état critique. Dites, vous comptez rester plantée là longtemps ? Parce que votre copine est toujours en cellule et, dans votre état, je préférerais vous savoir sur un lit d'hôpital au calme plutôt qu'ici, à vous balader.

Je pince les lèvres.

– C'est vous qui vous êtes arrêté !

Il écarte les bras dans un geste fataliste.

– C'est parce que vous êtes plus bavarde qu'une pie et que je dois bien vous répondre. Je suis un homme, je vous rappelle. Je suis incapable de faire deux choses en même temps.

Vu la rapidité et les réflexes du spécimen, cela m'étonnerait fort. Je lui fais pourtant signe d'avancer.

– C'est bon, je me tais…

– Merci, Seigneur.

– … mais dépêchez-vous de me mener à Killian.

Il secoue la tête, effaré.

– Quand vous aurez le temps, un « s'il vous plaît » sera apprécié.

Dans tes rêves, mon coco.

Il sort et je le suis. Je ne m'attendais pas, mais alors pas du tout à ce que je vois. Je me trouve entourée d'étonnants buildings qui font tous plus de trois étages. Le sol est en acier et, entre les murs des bâtiments, j'aperçois les parois du vaisseau.

Je lève la tête et découvre avec stupeur un ciel bleu, des nuages et un soleil. Mince alors… Je me trouve vraiment dans un engin spatial, là ? Seuls les étranges immeubles me prouvent que je ne suis pas sur Terre. Ils sont conçus dans un matériau noir, mat, que je ne reconnais pas.

– À quelle hauteur… commencé-je à voix haute en fixant les vapeurs d'eau cotonneuses qui flottent au-dessus de nous.

– On a dit plus de questions.

– Ce n'est pas à vous que je parlais.

Il prend un air inquiet.

– Vous avez déjà pensé à consulter un spécialiste du dédoublement de personnalité ? Si cela peut vous aider, j'ai un ami psychiatre qui s'intéresse au phénomène. Il serait ravi de s'entretenir avec vous… toutes.

Il explose de rire devant mon froncement de sourcils, puis accélère l'allure avant que je puisse lui révéler ma façon de penser. Je suis bien obligée de le suivre, même si c'est de mauvaise grâce.

Nous déambulons dans des ruelles étroites et sortons de ce qui semble être le quartier des affaires. Des tas d'hommes nous croisent et saluent chaleureusement Sam, qui leur répond sur le même ton.

Je reste obstinément muette et insensible aux regards surpris et curieux qu'on me lance. Je ne croise aucune femme.

Elles doivent toutes être à la fameuse séance de Régénération neuronale. Il faut que j'y sois soumise, moi aussi. C'est ma seule chance d'en apprendre davantage et de ne pas avoir l'air d'une cinglée. Ma seule chance de passer cette semaine ailleurs que dans un hôpital, attachée à un lit. Et, qui sait ? Je pourrai peut-être même m'amuser.

Sam entre dans un bâtiment situé en bordure du quartier des affaires. Il est de la même couleur que les autres, mais celui-ci est surmonté d'un gros écusson rouge sur lequel est dessiné un crotale noir aux crochets démesurés. Pas vraiment rassurant comme accueil. Heureusement, l'intérieur est bien plus quelconque et ressemble aux commissariats que j'ai l'habitude de voir à la télé. Des bureaux, un accueil, des couloirs… et pas de terrarium contenant des reptiles au venin mortel, à mon grand soulagement.

– C'est le symbole de la sécurité, m'explique Sam quand il me surprend à grimacer devant le logo. Les gardes font régner l'ordre à bord.

Je le regarde avec condescendance.

– Je le savais.

– Ben voyons, c'est votre petit doigt qui vous l'a dit, c'est ça ? Tenez-vous à carreau et laissez-moi parler. Je pourrai peut-être ainsi vous éviter de rejoindre votre copine en cellule.

Je m'apprête à rétorquer qu'il a intérêt à m'éviter la taule s'il ne veut pas que je le tue à ma sortie quand quelqu'un crie son nom.

– Sam ! Espèce de vieille branche ! Que viens-tu faire dans mon commissariat ? Qu'est-ce qui est arrivé à ton nez ?

Je tourne la tête vers la voix et écarquille les yeux.

Un homme, un peu plus petit que Sam, mais qui n'en reste pas moins imposant, vient à notre rencontre. Pourtant, ce n'est pas sa stature qui m'interpelle, c'est son accoutrement. Il porte un genre d'armure de centurion des temps modernes.

Toute noire et en fibre de carbone, je devine. Son expression joviale et amicale contraste presque douloureusement avec ses vêtements. Il a les cheveux bruns, bouclés, et des yeux rieurs. Il n'est pas aussi beau que Sam, mais il a un charme certain. Je me demande s'il y a un seul laideron à bord. En même temps, les ingénieures n'allaient pas créer des mochetés.

Les deux hommes se prennent dans les bras en une accolade virile, comme dans les très vieux films. Deux femmes ne se souhaiteraient pas la bienvenue ainsi.

– Salut, Murphy, le salue Sam.

Murphy ? Le pauvre…

– Pour le nez, j'ai pris un mauvais coup. Mais je ne viens pas pour porter plainte, même si ça ferait les pieds au coupable. Je viens pour te parler d'une de tes détenues. Une certaine Killian…

Le docteur se tourne vers moi, l'air interrogateur.

– Oh, euh, Suzerain. Killian Suzerain.

Sam se tourne à nouveau vers Murphy, dont le visage s'est éclairé.

– Ah ! La jolie blonde aux yeux bleus ? Oui, je vois. Quelle tigresse, cette fille, elle a failli éborgner un de mes hommes.

Sam ricane.

– On a dû se taper un lot défectueux… Bref. Il se trouve que cette Killian est la meilleure amie d'une de mes patientes, Mlle Simon, ici présente.

Il se penche vers son ami.

– Cette fille est une vraie enquiquineuse, lui confie-t-il d'un air agacé. Ce serait vraiment sympa de ta part si tu la laissais voir Mlle Suzerain. Tu m'enlèverais une sacrée épine du pied et je pourrais ramener ma chère patiente à l'infirmerie.

Je lève le menton de défi.

– Je ne veux pas la voir, je veux que vous la libériez. Sinon je vais commettre une infraction tellement grave que vous serez obligé de m'enfermer moi aussi. Et comme je suis faible, je mourrai en cellule et vous aurez mon décès sur la conscience.

Sam lance un regard entendu au commissaire qui m'observe avec amusement et curiosité.

– T'as raison, Samuel, ça a l'air d'être une sacrée emmerdeuse. Mais tu perds ton temps, avec moi. Je n'ai pas gardé sa copine longtemps en cellule. Elle devait passer au RN et un brigadier l'y a amenée il y a quelques minutes à peine. C'est dommage, vous vous êtes croisés. Si vous étiez arrivés plus tôt, il aurait pu les y conduire toutes les deux.

Sam secoue la tête.

– Pas Mlle Simon. Elle est encore trop faible pour se rendre au RN. J'aimerais au moins lui faire passer quelques tests avant de la libérer.

Me libérer ? Il me prend pour quoi, exactement ? Une prisonnière de guerre ?

– Désolé, Samuel, mais c'est la loi. Et puis, soyons lucides : si elle a réussi à venir jusqu'ici, en râlant en plus, ce n'est pas la séance de RN qui va la tuer. Tu auras tout le temps de l'ausculter après ça. Lieutenant Verdi ?

Un homme redresse la tête de son bureau et se lève pour venir à notre hauteur.

– Oui, commissaire ?

– Amenez Mlle Simon, ici présente, au Régénérateur neuronal. Puis reconduisez-la chez le Dr Laroche une fois que ce sera terminé.

9

L'agacement de Sam est palpable, pourtant sa voix est calme quand il reprend la parole.

– Non, ne me la ramenez pas.

Je suis aussi surprise du revirement de situation que le commissaire Murphy. Quoi ? Il veut se débarrasser de moi à ce point ? Je sais que je n'ai pas été tendre avec lui, mais de là à m'abandonner à mon sort comme ça…

– Je viendrai lui rendre visite moi-même quand j'aurai un moment. Le commissaire a raison, elle n'est pas faible au point de devoir séjourner dans mon infirmerie.

Murphy sourit.

– À la bonne heure ! Dans ce cas, lieutenant Verdi, vous n'aurez donc qu'à raccompagner Mlle Simon à son appartement, puisqu'elle est suffisamment remise pour rentrer chez elle.

Rentrer chez moi… tu parles ! Je donnerais n'importe quoi pour être *vraiment* chez moi à cet instant. Et pas dans une fichue simulation, en train de me disputer avec deux hommes qui ne sont même pas réels.

Sam nous adresse un signe de tête puis s'éloigne sans un mot de plus.

Bon. Pour la courtoisie, on repassera. On ne peut pas dire que nous soyons amis, mais il aurait au moins pu prononcer les deux mots d'usage ! « Au revoir », ça ne requiert pas un effort de parole surhumain, à ce que je sache.

Murphy me quitte également sans y mettre les formes. Après un simple « mademoiselle », il repart errer dans les tréfonds de son sinistre bâtiment.

Le lieutenant Verdi m'invite à le suivre et j'obéis à contrecœur. Il est plutôt charmant, de taille normale pour un homme. Il doit avoir mon âge, à peu près vingt-cinq ans. Il est blond aux yeux bleus et a l'air d'avoir avalé un balai tant il est raide. Mais bon, je suppose qu'être un membre des forces de l'ordre implique une certaine posture.

J'ignore totalement comment se déroule une séance de Régénération neuronale, et je n'ai pas envie de m'y coller. C'est cependant la seule solution pour ne plus attirer l'attention sur moi et faire profil bas durant cette semaine. Il me tarde vraiment de retrouver Killian afin d'en discuter avec elle. Si elle est déjà passée au Régénérateur, elle pourra peut-être m'éclairer. Cela dit… je n'aurai sûrement même plus besoin de lui demander son aide. Je saurai tout ce qu'il y a à savoir.

J'espère…

En tout cas, ça ne va pas m'empêcher de lui souffler dans les bronches ! Je lui dois mon presque-trépas !

Je suis tellement plongée dans mes pensées angoissées que je manque percuter mon guide. Mon fauteuil s'arrête à cinq centimètres de ses fesses et je m'empresse de reculer avant que le lieutenant Verdi ne s'aperçoive de ma proximité avec son postérieur.

– On y est. C'est ce bâtiment.

Je cligne des yeux. Trop occupée à préparer mon sermon pour Killian, je n'ai même pas remarqué que nous avions à nouveau traversé le quartier des affaires et que nous nous étions arrêtés devant une série de portes blindées. Elles sont toutes alignées sur une centaine de mètres, hautes comme deux femmes. Pas un blindage d'acier, mais bien des vitres sans teint en plexiglas ultra épais qui résistera certainement si le vaisseau s'écrase. Ces portes mènent à ce qui semble être des pièces individuelles, de forme cubique, d'environ deux mètres sur deux. L'ensemble du bâtiment ressemble à un très long container en verre fumé.

Je dois bien admettre que je n'ai pas spécialement envie de m'aventurer là-dedans. Seulement, je n'ai pas le choix. Il faut que je sache comment réagir, il faut que j'en apprenne plus sur notre situation.

– Votre amie doit encore être à l'intérieur de la chambre n° 2.

Effectivement, quelque part sur l'immense rectangle fumé, un cube estampillé d'un « 2 » produit une inquiétante lueur bleutée. Je plisse les yeux, mais je n'arrive pas à distinguer la silhouette de mon amie à l'intérieur.

Soudain, la porte en plexiglas coulisse sans un bruit et le cube retrouve son apparence terne, se fondant dans la masse du container.

Killian en sort précipitamment, échevelée. Elle n'a pas l'air rassurée du tout, même après sa séance censée lui apporter toutes les informations nécessaires pour survivre à cette fichue simulation. Peut-être est-ce juste parce qu'elle s'inquiète pour moi ? Je lui souris et, quand son regard se pose sur mon visage, ses épaules se relâchent aussitôt. Elle se jette dans mes bras, étouffant un sanglot.

– J'ai cru que je te perdais… j'ai cru que tu allais mourir.

Je la serre fort contre moi, rongée par la culpabilité même si, techniquement, je n'ai rien à me reprocher.

– Je vais bien, Killy. D'accord ? Regarde, je suis presque d'attaque.

Je la relâche doucement pour pouvoir la regarder et je continue à parler en baissant d'un ton, pour que Verdi ne nous entende pas.

– C'est comment là-dedans ? Tu en sais plus, maintenant ?

Elle hausse les épaules, mais le geste est plein de raideur.

– Oh oui, tous mes souvenirs sont revenus, c'est une formalité, tu vas voir.

J'entends une alarme sonner dans ma tête. Quelque chose d'anormal est en train de se produire.

– De quoi te souvenais-tu exactement avant de passer dans le Régénérateur ?

– De pas grand-chose à part qu'on était amies, de nos années de fac… énumère-t-elle d'un ton désinvolte. Des bribes de souvenirs ravivés maintenant, je te rassure. Mais j'étais tellement paniquée pour toi que j'avais du mal à penser correctement. Tout est rentré dans l'ordre. C'est normal que tu ne te souviennes pas de tout. Après ta séance, tout ira mieux. Tu peux y aller.

Cette explication me laisse de marbre. Elle n'a *a priori* pourtant rien d'étrange. Killian et moi avons bel et bien été à la fac ensemble, nous sommes amies depuis longtemps. Néanmoins, le ton qu'elle emploie fait courir des frissons sur ma peau. Comme si c'était normal de perdre la mémoire en sortant d'hibernation.

Sauf que moi, je n'ai rien oublié.

Le lieutenant Verdi passe un badge sur un scanner et ouvre la porte du cube n° 3. L'intérieur est complètement vide, et les parois, aussi opaques que vues de l'extérieur. Je n'ai pas envie d'entrer là-dedans. Killian agit bizarrement. Elle n'est pas elle-même depuis qu'elle en est sortie.

Malheureusement, le garde ne me laisse pas le choix. Il pousse mon fauteuil jusqu'au milieu de la pièce du Régénérateur neuronal, puis sort tranquillement. Ma meilleure amie ne fait rien pour l'en décourager. Au contraire, elle me sourit avec bienveillance, comme si j'étais juste partie pour un tour de manège. Je suis sur le point de hurler. De les supplier de ne pas m'enfermer dans cette boîte de verre. Toutefois, quelque chose m'en empêche. Un sentiment étrange qui me pousse à jouer le jeu.

Je souris faiblement à Killian, histoire de lui montrer à quel point je suis forte.

Quand la porte se referme, je me retrouve presque dans le noir. Au bout de quelques secondes, mes yeux finissent par s'habituer à l'obscurité, mais la grande pièce est toujours aussi vide. Ma respiration s'accélère, tout comme mon rythme cardiaque. La peur mord mes entrailles, se fraie un chemin à travers mon corps, prend le contrôle de mon être.

Une lumière bleutée d'origine inconnue m'enveloppe soudain et je me fige, statufiée par la terreur.

Une voix étrange, désincarnée, prend la parole, me faisant sursauter.

« Bienvenue à vous, jeune femme. Vous êtes à bord de l'*Artémis*, le vaisseau le plus performant jamais construit. Vous venez de passer cinquante ans en hibernation pour traverser la distance qui nous sépare de la nouvelle planète habitable : Tragos. Il nous faudra encore voyager deux semaines pour arriver à bon port. Les hommes ont été réveillés en premier, pour remettre en fonction toutes les activités du vaisseau. Vous êtes l'avenir de l'humanité. Tous nos espoirs reposent sur vous. Ne nous décevez pas. »

La voix s'éteint et la lumière l'imite quelques secondes plus tard. Je suis restée pétrifiée de peur tout ce temps, tant et si bien que mes muscles commencent à me brûler. Je fouille dans ma mémoire, cherche des éclaircissements, des indications que la séance a fonctionné. Qu'elle m'a prodigué les informations dont j'avais besoin pour comprendre la simulation et en profiter l'esprit tranquille. Mais rien, je suis toujours aussi embrouillée qu'avant. Plus encore, même. Parce que maintenant, je suis intimement persuadée que quelque chose a mal tourné pour moi. Je me souviens de ma vie, mais je ne sais pas ce qui se passe ici, contrairement à Killian, qui, elle, a manifestement reçu toutes les infos dont elle avait besoin.

Je patiente plusieurs secondes dans le noir, m'attendant à ce qu'il se passe quelque chose de terrible, mais ce qui finit par me faire bondir sur mon fauteuil volant, c'est la porte qui se rouvre derrière moi.

Je dois produire un effort surhumain pour pivoter la chaise et garder un air calme, alors que je suis au bord de la crise cardiaque.

– Oh, Noria… murmure Killian, qui n'a pas bougé – mais n'arbore plus du tout la même expression qu'avant la fermeture de la porte.

On dirait que la contenance qu'elle se donnait a cédé sous la pression et qu'à présent elle ne peut plus retenir ses émotions.

Je n'ai plus la force de sourire. Je crains d'entendre ce qu'elle a à me dire.

Elle essuie les larmes qui coulent librement sur son visage et essaie visiblement de garder son calme. Pourquoi réagit-elle ainsi ?

– Killian, qu'est-ce qu'il y a ? Tu ne te souvenais de rien ? l'interrogé-je dans un souffle, de peur d'entendre ma voix trembler.

– C'est normal, à la sortie d'hibernation. Les médecins nous avaient prévenues que ça se passerait comme ça.

Mon monde s'écroule un peu plus sur lui-même.

– Quoi ?

Elle me sourit et me prend à nouveau dans ses bras.

– Oh, Noria ! Une nouvelle vie commence pour nous à présent. Je suis tellement heureuse de partager ça avec toi. Nous allons découvrir un nouveau monde.

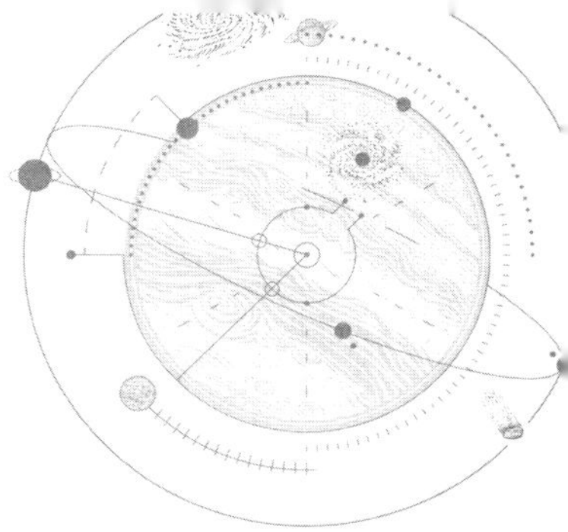

10

Exactement ce que je craignais. Je me raccroche à l'espoir que tout ça n'est qu'une plaisanterie, que Killian finira par se dérider et admettre qu'elle me fait marcher. Mais cela ne semble pas être à l'ordre du jour.

Ma panique s'accentue encore et, même si j'aimerais garder une certaine contenance, je sais que je suis en train de blêmir.

Mon regard plonge dans celui de mon amie et je comprends alors qu'elle est on ne peut plus sincère. Elle est persuadée que nous sommes bel et bien dans un vrai vaisseau spatial, avec une vraie mission. Elle a oublié le concept de la Sphère, des simulations payantes, de la cryogénisation…

J'ouvre la bouche, des larmes de panique et d'angoisse commencent à briller dans mes yeux. Comment la raisonner ?

– Killian… je murmure sans savoir quoi ajouter.

Elle me sourit avec plus d'entrain, chassant son trouble.

– Moi non plus, je n'arrive pas à y croire. C'est trop parfait pour être vrai, n'est-ce pas ? Tous nos soucis sont terminés, maintenant.

Je suis sur le point de la saisir par les épaules et de la secouer pour lui faire entendre raison, mais je me retiens. Finalement, il n'y a aucune raison de paniquer, il faut juste que je donne le change pendant une semaine, et puis après, tout rentrera dans l'ordre, non ?

Si tu te réveilles… me susurre une petite voix pernicieuse.

Je frissonne malgré moi et rejette d'emblée cette possibilité. Il y a eu un bug, mais tout va bien. Je suis en sécurité, il ne peut rien m'arriver de grave.

Dixit celle qui vient vraisemblablement d'échapper à la mort…

J'inspire profondément pour me calmer. Je me pose un million de questions. Pourquoi ma meilleure amie a-t-elle oublié ces dernières années que nous avons passées ensemble ? Années qui semblent avoir été remplacées par une autre vie ? Pourquoi moi, je m'en souviens ? Qui lui a fait ça ? Pour quelle raison ? À mon grand désarroi, je ne peux pas les lui poser.

En effet, la fameuse petite voix me conseille la prudence. Il y a clairement quelque chose qui ne tourne pas rond dans la Sphère. Quelque chose qui a dû déraper, en tout cas. Et je me souviens tout à coup de la voix désincarnée qui nous a donné des instructions dans le cube de verre.

« Ne nous décevez pas. »

Le lieutenant Verdi apparaît dans mon champ de vision. Il écoute tout ce qui est dit.

J'ai la sensation étrange que j'ai intérêt à être une bonne comédienne, à feindre la normalité. Comme si rien autour de moi ne me surprenait.

Je déglutis, ravale le nœud que j'ai dans la gorge et souris à mon amie, même si c'est le sourire le plus froid qui ait jamais étiré mes lèvres.

– Oui, tu as raison. Je… j'ai du mal à y croire.

L'homme finit par avancer dans ma direction.

– Tout s'est bien passé ? s'enquiert-il d'une voix où perce l'irritation.

C'est exactement le coup de fouet dont j'avais besoin. Mon instinct de survie prend le dessus, annihilant la peur et la panique sur son passage. Je me redresse de toute ma hauteur et souris aimablement au garde.

– Absolument. Je suis ravie d'avoir récupéré ma mémoire. Nous… nous discutions de la chance que nous avons d'être ici.

C'est une torture pour moi de faire comme si toute cette situation était absolument normale. Pourtant, et je ne sais pas pourquoi, je suis persuadée que mes souvenirs et ma survie en dépendent. J'ai des tas de questions restées sans réponse ; j'en sais visiblement moins que Killian sur la pseudo-préparation que nous avons suivie pour accomplir ce voyage, mais je dois agir comme si j'avais la situation bien en main. On a volé sa mémoire à ma meilleure amie. On ne me fera pas subir la même chose.

Killian sourit au garde avec sa candeur habituelle.

– Oh oui, une chance incroyable ! Pensez-vous que vous pourriez nous amener à nos appartements ? Noria doit être fatiguée. Elle a eu une rude journée.

Mon cœur bat la chamade en attente de la réponse du lieutenant Verdi. Je m'efforce de ne pas paraître angoissée, mais je sens des gouttes de sueur couler dans mon dos et perler sur mon front. Mes mains tremblent et je suis forcée de les croiser pour ne pas que cela se voie. Perçoit-il mon trouble ? Comprend-il que je n'ai pas été lobotomisée, comme Killian semble l'être ?

– Pas de souci, je vais vous accompagner, articule-t-il d'une voix qui me laisse à penser que quelque chose l'agace. Le commissaire Murphy m'a chargé de vous y amener, de toute façon. Je vais vous montrer ceux qui vous sont pour l'instant attribués, et vous pourrez remplir une demande plus tard si jamais la disposition de vos logements ne vous convient pas.

Killian acquiesce, toujours aussi euphorique et radieuse. Moi, je ne suis ni radieuse ni euphorique. Non. Je suis complètement déstabilisée et terrifiée. Cette situation n'a rien de rationnel. Il y a moins de six heures, j'étais dans mon appartement du Nouveau Paris, je vivais une vie normale, dans mon univers normal. J'avais les cartes en main, je décidais de mon avenir et je savais où j'allais.

Là, j'ai l'impression que le monde que je connais, celui qui m'est familier, vient d'être propulsé à des milliers d'années-lumière de moi. Même Killian ne se souvient pas de notre vie réelle. Elle soutient que sa mémoire est revenue, mais ce n'est pas la bonne ! Elle est persuadée d'être une pionnière sélectionnée pour coloniser une nouvelle planète, bon sang ! Ces souvenirs-là sont faux, ils appartiennent à la simulation.

Une colère sourde envers les ingénieures de la Sphère s'empare de moi, tout à coup. Elles nous ont piégées. Pourquoi effacer la mémoire de leurs clientes pour la remplacer par une autre ? Pourquoi suis-je persuadée que les femmes qui ont créé la Sphère sont derrière tout ça ? Et, surtout… pourquoi cela n'a-t-il pas marché sur moi ?

Je rumine mes sombres pensées en prenant l'air le plus naturel possible. Je ne peux cependant pas m'empêcher de regarder tout autour de moi avec ébahissement, devant l'immensité de ce vaisseau qui me semble sans limites. Je me sens minuscule au milieu de tout ça, mais j'ai avant tout la très désagréable sensation d'être seule. Entièrement, terriblement seule.

Nous quittons le quartier des affaires et passons devant l'hôpital. J'ai une brève pensée pour Sam, pensée aussitôt remplacée par une surprise sans nom quand nous sortons de ce qui semble être le centre-ville.

Devant moi, presque à perte de vue, s'étend un quartier pavillonnaire avec pelouses, routes et trottoirs. J'essaie tant bien que mal de ne pas paraître estomaquée par la grandeur et l'incroyable espace que ça implique, mais c'est tout bonnement trop inimaginable pour moi.

Killian m'attrape soudain par le bras, en soupirant, et je me retiens de crier de surprise.

– Je suis si heureuse, Noria ! On a eu tellement de chance de pouvoir monter à bord, toutes les deux. Je crois que malgré tout ce que cette nouvelle vie nous promet, je n'aurais jamais pu partir sans toi.

J'ai du mal à la suivre. De quoi parle-t-elle ? Elle n'était pas si heureuse que cela d'opter pour cette simulation, tout à l'heure. J'ai même dû choisir à sa place…

Ce n'est pas de cela qu'elle parle, je réalise soudain avec un choc. Bien sûr que non, puisqu'elle ne se souvient pas de son véritable passé ! Elle doit faire référence à une situation en lien direct avec cette histoire, celle du vaisseau et de ses passagers. Peut-être parle-t-elle de la façon dont ils sont prétendument montés à bord ? Pourquoi ne suis-je pas au courant, dans ce cas ? Je ne connais même pas les tenants et les aboutissements de cette fichue aventure ! Y a-t-il eu une espèce de sélection pour être admis sur l'*Artémis* ?

– Ah euh, non, c'est sûr, moi non plus, je n'aurais jamais embarqué sans toi. Mais euh, tu ne t'es jamais demandé pourquoi…

J'essaie de feinter pour paraître la moins ignorante possible et ne pas éveiller ses soupçons. Je me racle la gorge.

– … pourquoi on a eu cette chance ? Je veux dire, d'embarquer toutes les deux ?

Pendant une microseconde, je crois voir de l'empathie dans ses yeux, comme si elle avait pitié de moi. Cette expression disparaît toutefois tellement vite que je me demande si je ne l'ai pas imaginée.

Nous venons de pénétrer dans la zone pavillonnaire et je peux maintenant apercevoir des tas d'hommes et de femmes qui marchent dans les rues, la plupart du temps seuls, parfois en groupe. Je ne reconnais pas grand monde, seulement quelques femmes qui étaient avec nous dans la Sphère. Je cherche dans leur regard un signe d'anxiété, priant pour que l'une d'elles soit dans la même situation que moi. Pourtant, elles se contentent de nous dépasser en riant, sans nous accorder le moindre coup d'œil.

– Je me le demande tous les jours qui passent, Noria.

Son visage s'assombrit.

– C'est tellement triste de penser que l'humanité a complètement disparu. Que la Terre elle-même n'est plus qu'un amas de roches à la dérive.

Je crois que je vais hyperventiler. S'il me restait des doutes, ils ont dorénavant disparu. Killian croit bel et bien être rescapée d'une catastrophe naturelle, elle croit à la réalité de cette simulation. Que sont devenus ses vrais souvenirs ?

Elle a un rire sans joie.

– Toi et moi, on a de la chance d'avoir été épargnées.

Elle baisse d'un ton.

– Parfois, je me dis qu'on aurait peut-être mieux fait de laisser monter tout le monde à bord. Les critères de sélection étaient élevés. Il aurait peut-être été plus juste d'organiser une sorte de loto. Pour que chaque habitant de la Terre ait sa chance.

Je reste silencieuse. J'ai beaucoup d'éléments à digérer. Si j'ai bien suivi, Killian croit être une Terrienne rescapée d'une épidémie ou d'un astéroïde. Je me demande tout à coup quels sont les critères de sélection en question…

Je me frotte le menton, feignant de réfléchir.

– C'est vrai, tu as raison. Ceux qui sont à bord ont eu de la chance de remplir tous ces critères…

Il n'en faut pas plus pour la relancer.

– Oh ça oui ! Ne pas avoir de casier judiciaire et être en parfaite santé, ce n'était pas de la tarte. Je comprends pourquoi ils ont eu du mal à recruter du monde pour remplir l'*Artémis*. Les hommes et les femmes qui ont embarqué parce qu'ils ont une utilité sont encore plus rares. Eux n'ont pas à se demander pourquoi ils sont ici.

Elle me parle encore de cette fameuse embarcation à bord de l'*Artémis*, qui aurait eu lieu des décennies plus tôt, comme si nous n'étions pas en pleine simulation. Comme si cette histoire était la réalité, qu'elle n'avait pas été conçue de toutes pièces par les ingénieures. Comme si Killian n'était pas une Sphéreuse, comme moi, mais une pionnière colonisant l'espace.

– Comme ton docteur, par exemple, reprend-elle d'un ton morose, ce qui a le mérite de me ramener à l'instant présent. Je ne l'ai pas beaucoup vu puisqu'il m'a fait embarquer par la sécurité, mais je n'ai pas aimé la façon dont il te regardait.

Je manque m'étouffer avec ma salive.

– Killy, je lui ai donné un coup de pied dans l'entrejambe. Ça m'étonnerait qu'on forme un joli couple un jour.

Elle sourit, ravie.

– Un coup de pied dans l'entrejambe ? Il le méritait, cet abruti. En tout cas, tu as raison, ne brusquons pas les choses. En plus, le réveil d'hibernation artificielle est toujours un traumatisme et la mémoire en prend un coup. Tu ne t'es pas sentie immensément mieux après la séance de RN ?

– Oh si, immensément, je répète, les dents serrées.

Je meurs d'envie de lui demander ce dont elle se souvient de son « ancienne vie », lui hurler au visage que non, nous ne sommes pas dans un vaisseau spatial mais dans une simulation sadique et sournoise. Que les hommes présents sont virtuels et que les femmes ont été lobotomisées par cette lumière bleue et par cette étrange voix pour croire dur comme fer qu'elles viennent d'un monde apocalyptique.

Je dois garder mon calme. Ce n'est pas le moment de craquer.

Le lieutenant Verdi, que nous suivons depuis un bon moment maintenant, s'arrête devant un petit pavillon au toit plat qui doit faire quatre-vingts mètres carrés. Il me le désigne du menton.

– Voici vos appartements, mademoiselle Simon. Le pavillon de Mlle Suzerain est juste en face. Votre nom est sous la sonnette. Je vous laisse vous installer, vos affaires ont déjà été entreposées à l'intérieur. Vous n'aurez qu'à scanner votre iris sur le lecteur devant la porte pour la déverrouiller.

Il nous salue avec austérité et s'éloigne d'un pas militaire. Je le regarde partir en me demandant quand va s'arrêter l'avalanche des mauvaises surprises. Mes affaires ? Quelles affaires ?

– Je t'invite à boire un coup ? pépie Killian avec enthousiasme.

Je pince les lèvres pour m'empêcher d'éclater en sanglots.

– Je… Non merci. J'ai vraiment mal à la tête, je préfère rentrer et m'allonger un peu. Je viendrai te voir demain, d'accord ?

Elle me sourit avec bienveillance et m'embrasse sur la joue.

– Tu as intérêt, oui !

Et elle s'éloigne d'un pas dansant.

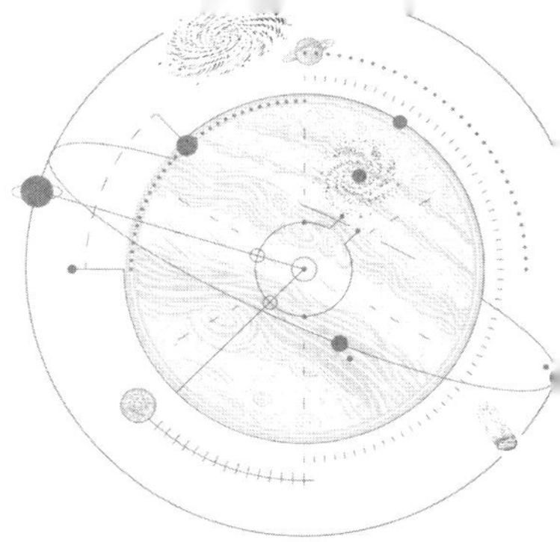

11

Je m'avance vers mon pavillon d'un pas raide. C'est une maison de plain-pied bordée d'une pelouse et d'une allée en gravier gris. La porte est bleu nuit et deux fenêtres sont visibles. Je devine qu'il s'agit de celles de la cuisine et de la salle de bains. La chambre doit se trouver côté jardin.

Je suis tellement concentrée sur mes émotions et mon mal de crâne que je tends la main vers la poignée avant de me rendre compte qu'il n'y en a pas. Je commence à désespérer quand un panneau apparaît sans un bruit, révélant un lecteur d'iris.

Je soupire de soulagement, me penche sur la petite caméra et la laisse analyser mes yeux. La porte coulisse sur le côté dans un chuintement d'air.

Le soir étant tombé (dans un vaisseau spatial, c'est assez cocasse), je ne vois pas grand-chose de prime abord, mais une lumière s'allume progressivement et je finis par distinguer le décor de « ma maison ». La porte se referme derrière moi et je scanne le salon des yeux en essayant de rester calme. L'ameublement est un mélange savant de moderne et d'ancien, excessivement sobre, comme j'aime. Je ne peux voir que le séjour pour le moment, mais une porte au fond à gauche mène, je le devine, à la cuisine, et un couloir sur ma droite dessert sans doute ma chambre, la salle de bains et les toilettes.

Je me concentre sur le salon. Un petit canapé deux places en cuir fait face à un immense téléviseur holographique encastré dans le mur. Les cloisons sont blanches et rien n'y est accroché. Ce n'est pas une ampoule qui éclaire la pièce, mais un système de néons en spirale fondus dans le plafond. À bien y regarder, je ne sais pas s'il s'agit vraiment de néons. Les tubes diffusent une lueur beaucoup plus douce et légèrement bleutée qui repose les yeux.

Une table basse en cristal en forme de tortue (mon animal préféré, étrange…) est disposée devant le canapé, qui est placé perpendiculairement à une baie vitrée donnant sur le jardin. Quatre haut-parleurs ornent les coins de la pièce.

À part ces quelques éléments, je ne remarque rien de particulier. Je me dirige donc vers ma chambre, peu intéressée par la cuisine.

Le couloir, éclairé de la même façon que le salon, dessert trois portes. Une de part et d'autre du corridor et la dernière au fond. J'effleure du doigt un carré lumineux et la porte de gauche s'ouvre en coulissant. Ce sont les toilettes. Assez surprenantes dans leur genre, d'ailleurs, parce qu'elles abritent des dizaines de livres, soigneusement rangés dans des petites étagères taillées dans les murs. Lorsque je m'approche avec curiosité et émotion, je me rends compte qu'il ne s'agit que de mes titres préférés, ou de ceux que j'avais dans ma pile à lire. Et puis, comble du bonheur : aucune liseuse en vue. Dans le Nouveau Paris, il est extrêmement difficile de trouver des livres papier, et pourtant, c'est ce que je préfère.

Comment les ingénieures de la Sphère ont-elles su que j'adorais les livres anciens ? Et pourquoi les avoir rangés dans les toilettes ?

Complètement hypnotisée, je laisse mes yeux parcourir les dos des livres et j'ai la surprise de découvrir des titres que je ne connais pas. Curieuse, je saisis l'un d'entre eux et lis le résumé. Une histoire de pirates, d'aventures, de mutinerie et d'amour. J'en reste coite. Tout à fait le genre que j'aime. Le fait que les ingénieures aient poussé le vice jusqu'à créer des œuvres qui n'existent pas réellement et qui sont à notre goût me fait grincer des dents. À quoi jouent-elles, exactement ?

Je garde le livre en main et sors des toilettes.

J'entre dans la salle de bains en face sans vraiment savoir ce que je vais y découvrir. Je me fige, la bouche grande ouverte, lâchant presque le bouquin tant je suis surprise.

C'est la salle de bains de mes rêves. Aussi grande que mon salon dans le Nouveau Paris, elle comporte une cabine de douche futuriste et une baignoire thalasso gigantesque en forme de larme, composée uniquement de verre et donc transparente. Une petite cascade dégringole du mur et vient s'écouler dans la grande vasque fumante, remplie aux trois quarts d'une eau limpide. Les murs sont carrelés, formant des fresques animales magnifiques.

Détachant mon regard de l'énorme baignoire, je me dirige vers la cabine de douche rectangulaire et reste tout aussi scotchée. Je veux poser ma main sur la paroi transparente, mais au lieu de rencontrer une surface dure, elle traverse ce qui doit être en fait un hologramme. Une lumière bleue électrique crépite autour de mon poignet, là où il brise l'illusion. Je suis abasourdie.

Un pommeau de douche semble émerger du mur carrelé, vingt centimètres au-dessus de ma tête. Quand je tire dessus, je m'aperçois qu'il est décrochable comme dans une douche normale. Dans cette cabine, on peut écouter de la musique, transformer le plafond en pluie torrentielle, activer les petits jets sur le devant pour avoir un massage, et même opacifier l'hologramme pour être complètement isolé.

La cabine doit mesurer deux mètres carrés. Ce qui m'étonne, c'est qu'elle ne soit pas plus moderne, comme le reste du vaisseau. Qu'elle soit parfaitement à mon goût, en somme.

Troublée, je fronce les sourcils et sors de la salle de bains pour me diriger vers ce qui doit être ma chambre. Je déverrouille la porte et celle-ci émet un chuintement en coulissant. Je suis accueillie par un lit deux places qui semble léviter. Intriguée, je m'approche et touche les draps couleur crème. Ils sont aussi doux que de la soie. J'appuie plus fort, mais le lit ne bouge pas tout en restant d'une souplesse déconcertante.

Il y a deux petites tables de chevet de part et d'autre du lit, un coffre dans le mur de droite, une fenêtre sur la gauche et c'est tout. Impressionnée par l'ameublement épuré, je vais me retourner quand j'aperçois un panneau au-dessus du lit. Je m'en approche et pose ma main sur la surface tactile. Un petit bruit d'éclaboussures retentit dans toute la pièce et un écran comportant des dizaines d'images apparaît.

Fascinée et curieuse, je clique sur l'une d'elles représentant des fonds marins et, tout à coup, la fenêtre de ma chambre disparaît, les murs aussi, même le sol se transforme sous mes pieds.

Je pousse un petit cri de stupeur quand je me retrouve littéralement plongée au beau milieu d'un récif corallien.

Des petits poissons nagent autour de moi sans jamais me toucher. Des coraux émergent des murs. Sous mes pieds, du sable chaud se soulève dès que je fais un pas. Même la lumière est tamisée pour imiter celle d'un fond marin. Une musique d'ambiance avec des chants de dauphins et de baleines accompagne le tout, créant un univers tout simplement extraordinaire.

Une tortue marine apparaît de derrière un corail et nage dans ma direction. Les larmes aux yeux, je lève la main et la frôle sans réussir à l'atteindre. Elle me tourne autour quelques instants en me regardant du coin de l'œil puis s'éloigne de sa nage gracieuse.

J'en oublie la douche et l'envie que j'avais de l'essayer. Je m'allonge tout habillée dans le lit confortable, m'enfouis sous les couvertures et me laisse bercer par la musique apaisante. Je garde les yeux ouverts longtemps, hypnotisée par ce décor qui change en permanence. Puis, tranquillisée, je finis par m'endormir.

∞

Je me réveille au beau milieu de la nuit, avec la sensation qu'une main glacée est en train de ramper dans mon dos. Quand j'ouvre les yeux, la simulation marine est éteinte et je peux voir par la fenêtre que l'extérieur est sombre.

Alors que je détourne le regard, une forme accroche mon regard dans la rue. Le sang déserte mon visage. Ce n'est pas une forme quelconque.

C'est une silhouette humaine, complètement immobile.

Et pire que tout, elle est tournée en direction de ma chambre. J'ai à peine le temps d'assimiler l'information que le fond marin réapparaît, ayant détecté mon réveil. Les chants de cétacés résonnent à nouveau dans la pièce, mais je me lève avec précipitation et appuie sur le panneau pour les arrêter, plus du tout apaisée.

La chambre retrouve un aspect normal et presque intimidant. Le cœur battant, je me tourne vers la fenêtre et la nausée me submerge. La silhouette a disparu.

Les jambes flageolantes, je me lève et m'approche de la vitre. Je colle mon nez dessus et examine les environs. J'ai vue sur mon jardin, mais au-delà de la petite haie qui le clôture, une rue mène à d'autres pavillons. C'est là que je suis certaine d'avoir aperçu quelqu'un. Ce n'était pas une femme, ça, j'en suis sûre. La silhouette était trop imposante. J'ai beau scruter les environs, je ne vois rien de suspect. Cependant, cette personne pourrait se cacher derrière n'importe quel angle mort.

Les dents serrées, je me lève, toujours vêtue de ma combinaison moulante, et sors de la chambre. Je pourrais aller fouiller les tiroirs de la cuisine en quête d'un couteau, mais je n'ai pas le courage de m'y rendre. La salle de bains est la pièce la plus proche ; je m'y faufile, dévisse le pommeau de douche et le garde fermement dans ma main. Ça fera l'affaire. De toute façon, je n'ai pas l'intention de tuer qui que ce soit.

Je m'approche de la porte d'entrée, décidée à passer par-devant pour ne pas me faire repérer. La baie vitrée du salon s'est mise en mode « nuit » : on ne peut pas me voir de dehors. Moi, en revanche, je peux voir l'extérieur, et il n'y a rien à signaler de ce côté-là non plus.

Je m'apprête à déverrouiller la porte avec l'empreinte de mon pouce, mais j'hésite un instant. Et si cet homme était juste derrière ? Et s'il me voulait du mal ?

Je secoue la tête. Je suis dans une simulation, je me rappelle. Il ne peut rien m'arriver de mal, ni à moi ni à Killian. Même si la situation ne tourne pas rond, je n'ai qu'une semaine à tenir. Par contre, si un abruti de programme d'ordinateur s'amuse à me filer les pétoches, il va le sentir passer, qu'il soit virtuel ou non.

Je déverrouille la porte qui coulisse avec le « kchhh » habituel, qui me paraît tout à coup terrifiant. Je brandis mon arme, prête à matraquer sans merci, mais le perron est vide. Il n'y a strictement personne. Loin de se détendre, mon corps se met à trembler sous l'effet de la peur et de la tension combinées.

Les phalanges blanchies par la pression que j'exerce sur le pommeau de douche, je m'avance jusqu'au milieu de l'allée. Je peux apercevoir la baie vitrée du pavillon de Killian.

Je regarde à droite et à gauche. La rue est éclairée par des lampadaires et j'y vois assez loin pour constater que cette partie du vaisseau est tout aussi déserte.

Comme je ne veux pas repartir me coucher sans être vraiment certaine que personne ne rôde dans les parages, je m'avance sur la pelouse, fais le tour du propriétaire et pénètre sur la pointe des pieds dans le jardin de derrière. Je regarde en direction de l'endroit où j'ai aperçu l'homme. Il n'est plus là, comme j'ai pu le constater un peu plus tôt. Je m'avance vers la haie, me penche au-dessus pour examiner chaque côté de la rue qui la longe.

Un soupir m'échappe. Il n'y a strictement personne ici. Je commence à me demander si cette fichue simulation ne se paie pas ma tête. De toute façon, après la séance de Régénération neuronale et ce qui est arrivé à Killian, j'ai bien compris que quelque chose de pas net se trame dans la Sphère. Les ingénieures se servent de nous, pour je ne sais quelle obscure raison. Pourquoi ne me feraient-elles pas voir des espions imaginaires par la fenêtre, juste pour m'effrayer ?

Je secoue la tête. La paranoïa commence à avoir raison de ma raison. Tout cela a forcément une explication logique, rationnelle. Il suffit que je la trouve.

Je pivote sur mes talons, plus calme et décidée à rentrer « chez moi ». Mais je ne vais pas plus loin. Mes yeux s'écarquillent de peur, mes mains se mettent à trembler et je retiens un cri de terreur.

En face de moi, sur la baie vitrée du salon, écrit en grosses lettres rouges dégoulinantes, s'étale le mot :

BIENTÔT

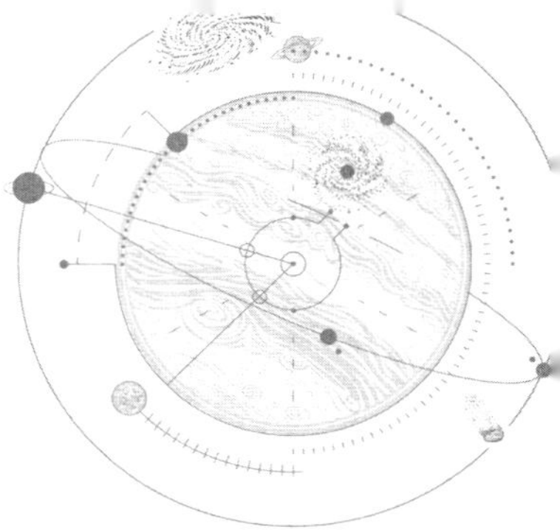

12

Je m'adosse à la porte verrouillée, le souffle court, le cœur battant. Des larmes coulent sur mes joues et j'ai du mal à retenir mes sanglots. Pourquoi suis-je aussi paniquée ? Pourquoi mon corps semble-t-il se rappeler quelque chose de dangereux, mais pas mon esprit ?

Je ne cesse de me répéter que ce n'est qu'une farce. Une farce stupide faite par quelqu'un qui s'ennuie et qui a décidé de terroriser un passager de l'*Artémis*. C'est juste malencontreusement tombé sur moi… mais pourquoi moi, justement ? Pourquoi ai-je l'impression que ce n'est pas une coïncidence ? Pourquoi ce mot, « bientôt », tagué à la bombe, dont les lettres coulent comme du sang sur la vitre ? Et, surtout, pourquoi ai-je cette horrible sensation d'insécurité, l'impression que je suis en danger ?

Toujours appuyée contre la porte, je pose une main sur mon cœur et essaie de me calmer. Tout va bien, me répété-je, encore et encore. Tout va très bien. Je suis victime d'une plaisanterie. Une mauvaise, très mauvaise plaisanterie.

Je lève les yeux et ose regarder le mot. De là où je suis, il est écrit à l'envers. De plus, quand j'étais à l'intérieur, il ne s'y trouvait pas. Cela signifie que celui qui l'a écrit savait que j'allais sortir et surtout qu'il l'a tagué juste avant que j'arrive dans le jardin.

Je frissonne. Il était dans les parages quand je l'ai découvert. Il a certainement vu ma peur et ma surprise.

Je secoue la tête. Ce n'est pas une plaisanterie. C'est un acte malveillant commis dans un but précis. Son auteur veut m'effrayer. Il veut que je sache qu'il m'observe.

Peut-être est-il en train de m'épier en ce moment même.

Mes larmes de peur se transforment en larmes de colère. J'ai payé cinq mille unités pour m'amuser dans cette simulation, je ne vais pas me laisser intimider par un algorithme cinglé. Je ne vais sûrement pas le laisser s'immiscer dans ma vie et la mettre plus en bazar qu'elle ne l'est déjà.

Maintenant bien énervée, je m'avance à grands pas vers la cuisine, que je n'ai même pas encore pris le temps de visiter. Sans prêter une grande attention au mobilier, qui se compose d'un îlot central, d'un évier géant et d'une dizaine de rangements, je fonce vers le placard sous l'évier et fouille dans les produits ménagers. Je déniche un nettoyant pour vitres et un chiffon en microfibre dont je me saisis. Je me redresse, me précipite sur la baie vitrée avec une rage flamboyante, pose mon pouce sur le scanner d'empreintes et la laisse coulisser sans un bruit.

J'avance d'un pas et me retrouve à nouveau dans le jardin. J'observe les alentours avec un air de bouledogue et me retourne finalement sur le mot.

La signification en elle-même devrait suffire à me terrifier, mais pour ajouter au morbide de la situation, il est écrit en rouge et la façon dont les lettres sont tracées me fait penser à une police d'écriture qu'on aurait utilisée pour taper le mot « zombie ».

Je frissonne de dégoût. Je m'apprête à pulvériser l'inscription quand me vient une idée. Même si je veux montrer au potentiel voyeur que je n'ai pas peur, il ne faut pas que j'efface une telle preuve sans réfléchir.

Je rentre dans le salon, referme la baie vitrée derrière moi et fonce dans ma chambre. Je me précipite sur les tables de chevet, ouvre les petits tiroirs sans trouver ce que je cherche. Je me redresse, un peu perdue, et ouvre le coffre dans le mur. Malheureusement, il ne contient que des dizaines de petits cercles de métal portant des inscriptions que je ne prends pas le temps de lire.

Je retourne dans le salon sans regarder la baie vitrée et avise une petite commode sous le téléviseur mural, qui doit contenir des objets électroniques. Je me penche, pleine d'espoir, et fouille à l'intérieur. J'y trouve enfin exactement ce que je cherche : une oreillette téléphonique, des instructions pour utiliser les commandes vocales, et surtout un smartfilm.

J'attrape ce dernier d'une main fébrile. L'objet, aussi fin qu'une feuille de papier, s'allume aussitôt que je le saisis. Il semble reconnaître mon visage parce que l'écran de veille est presque aussitôt remplacé par celui de l'accueil, opaque. Je discerne à peine le plancher à travers. Alors que je cherche l'icône qui m'intéresse, le cœur battant, je ne peux m'empêcher de souligner ma bonne idée. On ne me traitera pas de folle paranoïaque si je conserve une preuve. Et moi-même, j'aurais moins l'impression d'avoir déliré.

Je finis par trouver l'icône « appareil photo » et clique dessus. Je me relève, un sourire aux lèvres, puis me fige complètement.

Je suis face à la baie vitrée. Les produits ménagers sont exactement là où je les ai laissés.

Le mot, en revanche, a disparu.

∞

J'ouvre mes yeux embrumés et mon regard se pose sur le plafond blanc. J'ai du mal à rassembler mes idées, à me rappeler ce que j'ai fait la veille. Je tourne la tête et aperçois ma fenêtre. Les vitres sont teintées de noir.

Mon cœur bondit dans ma poitrine lorsque je me souviens de ce qui s'est passé avant que je ne me cloisonne dans ma chambre et actionne le mode « ténèbres » afin qu'on ne puisse pas m'espionner à travers le plexiglas.

Le malfaiteur avait attendu que j'aille dans la chambre pour effacer son immonde tag. Il était là, tout près, quand j'étais sortie. J'en ai des frissons rien qu'en y repensant.

Ou alors… ou alors il n'y a jamais eu de mot et j'ai complètement pété un câble. Ce qui est fort probable après toutes les mésaventures qui me sont arrivées dernièrement. J'ai eu de quoi imaginer des choses. Ou alors il y a eu un bug du système que les ingénieures se sont employées à réparer avant que j'en garde une trace.

Je ne sais plus quoi penser, en toute honnêteté. Suis-je en train de devenir dingue ? Y a-t-il vraiment quelqu'un au-dehors qui m'en veut ? Est-ce une simple erreur ?

Je secoue la tête. Je préfère ne jamais le savoir. Il faut que j'oublie cet événement, que je l'oblitère de mon esprit.

Je me lève et me rends compte que la main que j'avais glissée sous l'oreiller est fermement agrippée à un couteau de cuisine.

Je ne peux m'empêcher d'éclater d'un rire hystérique.

Je ne vais pas bien. Je ne vais définitivement pas bien. Non seulement j'hallucine, j'en suis sûre maintenant, mais en plus ça me pousse à planquer des objets pointus sous mon oreiller pendant que je dors. Quand on sortira de là et qu'elle aura recouvré la mémoire, il faudra que j'en touche un mot à Killian : dans quoi m'a-t-elle traînée ? Je réfléchirai à deux fois la prochaine fois qu'elle me proposera de passer mes seules vacances du trimestre à la Sphère… J'ai connu plus reposant, comme séjour.

Je sors du lit en séchant mes larmes et me dirige vers la salle de bains, pouffant encore nerveusement de temps à autre. Il est temps que je prenne une bonne douche chaude.

Je commence à me déshabiller. Enfin, j'essaie. Je ne sais même pas comment me débarrasser de cette chose qui me colle à la peau. Je suis habituée à montrer mon corps en public, mais c'est pour une raison particulière. J'évite de le faire aussi au quotidien ! Si voyager à la vitesse de la lumière à travers l'espace dans un vaisseau spatial peut être qualifié de « quotidien »…

Je déniche enfin un tout petit bouton plat, juste sur mon plexus, et quand je le presse, ma combinaison se désagrège complètement, comme si d'énormes pixels remontaient le long de mon corps de tous les côtés pour venir se ranger dans le bouton. Je finis par être complètement nue et attrape ce qui reste de ma combinaison, c'est-à-dire un petit cercle de métal gris sous ma poitrine.

Je le prends entre mes doigts et l'examine avec une certaine fascination. J'adore le principe, et je comprends à présent ce qu'étaient tous ces petits anneaux soigneusement rangés dans le coffre de ma chambre. Il me tarde de les essayer.

Nue comme un ver, je traverse l'hologramme de verre avec toujours autant de fascination. Pourquoi, d'ailleurs, y mettre une vitre virtuelle qui finalement ne protégera en rien le sol de la salle de bains des éclaboussures ?

– Mais à quoi ça peut bien servir ? je murmure pour moi-même, une fois que je suis à l'intérieur.

– Bonjour, mademoiselle Simon ! s'exclame tout à coup une voix grave et suave, me faisant tressaillir. Il est sept heures du matin et la température extérieure est de 22 °C. Le soleil artificiel se lèvera dans moins de vingt minutes. Que puis-je faire pour vous aujourd'hui ?

Les yeux écarquillés par la terreur, une main sur mon intimité, l'autre sur ma poitrine, je regarde tout autour de moi pour déterminer l'origine de la voix. Elle semble venir de partout et de nulle part à la fois. Je me rappelle le voyeur d'hier et, même si je pense l'avoir imaginé, l'angoisse se remet à jouer avec mes entrailles.

– Vous êtes qui, vous ?

– Veuillez m'excuser, je ne me suis pas présenté. Je suis Alan, votre assistant de vie personnel.

Je sens mes narines se dilater.

– Un assistant de vie personnel ? Ça veut dire quoi, ça ? Pourquoi vous êtes dans ma salle de bains alors que je suis nue ?

– Pardonnez-moi, mademoiselle Simon, de vous avoir effrayée. Je ne suis qu'une interface cybernétique installée dans le réseau électrique de la maison dans laquelle vous habitez. Il n'y a pas de système de caméra dans la salle de bains et, même si c'était le cas, je ne suis pas programmé pour apprécier la vue.

Je rêve ou il vient de faire de l'humour ?

– Et à quoi tu sers, alors ?

– Je peux vous rendre un bon nombre de services. Par exemple, je peux programmer votre douche à l'heure que vous voulez, choisir vos vêtements pour vous, désactiver l'alarme ou l'activer selon votre bon vouloir, allumer ou éteindre les lumières, de même pour les simulations d'ambiance dans votre chambre, changer les chaînes du téléviseur holographique…

Maintenant plus agacée qu'apeurée, je pince les lèvres, déterminée à coincer cette intelligence artificielle.

– Très bien, Alan. Eh bien, puisque tu sembles si utile, adapte le programme de la douche à mon humeur.

– C'est dans mes cordes, mademoiselle. Je ressens dans votre voix de l'angoisse et de la colère. Les phéromones que vous produisez trahissent une certaine anxiété et de la tension.

J'essaie de ne pas penser au fait qu'il arrive à capter mes phéromones et hoche la tête.

Une pluie d'eau chaude s'abat sur mon crâne au moment où ma chanson préférée résonne dans l'habitacle, juste assez fort pour couvrir le son de l'eau, mais assez faible pour ne pas irriter mes tympans. Des jets s'allument et s'éteignent au rythme des basses, massant mon dos. L'écran que j'ai traversé, loin d'être un hologramme, se teinte de bleu puis de rose en se dégradant doucement. À en croire les gouttes d'eau qui disparaissent littéralement à son contact, c'est plutôt une extraordinaire barrière contre l'humidité.

Une brume confortable sature l'air et je suis tellement bien que je ne vois pas le temps passer. L'eau s'arrête de couler quelques minutes, tout juste assez pour que je me savonne, et le programme reprend alors que la voix de Phil Collins m'enveloppe et me réconforte.

Je suis presque déçue lorsque je suis propre et que la musique décline doucement pour disparaître, en même temps que la pluie d'eau et les jets.

Je souris.

– C'était super, Alan, merci. Est-ce que la salle de bains est chaude ?

– À peine plus que la cabine, mademoiselle. Vous ne devriez pas avoir froid.

Je sors et reste ébahie quand je me rends compte que la barrière n'a pas laissé passer l'humidité et que je suis déjà complètement sèche.

Je souris et me regarde dans le miroir. Ça me fait déchanter assez vite. J'ai une tête de déterrée. Des cernes énormes sous les yeux, un teint livide, un regard hanté, on dirait que je n'ai pas dormi depuis des semaines.

Je grimace et me frotte les bras.

C'est alors que je remarque un bleu qui a presque fini de s'estomper sur la ligne de ma mâchoire.

Interloquée, j'approche mon visage de la psyché et touche l'ecchymose du bout des doigts. Je suis certaine que je ne l'avais pas avant d'embarquer dans la Sphère. Je suis même certaine que je n'ai jamais eu de bleu à cet endroit.

Le cœur battant, j'appelle Alan.

– Oui, mademoiselle ?

– Est-ce que tu sais si je me suis cognée dans mon sommeil ?

– Pas à ma connaissance, mademoiselle.

Je déglutis et recommence à trembler.

– Alan ?

– Oui, mademoiselle ?

– Est-ce que tu as détecté une intrusion dans le jardin, cette nuit ?

Une pause. Une pause beaucoup trop longue pour une IA surpuissante.

– Je ne suis pas programmé pour repérer les présences extérieures.

Je pince les lèvres.

– Tu mens ! Tu as dit que tu étais responsable de l'alarme !

– De l'alarme intérieure, oui, mais il n'y en a pas dans le jardin.

Je m'apprête à lui demander s'il a détecté une pression sur la baie vitrée, dans ce cas, mais je suis toujours nue et j'ai besoin de m'habiller. Je pourrai cuisiner Alan une fois vêtue.

De mauvaise humeur, je lui ordonne de me préparer un jean droit et une blouse blanche. Quand j'ouvre mon placard, deux petits cercles de métal sont disposés sur le rebord. Je m'en saisis avant de me rappeler que je ne sais pas où les placer.

– Alan ? Comment je m'y prends ?

– Vous posez le premier cercle dans votre main droite puis sur votre plexus. Celui de votre main gauche peut être disposé partout sur l'une de vos cuisses.

J'obtempère avec gaucherie, mais finis par y arriver. Les pixels se déploient sur mon corps et le couvrent entièrement. Le jean est parfaitement à ma taille et très confortable, je le sens à peine. Le chemisier comporte un soutien-gorge intégré.

À nous deux, Alan, pensé-je sournoisement, juste au moment où quelqu'un frappe à la porte.

13

Je m'avance prudemment vers la porte et me penche sur le battant pour écouter. Je n'entends strictement rien. Je ne veux pas activer la caméra extérieure, de peur que le nouveau venu détecte ma présence. Et je compte encore moins lui ouvrir sans connaître son identité, alors je m'en remets encore une fois à mon assistant de vie personnelle.

– Alan ? Est-ce que tu sais qui est là ? je chuchote.

– Il s'agit du Dr Samuel Laroche, mademoiselle, me répond-il en réglant le volume sonore de sa voix pour qu'elle ressemble à un murmure. Dois-je l'inviter à entrer ?

Il a dû comprendre que je ne voulais pas être entendue et il s'est adapté pour ne pas ajouter à mon stress. C'est mignon.

J'ai à peine le temps de revenir de ma surprise que mon visiteur se met à hurler de l'autre côté.

– Mademoiselle Simon, je sais que vous êtes là. Ouvrez-moi, je ne vais pas vous manger.

Je plisse les yeux et ordonne à Alan de déverrouiller la porte. Sam est là, un sourire aimable sur les lèvres, toujours aussi beau et toujours aussi agaçant.

– Vous ! je siffle. Qu'est-ce que vous me voulez ?

– Quel aimable accueil. Je vois que vous allez mieux. Cela me remplit de joie. Et pour répondre à votre question, on m'a demandé de venir m'enquérir de votre santé.

C'est à mon tour de paraître dubitative.

– Comment ça, on vous a demandé de venir vous enquérir de ma santé ? Qui vous a dit de faire une chose pareille ?

Il hausse une épaule puis se faufile entre l'encadrement et moi pour pénétrer dans la maison.

– Hé ! je m'exclame, outrée. Mais allez-y, faites comme chez vous !

Il examine tranquillement les lieux avant de se retourner vers moi.

– C'est mon gestionnaire de tâches qui m'a envoyé un rappel ce matin. Je devais venir voir si vous alliez mieux. Je m'attendais à vous retrouver desséchée sur le tapis de votre salon, mais vous êtes toujours en vie, le ciel en soit loué. Un petit café ne serait pas de refus, maintenant que vous m'avez invité à entrer.

– Mademoiselle ? Souhaitez-vous que je mette en route la machine à café ?

– Occupe-toi de tes fesses, Alan, je n'en ai pas encore fini avec toi.

Bizarrement, mon « assistant » ne relève pas.

Je regarde le docteur diabolique dans les yeux.

– Qui programme votre gestionnaire de tâches ?

Il fronce les sourcils, comme si mes questions étaient toutes plus étranges les unes que les autres.

– C'est l'ordinateur central du vaisseau, celui qui s'occupe de classer et de mettre à jour les dossiers personnels de chaque passager ou membre d'équipage. Pourquoi ?

J'écarquille les yeux.

– C'est possible de lire son dossier ? Comment y a-t-on accès ?

Sam s'assied sur le dossier de mon canapé et je dois me contenir pour ne pas le pousser et me délecter de le voir rouler-bouler en arrière.

– Je trouve votre interrogatoire de plus en plus étrange. Pourquoi auriez-vous besoin d'accéder à votre dossier personnel ? Vous êtes atteinte d'amnésie traumatique ?

Il écarquille les yeux, comme s'il avait une révélation effrayante.

– Ne me dites pas que vous êtes retombée dans le délire du « tous les hommes sont virtuels » !

Je chasse sa remarque d'un geste de la main, comme si ses accusations étaient un complet non-sens. Sauf que je sais pertinemment que cet homme est bel et bien une illusion créée par les ingénieures de la Sphère. Mais bon, ça, il n'a pas besoin de le savoir.

– Bien sûr que non, je mens avec brio. Je me demandais juste ce qui y était mentionné. J'aurais aimé le parcourir.

Le docteur me contemple avec suspicion pendant quelques secondes puis hausse les épaules.

– Je suppose que vous en avez le droit. Pour cela, vous n'avez qu'à remplir une demande. Dès que vous aurez l'autorisation du capitaine, il vous transmettra directement le dossier sur votre écran holographique ou sur votre smartfilm.

Je croise les mains pour éviter qu'elles tremblent.

– Et ça prendra combien de temps ?

– Avec les centaines de requêtes qui arrivent tous les jours sur l'ordinateur central, je pense que le capitaine ne pourra pas vous répondre avant une bonne dizaine de jours.

Je dois me faire violence pour ne pas taper du pied. Ce sera trop tard. J'aurai déjà quitté la Sphère, dans dix jours.

Ça m'aurait arrangée de savoir ce que les ingénieures ont écrit à mon sujet avant de leur balancer leurs fautes au visage.

Je lève le menton.

– Très bien, je ferai la demande, alors. Bon, maintenant que vous êtes rassuré et que vous avez remarqué que je ne suis pas, je cite, « desséchée sur mon tapis », je vous prierai de sortir de chez moi et d'aller enquiquiner quelqu'un d'autre.

– C'est que…

– Que quoi ?

Il m'adresse un sourire charmeur.

– Que ma prochaine visite a pour but de m'enquérir du rétablissement d'un mécanicien qui s'est à moitié arraché la main en allant chercher une pièce dans l'un des moteurs du propulseur gauche du vaisseau. C'était un véritable carnage, même après l'opération, et j'aurais bien besoin d'un café avant de refaire son bandage. Ah oui, et de déterminer s'il a besoin d'une amputation ou non. J'aime soigner les gens, c'est vrai, mais je préfère discuter avec une belle femme, voyez-vous ?

N'ayant pas forcément envie d'en entendre davantage, déjà rouge comme une tomate, j'apostrophe Alan, particulièrement silencieux depuis tout à l'heure.

– Allume la machine à café, s'il te plaît. Prépares-en un. Non, deux ! Je vais en avoir besoin aussi, je pense.

Le docteur s'esclaffe.

– Arrêtez un peu votre baratin, je ne suis pas aussi insupportable.

Mon regard doit en dire long parce qu'il arrête immédiatement de rire. Il ouvre légèrement la bouche, se décolle du dossier de mon canapé et s'approche de moi pour se pencher sur mon visage.

Je recule précipitamment, tellement précipitamment d'ailleurs que je manque tomber à la renverse.

– Eh ! Non mais ça va pas ?!

Un éclair de surprise passe dans son regard et c'est à ce moment-là que je comprends qu'il n'allait pas m'embrasser. Non, je pense qu'il avait simplement découvert le bleu sur ma mâchoire et s'approchait pour l'examiner de plus près.

Pétrifiée, je rougis de plus belle tandis que ses yeux se remplissent de larmes et qu'il explose littéralement de rire, plié en deux.

– Oh, mon Dieu ! hoquette-t-il. Ne me dites pas que vous pensiez que j'allais vous embrasser !

– N'importe quoi, je m'offusque, écarlate. C'est juste que, hum…

Il essuie ses larmes et balaie mes pauvres arguments d'un revers de la main.

– Vous fatiguez pas. Bon, rassurez-vous, je promets de contenir mes pulsions à votre égard, me taquine-t-il en se rapprochant de moi.

Il redevient sérieux et passe une main délicate mais professionnelle sur la ligne de ma mâchoire. Il fronce les sourcils, appuie doucement à certains endroits puis s'écarte, l'air soucieux.

– Comment vous êtes-vous fait ça ?

Si seulement je le savais !

– Je, hum, c'est vous, là, quand vous m'avez neuroneutralisée avec votre joujou ! Je suis tombée tête la première par terre et je me suis cogné la mâchoire sur le sol.

– Bien essayé, mais vous êtes tombée sur la joue gauche, et là c'est votre mâchoire droite qui est touchée. Cette ecchymose est assez vieille. Je ne serais pas surpris d'apprendre que vous vous l'êtes faite avant d'embarquer, cinquante ans en arrière. L'hibernation artificielle soigne les plaies, même les plus malignes, mais apparemment celle-ci était assez grave pour n'avoir pas totalement disparu malgré le temps que vous avez passé endormie.

Ben voyons. J'ai envie de lui hurler que rien de tout ça n'est réel. « Cinquante ans en arrière », et puis quoi encore ? J'ai envie de lui dire que je me suis cognée juste avant la cryogénisation dans la cuve qui m'y menait. Mais, bien sûr, il ne me croirait pas et me prendrait pour une folle furieuse ; je finirais sans doute enfermée dans l'une de leurs cellules d'isolement pour le reste de mon séjour.

Je détourne le regard avant qu'il aperçoive la frustration dans mes yeux.

– Alan ! j'aboie à l'intention de mon assistant. Ils sont prêts, ces cafés ?

– Servis et prêts à être dégustés, mademoiselle.

Je me dirige vers la cuisine et retiens une exhalation agacée quand j'entends le docteur me suivre.

– Vous allez devoir venir avec moi à l'hôpital. Je vais vous faire passer une radio et un scanner. Juste pour vérifier que tout va bien.

Je fais volte-face, l'index en l'air.

– D'une, il est hors de question que j'obéisse au moindre de vos caprices. De deux, je peux vous assurer que je vais très bien et que je n'ai absolument pas besoin de vos examens. De trois, si vous continuez à me harceler, je vous fous dehors et vous irez boire votre café avec votre mécanicien manchot.

Il ne semble pas apprécier l'insulte que j'adresse au pauvre type qui s'est broyé la main, mais je m'en tape. Je suis trop stressée en ce moment pour accepter sans broncher de subir les ordres d'un médecin – canon, certes, mais virtuel.

J'attrape les cafés, lui en fourre un dans la main et vais m'installer sur la terrasse, dans un petit salon de jardin tout mignon d'où je peux admirer tranquillement le soleil se lever. Même si c'est un faux soleil, je trouve que c'est apaisant d'observer son ascension dans le ciel.

Sam me rejoint finalement et vient s'asseoir en face de moi, sirotant son café comme si de rien n'était. Son regard finit par tomber sur le nettoyant pour vitres et le chiffon en microfibre que j'avais laissés sur le sol dans l'intention d'effacer le mot tagué sur ma baie vitrée, avant de me rendre compte que le mot en question n'avait en fait jamais existé. Enfin, j'espère.

– Ne me dites pas que vous êtes une de ces maniaques qui nettoient leurs vitres étincelantes tous les jours après avoir pris leur petit déjeuner à cinq heures du matin ?

Je me pince l'arête du nez, tentant de conserver mon sang-froid.

– Vous, on peut dire que vous savez parler aux femmes. Et après c'est moi qui suis un cadeau du ciel, hein ?

– Vous ne répondez pas à la question, en attendant.

– Mais parce que je me moque bien de savoir quelle opinion vous avez de moi. Si ça peut vous faire plaisir de penser que je me lève tous les matins à cinq heures pour astiquer mes fenêtres, grand bien vous fasse.

Il sirote son café en souriant et j'en profite pour le regarder un peu. Je ne peux m'empêcher de me sentir blessée qu'il n'ait pas eu l'intention de m'embrasser. Je suis sûre que j'aurais apprécié, en plus. Je n'ai qu'une semaine pour m'amuser ici, et je ne compte pas repartir sans avoir au moins flirté un peu avec un homme. Enfin, si les ingénieures ne me rendent pas maboule avant.

– Que faisiez-vous avant d'embarquer à bord de l'*Artémis* ?

Sa question me prend de court. Je décide de dire la stricte vérité en espérant ne pas commettre d'impair.

– J'étais mannequin. Pourquoi ?

Il penche la tête sur le côté en regardant le ciel.

– Parce que je me demandais comment une aussi belle femme avait pu survivre à la Grande Épidémie, et aussi ce qui avait poussé les organisateurs de l'Entreprise à vous offrir une place à bord. Maintenant, je me doute que votre statut social et votre porte-monnaie ont dû y être pour quelque chose.

Pourquoi a-t-il ce ton condescendant quand il parle de ça ?

Et pourquoi est-ce que ça me touche ?

Je décide d'ignorer le mépris dans sa voix et lui retourne la question. Il a un rire jaune.

– J'étais l'un des meilleurs médecins de la décennie, pour la simple et bonne raison qu'il n'en restait pas beaucoup après l'Hécatombe. Les organisateurs ont recruté tous les hommes et les femmes qui avaient des compétences particulières et surtout qui étaient encore en bonne santé. Comme vous le savez, il ne restait que deux cent mille humains sur Terre et la plupart étaient condamnés, autant pour leur violence que par leur état de santé. J'avais un frère… ma famille était… enfin, je n'avais plus personne à regretter. Plus d'attaches sur cette planète mourante, je n'ai eu aucun mal à accepter la mission.

Ses joues prennent une teinte rosée alors qu'il s'efforce de ne pas croiser mon regard, mais son histoire ne m'intéresse pas assez pour que je m'interroge sur sa réaction. Sa version corrobore bien celle de Killian, qui m'a déjà expliqué tout cela. J'apprends toutefois quelques détails nouveaux. Par exemple le nombre de survivants à la pandémie. Ou le fait que ceux qui n'avaient pas de compétences particulières ont dû payer et prouver qu'ils n'étaient pas malades pour monter à bord, tandis que tous ceux qui avaient des métiers utiles ont embarqué gratuitement. Et après c'est moi qui suis injuste ?

Avant que j'aie pu lui révéler le fond de ma pensée, il se lève et me salue avec amabilité, même s'il est plus crispé que tout à l'heure.

– Le devoir m'appelle, mademoiselle. Je vous remercie pour le café et cette agréable conversation.

Je lui adresse un signe de tête et le raccompagne à la porte. Je m'apprête à actionner la fermeture quand il se retourne vers moi.

– Si vous avez le moindre problème, si vous sentez que quelque chose ne va pas ou qu'un symptôme inquiétant refait surface, n'hésitez pas à venir me voir à l'hôpital, d'accord ?

J'acquiesce pour la forme et le regarde s'éloigner avant de refermer la porte.

Je m'y adosse et lève les yeux au plafond.

– Alan ? Envoie un message au capitaine.

14

Je viens à peine de terminer de dicter mon message qu'on frappe à nouveau à ma porte.

Craignant et espérant tout à la fois qu'il s'agisse encore du médecin, j'interroge doucement Alan.

– C'est votre amie, Killian Suzerain, mademoiselle.

Je commande l'ouverture de la porte, partagée entre la joie de la revoir et la peur de ne pas savoir quoi lui dire. Killian est resplendissante. Elle porte une jolie robe fleurie et légère, des spartiates marron, et elle a relevé ses cheveux en queue-de-cheval. Elle me lance un sourire radieux en me voyant et me prend dans ses bras.

– Tu m'as manqué ! Même si on a été séparées qu'une nuit, je ne suis pas habituée.

– Pourtant on a été séparées pendant cinquante années d'hibernation, je ris, pour paraître crédible. Tu veux un café ?

Elle hoche vigoureusement la tête et pénètre à l'intérieur. Je commande deux autres cafés à Alan avant de rejoindre Killian, qui est déjà installée sur une chaise du salon de jardin. Elle regarde fixement les deux tasses vides que je n'ai pas eu le temps de débarrasser.

Je grimace quand ses yeux se mettent à faire la navette entre les tasses et moi. Elle a l'air vaguement inquiète.

– Tu as déjà invité quelqu'un à boire le café ? C'était qui ? Pourquoi tu ne l'as pas prévenu que c'est moi qui ai la priorité ?

– C'est que… en fait, c'est le docteur relou qui s'est invité. Sam. Il voulait apparemment vérifier que je n'étais pas morte. Donc je l'ai rassuré, je lui ai certifié que tout allait bien, il a bu son café et puis il est parti.

Elle fait tourner sa tasse fumante entre ses doigts en me dévisageant fixement.

– Vous n'avez pas discuté de choses sérieuses ?

Je reste bête, surprise par son ton méfiant.

– Et même si c'était le cas, ça ferait quoi ?

Elle me sourit, un peu trop vite à mon goût.

– Rien du tout ! Au contraire, ça me ferait plaisir ! Bon, programme du jour : on va visiter ce tas de ferraille de la cave au grenier. Tu es d'accord ?

Comme je suppose que je n'ai pas le choix, je fais mine d'être ultra excitée, même si ça me blesse que Killian ne se souvienne pas de notre vie, de toutes ces années qu'on a passées ensemble à défiler sur les podiums, de tous ces délires qu'on a pu avoir. C'est comme si j'avais perdu ma meilleure amie et qu'on l'avait remplacée par une autre, physiquement identique, mais différente sur tous les autres points.

Elle me traîne dehors et je la laisse blablater pendant que j'inspecte discrètement le quartier résidentiel dans lequel nous sommes installées. C'est un endroit vraiment joli et calme. Et comme il n'est que huit heures du matin, il n'y a presque personne dans les rues pour le moment.

La température est douce, aux alentours de 20 °C. Je suppose qu'il n'y a pas grand intérêt à simuler la fraîcheur matinale dans un vaisseau spatial.

– Tu sais que, dans le centre-ville, il y a des tas de bars et même des cinémas, un bowling et une patinoire ? Il y a aussi des galeries marchandes. On ne va pas avoir le temps d'en faire le tour en deux semaines !

Les yeux rivés sur une plaque d'égout, me demandant où elle peut bien mener, je lui pose une question, sans vraiment attendre de réponse :

– Et des boîtes de nuit ? Si tu veux rencontrer des hommes, on a intérêt à en trouver une.

Un silence s'installe et c'est ce qui me fait tourner la tête vers elle. Killian est en train de sourire de toutes ses dents, mais ses yeux ne suivent pas. Elle a l'air terrorisée.

– Oui, pourquoi pas ! Je crois qu'il y en a une près du bowling. On pourra y aller, si tu y tiens vraiment. Mais rien ne presse, en ce qui concerne les hommes. On aura toute la vie sur Tragos pour les fréquenter.

J'ai envie de lui demander ce qui se passe, pourquoi elle rechigne tant à faire des rencontres, mais je préfère me taire.

Une pensée me traverse soudain l'esprit. Serait-il possible que, dans la fausse vie que les ingénieures ont inventée à Killian, elle ait eu des problèmes avec les hommes ? Est-ce pour cette raison qu'elle a semblé si inquiète quand elle a appris que Sam m'avait rendu visite ? Pourquoi lui inventer un passé traumatisant ? Pourquoi au contraire ne pas lui avoir donné une vie de princesse ?

Je suis en train de me torturer l'esprit avec ces questions quand elle se met à sautiller sur place.

– Oh ! Regarde, regarde ! On arrive au centre-ville ! Nous l'avons traversé pour nous rendre à nos maisons hier, mais on n'a pas vraiment pu en profiter. On m'a dit qu'ils avaient copié le style haussmannien pour le recréer. Et c'est vrai, regarde les immeubles !

Alors que nous pénétrons dans la ville, je l'écoute me raconter avec passion ce qu'elle sait de la conception de cette partie du vaisseau. Apparemment, c'est le coin « loisirs ». Elle m'apprend que de rares élus y résident, les ingénieurs du vaisseau et les hauts gradés, comme le capitaine et son équipe, par exemple. J'ai envie de lui demander où ce dernier habite exactement, mais je n'ose pas.

J'aimerais lui avouer que nous ne sommes pas dans la réalité, mais je ne peux pas. J'ai vraiment peur de sa réaction. Pourtant, c'est la personne à qui je fais le plus confiance. La seule que j'ai presque toujours connue, celle que j'aime le plus. Seulement, je ne sais pas ce que les ingénieures lui ont mis dans la tête. Je ne sais même pas ce qui se passe, bon sang !

J'essaie de rassembler les informations que je possède pendant qu'elle continue à monologuer.

1. Les ingénieures nous ont trompées en nous faisant croire que nous garderions toutes nos capacités lors de cette simulation. Elles nous ont lobotomisées, pour une raison que je n'arrive pas à identifier pour le moment. Killian n'est pas la seule à avoir perdu la mémoire. Les autres Sphéreuses aussi sont persuadées d'être dans la réalité.

2. Soit il y a des bugs dans le système, le mot « bientôt » en lettres rouges en étant un bon exemple, soit le stress me fait croire des choses, soit les ingénieures ont compris que je suis toujours lucide, que je n'ai pas été endoctrinée comme les autres passagères, et elles veulent me donner un avertissement.

3. Killian semble craindre les hommes dans cette simulation, alors qu'elle mourait d'envie de les rencontrer

dans la réalité. Ce changement de comportement est étrange. Une perte de mémoire ne peut pas induire une peur qui n'a jamais été là avant. Alors qu'est-ce que ces maudites femmes lui ont mis dans le cerveau ?

J'ai comme une illumination tout à coup. Et si ce RN, ce Régénérateur neuronal, était en fait un système pour rendre l'expérience plus vraie et plus intense que jamais, créant ainsi chez les clientes de la Sphère des addictions ? En effet, quoi de plus addictif qu'une simulation incroyable qu'on vit à fond, puisqu'on a oublié qu'elle était fausse ? Cependant, comme je n'ai jamais entendu parler de ce phénomène, il doit certainement être inconnu du grand public. Dans l'hypothèse où les ingénieures ont arrangé cette perte de mémoire collective, elles se sont également débrouillées pour qu'elle passe inaperçue lors du réveil des Sphéreuses.

Si j'ai vu juste, Killian ne se souviendra jamais d'avoir été manipulée. Elle ne se rappellera que les bons moments de la simulation. Mais moi ? Pourquoi ne suis-je pas touchée par le phénomène ?

– Ouh ouh ! Noria ? Tu es toujours avec moi ?

Je cligne des yeux et m'aperçois que Killian me fixe étrangement.

En toute franchise, je suis à deux doigts de tout lui raconter. Mais comment réagirait-elle ? Je ne reconnais pas ma meilleure amie. Je ne sais pas de quoi elle serait capable. Et si elle me dénonçait ? Et si je passais les jours suivants engoncée dans une camisole de force, enfermée dans une pièce insonorisée ?

– Je… euh… désolée. Tu disais quoi, déjà ?

Elle m'observe quelques instants d'un air indéchiffrable puis répète sa question :

– Tu veux qu'on fasse quoi, ce matin ?

Je feins de réfléchir alors que mon cerveau est aussi vide que la coquille d'une huître qu'on vient de gober.

– On... hum, on pourrait retourner à la maison et regarder un film ?

– Allez, c'est la seule fois de notre vie où on va se retrouver dans un vaisseau spatial !

J'espère bien, oui ! En ce qui me concerne, je ne compte pas réitérer l'expérience !

– On doit en profiter, affirme-t-elle d'un ton sans appel. Si tu veux voir un film, autant qu'on aille au cinéma et qu'ensuite on mange un bout en ville.

– D'accord. Tu veux voir quoi ?

Je suis résignée à jouer le jeu. Elle glousse et sort son smartfilm, roulé dans son sac à main. Elle clique sur l'application « cinéma » et tous les films à l'affiche apparaissent comme par magie. Elle fait défiler le menu en babillant sur tel ou tel long-métrage et je l'écoute le plus attentivement possible.

Jusqu'à ce que mon regard tombe sur une image qui me rappelle vaguement quelque chose.

Je pointe l'affiche du film du doigt.

– Tu l'as déjà vu, lui ?

Elle déglutit puis grimace.

– Oui... mais honnêtement, c'est un navet. Regarde plutôt celui-là !

Elle me montre un vieux Louis de Funès et je dois dire que regarder un comique ne me fera pas de mal. J'ai vraiment besoin de rire.

Nous réservons nos places par le biais de l'application. Il n'y a qu'une séance pour ce film et elle est à vingt heures. J'observe les alentours. Il commence à y avoir du monde dans les rues. Principalement des femmes en groupe qui s'esclaffent et sourient comme si elles avaient toute la vie devant elles. J'en reconnais plusieurs : des Spéreuses. D'autres me sont inconnues, des produits de la simulation, au même titre que les hommes. Dire que les clientes présentes ont toutes été manipulées mentalement, ça me dégoûte !

– En attendant la séance, lance Killian, je te propose qu'on aille à la patinoire.

Elle plaisante, j'espère.

– Quoi ? Toute la journée ?

– Mais non ! On y squatte pendant quelques heures, jusqu'à midi par exemple, et après on se trouve un endroit sympa où manger.

Je fais la moue.

– Je ne sais pas patiner. Et puis, franchement, ça ne m'emballe pas vraiment de rester enfermée toute la journée dans un complexe glacial. À tous les coups, en plus, je vais me casser une jambe.

– Tu veux faire quoi, alors ?

J'écarte les bras, montrant ce qui nous entoure.

– Killy, on est dans un vaisseau spatial ! Il n'y a pas un observatoire, un endroit où on peut profiter de la vue ?

Elle médite ma proposition quelques instants puis sourit.

– Je crois que je peux nous trouver ça.

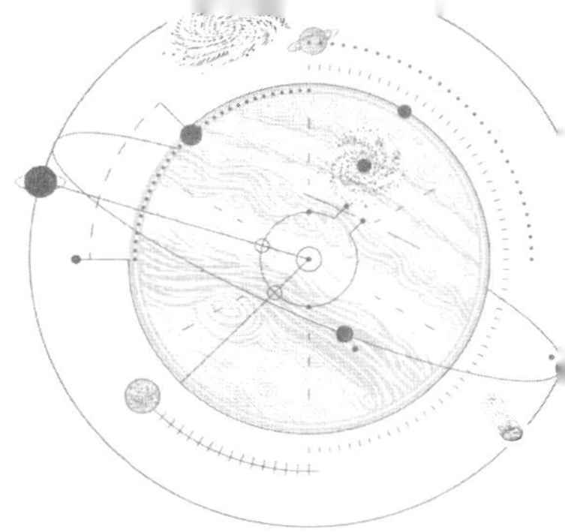

15

Nous avons traversé presque tout le vaisseau. Le centre-ville, puis le quartier des affaires où je n'ai pu m'empêcher de remarquer à nouveau l'hôpital, et maintenant nous marchons sur une route rectiligne flanquée de part et d'autre d'énormes hangars qui me semblent innombrables.

Je les examine avec ahurissement et finis par questionner Killian sur leur utilité.

– L'Entreprise y a stocké toutes sortes de graines de légumes, de céréales, d'arbres fruitiers et les embryons de dizaines de milliers d'animaux qui ont paru utiles à l'écosystème de la planète que nous allons coloniser.

Je suis assez abasourdie.

– Mais comment tu sais tout ça, au juste ? Tu as l'air d'en connaître un paquet sur cet endroit !

Elle semble gênée, tout à coup.

– C'est que… j'ai… bien connu le capitaine avant de… d'embarquer, tu vois ?

Je dissimule ma surprise. Les faux souvenirs que le RN a implantés à Killian ont l'air très précis. Je fais comme si je trouvais sa toute nouvelle relation avec le capitaine parfaitement normale.

– J'aimerais bien le rencontrer, ce capitaine. J'aurais quelques questions à lui poser.

Elle a l'air paniquée d'un coup.

– Je ne pense pas que ce soit une bonne idée. Pas pour le moment en tout cas.

– Mais pourquoi ?

Elle me lance un regard farouche.

– J'ai dit non, Noria, d'accord ?

J'ai un mouvement de recul devant son agressivité. C'est bien la première fois qu'elle me parle sur ce ton-là ! Les petits rouages grippés de mon cerveau se mettent tout à coup en branle : ce changement soudain de comportement, Killian qui a peur des hommes, qui ne veut pas les fréquenter, qui ne veut pas non plus voir le capitaine, qu'elle semble pourtant bien connaître…

Cet homme serait-il à l'origine de la peur qui paraît la tourmenter ? Est-ce que c'est ça que les ingénieures lui ont mis dans la tête ?

Je voudrais creuser la question, mais elle change abruptement de sujet et commence à inventorier les espèces animales et végétales entreposées dans les hangars, ce qui a un puissant effet soporifique. Et même si je n'arrive pas à oublier son regard paniqué, je dois avouer que son matraquage d'informations ne me donne pas l'occasion de penser.

– Tiens ! On arrive !

Je sors de mon mode « veille » et analyse le décor. Nous ne sommes plus très loin de l'arrière du vaisseau. Je le sais parce que ce dernier a une forme aérodynamique et que les parois de métal se rencontrent pour former un énorme mur.

Nous finissons de nous en approcher et, quand je me retrouve au pied de la paroi en métal, je commence sérieusement à me demander ce qu'on fiche ici. J'aimerais faire remarquer à Killian que ce mur d'acier est loin d'être aussi agréable à contempler que l'espace, mais j'ai peur qu'elle se vexe.

Alors que je me pose des tas de questions sur sa santé mentale, elle m'adresse un clin d'œil et passe sa main au-dessus d'une partie de la paroi qui ne se différencie en rien du reste du vaisseau.

Elle sourit avec malice et énonce d'une voix posée :

– Killian Suzerain.

Un petit bruit de validation retentit et Killian me fait signe d'avancer, en se délectant de mon air désabusé.

– Killy… il y a un mur, là.

Elle rit et me tire la langue.

– Si j'étais toi, je ne tarderais pas trop, minaude-t-elle. Le passage ne reste ouvert que cinq minutes.

Elle avance d'un pas et, à mon immense surprise, disparaît de l'autre côté de la paroi.

J'écarquille les yeux, l'appelle par son prénom en m'étranglant, mais personne ne me répond. Je lève les yeux au ciel, prie pour ne pas me prendre le mur en pleine figure et avance de deux ou trois pas, les yeux fermés.

– Eh ben voilà, ça n'était pas si compliqué ! chantonne l'instant d'après la voix de Killian. Maintenant, je te conseille d'ouvrir les yeux. Quand on est ici, c'est un sacrilège de ne pas regarder.

J'ouvre lentement les paupières et ma bouche suit le mouvement juste après.

Je ne sais même pas si je vais pouvoir décrire ce que je vois. Nous sommes dans une pièce ronde, plongée dans le noir. Mais devant moi, à moins de deux mètres, se trouve un hublot panoramique de plus de trois mètres de diamètre.

Et juste derrière la vitre, il y a l'espace, dans toute son infinité.

Je me tourne vers Killian, la bouche toujours ouverte.

– Killy… Cet endroit est extraordinaire ! Où est-ce qu'on est ? Comment tu sais qu'il existe ?

Ma meilleure amie s'approche de la vitre bombée et pose son front dessus, admirant les étoiles et autres corps célestes avec ce qui ressemble à de la mélancolie.

– Nous sommes dans une bulle d'observation. Elles ont été conçues afin que les membres de l'équipage, surtout ceux qui travaillent jour et nuit pour amener le vaisseau à bon port, puissent venir ici et prendre quelques instants pour se reposer. On ne les voit pas, mais il y a des canapés en velours encastrés dans les parois derrière nous. On peut s'y asseoir et observer l'univers sans être dérangés.

J'aurais bien une ou deux questions à lui poser comme : où croit-elle avoir collecté ces informations ? Qui est censé les lui avoir données ? Pourquoi a-t-elle accès à cet endroit ? Elle n'est pas membre de l'équipage, que je sache ! Elle est une simple passagère ! Et surtout, pourquoi les ingénieures de la Sphère lui ont-elles bourré le crâne avec ce genre de documentation ? Pourquoi elle ?

– Ne reste pas là à me zyeuter comme si j'étais une singularité de l'univers, me rabroue-t-elle, le front toujours collé à la vitre. Je t'ai amenée ici pour que tu puisses regarder les étoiles, pas moi.

Je déglutis avec nervosité et la rejoins. Je pose mes yeux sur le décor somptueux qui se dresse devant moi et en oublie d'emblée toutes mes interrogations. L'espace me saute aux yeux et c'est au-delà de tous mes rêves, de tout ce que j'ai pu voir ou imaginer dans ma vie.

Nous sommes en train de traverser un système solaire. Le vaisseau frôle à cet instant une énorme planète rouge-ocre, ceinturée de deux anneaux d'astéroïdes noirs. De là où nous sommes, je distingue les nuages de gaz qui survolent sa surface. Et au-delà, à des millions de kilomètres de nous, le soleil orange foncé autour duquel elle gravite irradie avec une puissance destructrice. Il y a des dizaines d'autres planètes dans ce système, de toutes les couleurs possibles, des nuages galactiques brillants comme des diamants. Et plus loin encore, dans les ténèbres de l'espace, scintillent des étoiles par millions.

Je n'ai jamais rien vu d'aussi beau.

– Je crois que ce système solaire s'appelle Kaléos et cette planète est la dernière que nous croiserons avant le prochain. Nous sommes dans la galaxie de Syphée. Celle dans laquelle se trouve notre nouvelle terre, Tragos. Mais il nous reste un système solaire à traverser avant d'arriver dans celui qui abrite notre nouvelle maison.

– C'est magnifique, je murmure, émue.

Je m'apprête à lui demander comment elle a découvert cet endroit, mais elle me devance. Elle se tourne vers moi et me considère avec inquiétude.

– Comment te sens-tu, Noria ? Je n'ai pas l'impression que tu es heureuse.

J'ai une hésitation. Et si je lui racontais tout, ici et maintenant ? Et si je lui avouais l'inavouable ? Elle me tend la perche, elle n'attend qu'une seule chose : que je lui ouvre mon cœur, que je lui confie mes inquiétudes. C'est ma meilleure amie, je dois pouvoir tout lui dire. Peut-être même que, si je vide mon sac, ses souvenirs reviendront. Ses vrais souvenirs, je veux dire, ceux de sa vraie vie dans le Nouveau Paris en tant que mannequin célèbre dans un monde où les hommes n'existent pas. J'ai tellement envie de lui expliquer que tout ça, aussi beau, aussi merveilleux soit-il, n'est qu'une mascarade et que nous sommes en ce moment même dans des sarcophages de cryogénisation ! J'ai envie de lui dire que les ingénieures de la Sphère nous ont trompées, qu'elles nous ont manipulées, mais que je vais tout mettre en œuvre pour réparer le tort qu'elles nous ont causé, aussitôt cette fichue simulation terminée.

J'ouvre la bouche dans l'intention de tout lui déballer d'une traite pour ne pas qu'elle m'interrompe, mais une voix derrière nous nous fait sursauter et me coupe l'herbe sous le pied.

– Mesdames, cette zone est interdite aux civils. Je vais devoir vous amener au poste pour que le commissaire vous interroge.

Je fais volte-face, le cœur battant, et découvre un jeune garde, la main posée nonchalamment sur son arme de service. Enfin, j'espère que c'est de la nonchalance et qu'il n'a pas l'intention de nous tirer dessus avec…

Killian, qui pourtant n'est pas du genre à la ramener, se redresse de toute sa hauteur et toise le nouveau venu avec sévérité.

– Je suis désolée, officier, mais vous n'avez aucune habilitation pour cela. J'ai une autorisation officielle pour me rendre dans cet endroit aussi souvent que j'en ai envie.

J'ouvre grand la bouche, incapable de masquer ma stupeur. Elle a une autorisation ? Mais d'où la sort-elle ?

L'homme, un roux aux cheveux bouclés, sourit avec amusement.

– Je sais. Mais elle n'en a aucune, lâche-t-il en me désignant.

Le sang déserte mon visage. Allons bon. Que va-t-il m'arriver encore ?

Killian fronce les sourcils, maintenant en colère.

– Je vous conseille de ne pas lui causer d'ennuis, officier. Vous pourriez le regretter amèrement.

Le garde hausse un sourcil.

– C'est une menace, mademoiselle Suzerain ? Vous êtes au courant que menacer un membre de la sécurité est passible de poursuites et d'une peine d'emprisonnement ?

Ma meilleure amie ne se démonte pas.

– Je ne vous menace pas. Je vous préviens juste qu'il y a actuellement une épée de Damoclès au-dessus de votre tête et que si j'étais vous, je m'arrangerais pour qu'elle ne me tombe pas dessus.

Il hausse une épaule et sort une paire de menottes de son uniforme.

– Mais vous n'êtes pas moi. Mademoiselle Simon ? Je vous arrête pour violation d'une zone privée et interdite au public. Vous avez le droit de garder le silence. Tout ce que vous direz pourra être retenu contre vous…

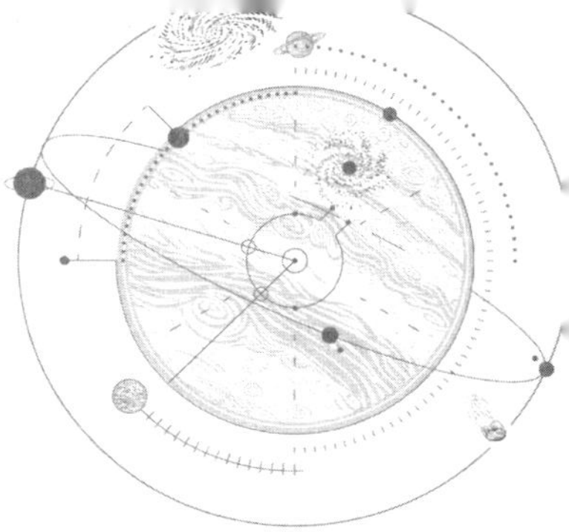

16

Vingt-quatre heures.

Ça fait tout juste vingt-quatre heures que j'ai intégré cette simulation. En vingt-quatre heures, j'ai frôlé la mort par choc thermique, été neuroneutralisée par un médecin en colère, j'ai dû aller au commissariat récupérer ma meilleure amie qui n'y était finalement plus, j'ai été menacée par un inconnu qui a tagué ma baie vitrée, j'ai découvert que je suis la seule dans ce vaisseau à ne pas avoir perdu la mémoire, j'ai compris qu'on a manipulé Killian pour qu'elle ait peur des hommes et qu'elle soit persuadée que toute cette situation est bien réelle et, maintenant, le comble, je me retrouve assise sur le banc d'une cellule d'un blanc immaculé, derrière une vitre blindée, comme si j'étais la réincarnation d'Hannibal Lecter.

Je frotte mes poignets, là où les menottes ont laissé une marque rouge. Cet abruti d'officier n'y est pas allé de main morte !

Après nous avoir obligées à sortir de la bulle d'observation, l'officier m'a fait monter dans une sphère noir charbon et a tout bonnement interdit à Killian de nous accompagner. Il m'a conduite au poste dans ce drôle d'engin silencieux et quand je lui ai demandé comment il avait su que nous étions là, il m'a expliqué que le système avait automatiquement scanné ma puce d'identification, qui se trouve dans mon poignet, quand j'étais entrée dans la bulle. Il avait ensuite transmis l'infraction au commissariat.

Je ne savais même pas que j'avais une puce d'identification implantée dans le poignet.

Je suis restée assise sur une chaise en attendant que le commissaire Murphy daigne enfin se montrer, puis on m'a traînée en cellule parce que cet idiot n'était pas dans l'établissement, et qu'on « ne savait pas quand il reviendrait, sans compter qu'une petite virée en prison ne me ferait pas de mal ».

Ces gens se prennent un peu trop au sérieux, à mon avis. Ce n'est pas comme si j'avais essayé de détourner le vaisseau ou tenté de tuer quelqu'un, quand même.

En tout cas, je n'ai pas le temps de m'ennuyer dans cette simulation, je dois bien l'admettre.

Et puis, d'autres questions viennent s'ajouter à celles que j'ai déjà en stock : est-ce que c'est un genre de punition pour ne pas avoir été sensible à la lobotomisation ? Est-ce que les ingénieures nous observent ? Est-ce que je suis réellement en danger ? Est-ce qu'elles vont me tomber dessus quand nous sortirons de la simulation ? Est-ce qu'elles ont eu peur que j'avoue tout à Killian ? Parce que j'ai trouvé l'intervention de l'officier parfaitement synchronisée…

Je fronce les sourcils. Elles ne vont pas me tomber dessus, c'est moi qui vais le faire !

– Mademoiselle Simon ! s'exclame une voix étouffée par l'épaisseur de la vitre. C'est un plaisir de vous revoir.

Je lève les yeux et découvre le commissaire Murphy, tout sourire, avec cet air hilare qui ne semble jamais le quitter.

– Monsieur le commissaire, je rétorque d'une voix austère. Je suis navrée de ne pas pouvoir vous retourner le compliment.

Murphy s'esclaffe et passe son poignet devant un cadran que je ne peux pas voir de ma place. La vitre ronde glisse comme par magie sur le côté et le commissaire s'avance dans ma cellule. Il se poste devant moi, les bras croisés.

– Mademoiselle Simon, l'officier Harper m'a fait son rapport. Vous n'aviez pas l'autorisation de vous rendre dans cette zone qui, au demeurant, doit rester la plus confidentielle possible.

– Et pour quelle raison, au juste ?

– Figurez-vous que si tout le monde apprend que ce genre d'endroit existe, il ne sera plus possible pour les gens qui en ont vraiment besoin de s'y rendre en toute tranquillité et de s'y reposer. Ce sont des zones privées et elles doivent le rester.

Je décide de jouer le jeu.

– Vous ne trouvez pas qu'on a payé assez cher pour avoir accès à n'importe quelle zone de ce vaisseau ?

Un éclair passe dans ses yeux, mais disparaît immédiatement, remplacé par de l'amusement.

– Eh bien, heureusement pour nous que vous ne dictez pas les lois. Si tout le monde avait accès à « n'importe quelle zone de ce vaisseau », on finirait très rapidement par se crasher sur une planète inconnue ou par entrer dans un champ d'astéroïdes. Les pilotes ne pourraient plus accomplir leur travail convenablement et cela nous mènerait tout droit à la catastrophe. Mademoiselle Simon, parlons sérieusement. Mon rôle est de faire régner l'ordre et la paix dans ce bâtiment. Je ne suis pas là pour terroriser les passagers ni pour leur causer des ennuis. Je veux simplement que la dernière partie du voyage se déroule au mieux et que nous arrivions tous à bon port.

Son raisonnement se tient et comme je n'ai pas envie de m'éterniser ici, j'acquiesce, même si c'est de mauvaise grâce.

– Compris.

– Bien. Je laisse couler pour cette fois-ci, mais si on vous surprend à nouveau dans une zone dans laquelle vous n'avez pas le droit de vous trouver, vous passerez le reste du voyage ici. Est-ce clair ?

J'expire profondément. Note à moi-même : penser à remercier Killian de me mettre dans des situations pareilles.

– Oui, commissaire.

Il hoche la tête, à présent sérieux, et me fait signe de sortir. Je quitte la zone de détention d'un pas empressé et traverse celle des bureaux tête baissée, le visage en feu. Voilà maintenant que je passe pour une criminelle !

– Noria ! s'écrie la voix de Killian, quelque part devant moi.

Je lève les yeux et la découvre à l'accueil, retenue par deux gardes de la sécurité.

J'accélère le pas et la prends dans mes bras. Je ris en essayant de faire de l'humour.

– Chacun à son tour ! Je n'allais quand même pas te laisser essayer les parties VIP de ce vaisseau sans moi.

– Bon, on ne va pas y passer la nuit ! s'impatiente le commissaire Murphy derrière moi. Maintenant, je vous prierais de quitter les lieux en espérant ne plus jamais vous y revoir.

Je me retourne et hoche la tête.

– Ne vous inquiétez pas, commissaire, je n'ai pas l'intention de revenir.

Il s'éloigne, visiblement satisfait, et je m'apprête à l'imiter dans la direction opposée quand j'entends chuchoter sur ma gauche.

Je réalise alors que Killian n'est plus pendue à mon bras. Non, elle est en train de parler d'une voix sourde avec le garde qui m'a amenée ici.

– Ce n'est pas terminé, je l'entends murmurer – et son timbre est si menaçant que j'ai un mouvement de recul. Profitez bien de vos heures de service, ce seront certainement les dernières.

L'officier Harper riposte qu'il l'attend au tournant. Je m'avance vers eux et attrape Killian par le bras avant qu'ils n'en viennent aux mains. Nous quittons le commissariat au pas de course et je saisis les épaules de ma meilleure amie une fois que nous sommes hors de portée d'oreilles indiscrètes.

– Qu'est-ce qui t'a pris ? Tu es devenue folle ou quoi ? Ce type aurait pu te jeter en prison pour l'avoir menacé !

Elle se dégage d'un geste brusque.

– Ce n'était pas une menace mais une promesse. Je vais lui faire sauter son affectation, à cet abruti arrogant. Je suis sûre qu'il nous a dans le nez depuis le début. Comment tu expliques qu'il se soit empressé de venir nous cueillir, alors que j'ai une habilitation ?

J'ai bien envie d'exiger plus de renseignements à propos de l'habilitation en question, mais son air écœuré me prend de court. Elle détourne le regard et secoue la tête.

– C'est pour ça que je déteste les hommes. Ils sont violents et imbus de leur personne.

– Quoi ?

Son visage se crispe et elle déglutit.

– Rien du tout. Viens, il est déjà presque sept heures. Il nous faut trouver un restaurant, notre séance de cinéma est dans un peu plus d'une heure et je ne compte pas me marrer le ventre vide.

J'aimerais bien insister, découvrir ce qui se passe réellement dans sa tête en ce moment, mais je la connais assez pour savoir qu'avec cet air buté elle ne risque pas de me dire grand-chose.

Nous marchons jusqu'au centre-ville et choisissons le premier bar-restaurant que nous croisons. Nous nous asseyons à une table, commandons avec austérité ce qui nous donne le plus envie avant que je m'aperçoive qu'il n'y a pas de prix sur la carte, mais un système de paiement basé sur des « crédits ». J'aimerais que Killian m'explique leur fonctionnement, mais j'ai peur de passer pour une idiote, voire d'éveiller des soupçons. Je me tais donc et fais comme si tout était absolument normal.

Ma meilleure amie finit par retrouver sa bonne humeur et je me détends un peu en songeant que cette journée se termine plutôt bien, malgré mon passage en cellule.

Killy énumère avec enthousiasme tout ce qu'elle va faire une fois sur Tragos. Elle veut construire une maison, planter et cultiver son propre lopin de terre et partir à la découverte des merveilles que nous promet cette nouvelle planète. J'ai du mal à reconnaître mon amie, elle qui a normalement peur des animaux, n'aime pas se salir les mains et préfère faire la fête plutôt que de jouer les exploratrices. Et ça me peine, aussi. Killian n'aura jamais l'occasion de voir Tragos. On sortira de la simulation bien avant que le vaisseau ait atterri.

– Et toi ? m'interroge-t-elle soudain. Quels sont tes projets ?

Je me sens paniquer, tout à coup. Qu'est-ce que je suis censée répondre à ça ? Je n'ai aucun projet si ce n'est de quitter ce monde imaginaire qui commence à me taper sur le système et reprendre le cours normal de ma vie.

Du coup, je sors la première chose qui me passe par la tête :

– Hum, oui. Moi, c'est exactement pareil. Je veux avoir ma maison, dans une vallée de préférence, et fonder une famille. Je voudrais des animaux aussi et… Quoi ?

Killian me toise d'un air coincé. Comme si j'avais dit un truc de travers, mais qu'elle essayait de paraître le plus enthousiaste possible.

– Oh non, rien, se justifie-t-elle. C'est juste que je viens de voir l'horloge derrière toi et qu'il est déjà sept heures et demie. On devrait y aller, le cinéma est à dix minutes à pied et s'il y a du monde pour la séance, on n'aura pas de place. Je te paie le repas, et inutile de refuser.

Peu convaincue par son argumentaire, je me lève quand même. Killian scanne son poignet en passant devant une borne, près de la sortie. Une voix désincarnée la remercie pour son paiement et nous souhaite une bonne soirée. Voilà au moins un mystère de résolu.

17

Je m'installe dans mon fauteuil en velours rouge, en essayant de chasser le malaise qui ne cesse de m'habiter depuis que j'ai quitté le monde réel. Je vais passer un moment agréable en compagnie de ma meilleure amie. Je vais regarder l'une de mes comédies préférées, je vais rire aux éclats et me changer les idées. Peut-être même vais-je oublier tout ce qui se passe autour de moi.

Killian s'assied à ma gauche, extravagante et pleine d'enthousiasme. Pourtant, je me doute qu'elle tente de me faire oublier ma journée catastrophique et l'étrange conversation que nous avons eue à table.

Je m'enfonce dans le fauteuil et fixe l'écran holographique encore noir. Il paraît que ce cinéma est pourvu de la toute dernière technologie en matière d'audiovisuel. Il me tarde de voir ce que ça va donner.

Killian est en train de commenter positivement les assises des sièges quand quelqu'un m'interpelle sur ma droite :

– Excusez-moi, madame, vous pouvez… Encore vous ?

Je sursaute au timbre de la voix que je commence à reconnaître et souffle d'agacement. Docteur Parfait a choisi cette séance, ce jour et cette heure pour venir voir *La Folie des grandeurs*. Personne n'a prétendu que j'avais de la chance, de toute façon.

Je lui lance un regard las.

– Il y a toute une salle de cinéma et il faut que vous veniez vous poser à côté de moi. Vous ne trouvez pas que ça s'apparente étrangement à du harcèlement ?

Il me sourit avec condescendance. C'est fou comme il est élégant ce soir, sans pour autant avoir mis des vêtements chics. Il porte un simple jean, un tee-shirt noir et des Converse de la même couleur. Il est mieux coiffé que d'habitude et, franchement, il sent super bon. Je commence à regretter de l'avoir envoyé bouler si vite.

– Vous ne l'avez peut-être pas constaté, mais la salle est presque pleine. La seule bonne place restante est à côté de vous. Alors je ne vais pas me mettre au premier rang juste parce que ma présence vous indispose.

Je déglutis, hypnotisée par ce que mes divers capteurs sensoriels me font parvenir.

– Vous… vous voulez que j'enlève mon sac, c'est ça ?

Il a l'air surpris par le changement de ton dans ma voix et hoche lentement la tête, à croire qu'il s'attend à ce que je lui sorte une repartie salée.

– Oui, s'il vous plaît.

J'empoigne mes affaires et les pose à mes pieds. Sam s'assied sur le fauteuil préalablement occupé par mon sac à main tout en me lançant des coups d'œil méfiants. Killian, quant à elle, observe le manège d'un regard mauvais, comme si le pauvre médecin était une menace. Heureusement, pour l'instant, elle ne fait aucun commentaire.

– Vous avez une sale tête, reprend-il. Il vous est arrivé quelque chose ? Vous ne vous sentez pas bien ?

Je grimace.

– Disons que, lorsqu'on a passé les trois quarts de sa journée dans une cellule de détention, on n'a pas forcément l'envie de sourire.

Un de ses sourcils parfaits s'arque de surprise et d'amusement.

– Vous avez été arrêtée ? Qu'avez-vous encore fait ?

Je sens le rouge me monter aux joues.

– Comment ça, « encore » ? Je n'ai pas commis d'infraction jusqu'à maintenant, que je sache !

– Certes, bien que mon nez et mon entrejambe me hurlent le contraire. Mais vous n'en manquez pas une pour vous attirer des ennuis. Qui vous a arrêté ?

Je me masse les tempes, irritée. Une migraine est en train de s'installer dans ma boîte crânienne.

– Un certain officier Harper. Je vais peut-être vous sembler parano mais, apparemment, il en avait après Killian et moi. Vous le connaissez ?

Il secoue la tête.

– Non, pas personnellement. J'ai plus d'affinités avec Murphy qu'avec ses hommes. De toute façon, la sécurité n'est pas mon domaine de compétence. Je suis médecin, moi, je ne traîne pas souvent dans le commissariat.

Il fronce les sourcils alors qu'il semble remarquer quelque chose devant lui.

– En parlant de votre officier, ce ne serait pas lui deux rangs devant, sur la droite ?

Mon cœur bondit dans ma poitrine. Je pivote vers l'endroit qu'il pointe du menton. Killian m'imite et son visage se durcit. Pas de doute, c'est bien l'officier Harper, je reconnais sa tignasse rousse et bouclée. Et puis, difficile de ne pas le remettre puisqu'il s'est retourné et qu'il nous lorgne, un petit sourire malsain sur les lèvres.

– Je vais me le faire, murmure Killian, si bas que je peine à l'entendre.

Le pire, c'est que je ne pense pas que ce soient des paroles en l'air. Elle est à deux doigts de se lever et d'aller lui coller un pain dans la face.

Je pose une main apaisante sur la sienne et secoue la tête.

– Reste ici. Tu vas avoir des problèmes et, de toute façon, ce type est beaucoup plus fort que toi. C'est un membre de la sécurité. Si tu t'en prends à lui, il n'hésitera pas à brandir sa jolie plaque pour justifier le coup de poing que tu auras reçu dans l'œil. Et en prime, tu finiras le voyage en cellule.

Elle ne semble pas vouloir détacher ses yeux de ceux de Harper. Les deux sont en plein duel de regards. Comment tout cela va-t-il se terminer ? Je n'ai pas envie que Killian s'attire des ennuis. Il ne manquerait plus que ça !

– Il ne perd rien pour attendre, siffle-t-elle.

Et elle se lève soudainement. Je crains d'abord que ce soit pour en mettre une à l'officier, mais elle part dans la direction opposée, vers les toilettes.

Je pousse un grognement soulagé et m'enfonce à nouveau dans le fauteuil.

Je me mets à penser tout haut, ayant oublié la présence du docteur.

– Je ne sais pas pourquoi ce type en a après nous.

– Moi, j'ai bien une petite idée.

Je me tourne vivement vers lui, le regard interrogateur. Sam pointe du doigt Harper qui s'est enfin reconcentré sur l'écran.

– C'est cet officier qu'elle a agressé quand on vous a sorties d'hibernation. Elle a fondu un plomb parce qu'elle pensait que vous alliez mourir. J'ai appelé la sécurité car elle m'empêchait de m'occuper de vous correctement et il se trouvait parmi les gardes qui sont arrivés pour la maîtriser. Elle lui a fichu une sacrée droite et lui a même fait une prise de catch impressionnante qui a laissé le pauvre bougre sur le tapis. Si je n'avais pas été aussi occupé à vous sauver la vie, j'aurais applaudi.

Je fronce le nez.

– Attendez… quoi ? Vous parlez bien de Killian, là ?

– Elle-même. Je peux vous assurer que je ne m'attendais pas à voir ça. Mais j'avais un peu autre chose en tête, par exemple empêcher votre cœur de lâcher, et je n'ai pas suivi le reste de l'altercation.

C'est quoi ce délire ? Killian n'a jamais fait de mal à une mouche, elle ne sait même pas quoi rétorquer quand on l'insulte ! Alors, s'en prendre physiquement à un homme vingt fois plus entraîné et plus fort qu'elle et le mettre K-O ? J'ai du mal à y croire. Non. C'est tout bonnement impossible !

À moins que les ingénieures utilisent le même système que celui de *Matrix*. Elles ont bourré le crâne de Killy avec des prises de kung-fu, et ont transformé ma meilleure amie en une déesse des arts martiaux.

Tout à coup, une des phrases de Sam me revient en mémoire et je rougis, un peu embarrassée.

– Docteur ?

Il se tourne vers moi, curieux.

– Je… j'ai été une véritable peau de vache avec vous et je ne vous ai jamais remercié de m'avoir sauvé la vie. Si vous n'aviez pas été aussi compétent et exigeant, je ne serais certainement pas là pour en parler.

Il rit avec embarras et se passe une main sur la nuque.

– Vous n'avez pas à me remercier. Comme vous me l'avez rappelé hier, j'ai prêté le serment d'Hippocrate.

C'était mon devoir de vous secourir. Et puis, ne m'appelez pas docteur, c'est trop cérémonieux. Moi, c'est Sam.

– Et vous n'avez qu'à m'appeler Noria, je renchéris en souriant.

S'ensuit un silence gêné, heureusement interrompu par la séance qui débute. Nous nous concentrons sur l'écran 5D en haute définition et je soupire d'aise en essayant d'oublier tous mes problèmes. Malheureusement, je suis déconcentrée par la présence de Sam, juste à côté de moi, qui semble quant à lui tout à fait détendu.

Pour ne rien arranger, ma migraine se fait de plus en plus forte et trouble ma vision. Killian finit par revenir et s'assied pesamment sur le siège, au moment même où le générique s'arrête et où Don Salluste vole les pauvres habitants d'un petit village espagnol.

Sam rit à toutes les grimaces de Louis de Funès et j'aimerais bien l'imiter, mais j'ai un mal fou à me concentrer sur le film. Je ne vois même plus clair tant j'ai mal au crâne.

Au bout d'à peine dix minutes de film, je me penche vers Sam, gênée :

– Dites, do… Sam, à tout hasard, vous n'auriez pas un petit antalgique sur vous ? J'ai une migraine carabinée et je n'arrive pas à profiter du film.

Il perd son air hilare et vrille sur moi son regard aiguisé de médecin.

– Vous avez des vertiges ? Nausées ? Sur une échelle d'un à dix, comment évalueriez-vous la douleur ? Vous avez mal autre part ?

Je souris avec le plus d'amabilité possible.

– Sam ? J'ai juste besoin de paracétamol, pas d'une visite médicale.

Il hésite un instant, mais finit par se pencher sur sa sacoche et en sort une plaquette d'antidouleurs. Il en fait tomber un dans ma main.

– Les antidouleurs au paracétamol ont été retirés du marché depuis deux mille ans au moins, mais je vais vous donner un équivalent très efficace et bien moins dangereux.

Je le remercie brièvement et me lève pour aller aux sanitaires.

Killian m'attrape par la manche, les sourcils froncés.

– Où vas-tu ? chuchote-t-elle, inquiète.

Je ne sais pas pourquoi je ne lui dis pas que j'ai la migraine. Je ne sais pas pourquoi j'ai cette drôle d'impression qu'elle va vouloir me suivre si elle apprend que je ne vais pas bien. Et comme je n'ai pas envie qu'on me colle aux basques jusque dans les toilettes, je l'informe simplement que j'ai besoin de boire. Ce qui est la stricte vérité.

Elle me lance un regard suspicieux et je sais qu'elle est à deux doigts de se lever pour m'accompagner, mais je trouve une feinte :

– Garde mon sac, s'il te plaît.

Je ne lui donne pas le temps de protester et me faufile entre les sièges, ignorant les regards agacés des spectateurs.

Je descends un escalier et me retrouve en pleine lumière, dans le hall d'entrée du cinéma, ce qui aggrave les élancements dans mon crâne. Il n'y a personne dans la pièce, même le guichetier a disparu.

Je cherche les toilettes du regard et marche dans leur direction, pressée d'avaler ce petit comprimé qui va me sauver la vie. La porte côté femmes coulisse automatiquement à mon arrivée. J'apprécie de me trouver seule et gobe l'antalgique. Il me faut trois grosses gorgées d'eau avant de réussir à le déglutir. J'ai toujours eu du mal à avaler des cachets. On dirait qu'ils ne veulent pas passer la barrière de ma gorge sans combattre.

Je me recoiffe rapidement devant le miroir, retouche mon léger maquillage en pensant distraitement à Sam, et profite de l'occasion pour vider ma vessie. Je m'émerveille de l'état de propreté de l'endroit quand j'entends le chuintement de la porte et une personne s'avancer dans la pièce avec lenteur. Je n'y prête pas vraiment attention, jusqu'à ce qu'elle s'arrête devant ma cabine. Je distingue à peine son ombre sous l'interstice.

La nouvelle venue appuie plusieurs fois sur le scanner d'ouverture et je secoue la tête, éberluée. Elle est sérieuse, cette andouille ? Il y a vingt cabines de libres et il faut qu'elle choisisse la seule qui soit verrouillée.

– Désolée, c'est occupé ! je lance avec humeur.

La personne de l'autre côté donne un coup de poing dans la porte, mais ne bouge pas de son emplacement, toujours aussi silencieuse.

C'est à ce moment-là qu'un frisson glacé me parcourt l'échine. Quelque chose cloche. Cette situation n'est pas normale.

La gorge nouée, je me rhabille silencieusement et me hisse à bout de bras au-dessus de l'embrasure, jetant un coup d'œil à la pièce commune. Je constate que l'ombre a disparu. Il n'y a personne en face de moi et, d'après ce que je peux voir, personne devant les lavabos non plus.

Je m'essuie les mains sur mon jean, incertaine. Devrais-je sortir et retourner dans la salle ? Et s'il y avait quelqu'un de malintentionné dans la pièce ? Je n'ai pas reçu de formation aux arts martiaux, moi, et je ne suis pas vraiment capable de me défendre !

Après bien dix minutes à écouter, je décide de sortir de ma cachette. De toute façon, je ne vais pas rester enfermée là-dedans toute la nuit.

Je déverrouille la porte d'un doigt tremblant et jure entre mes dents quand elle s'ouvre entièrement. Qu'est-ce que je regrette les bonnes vieilles portes sur gonds, parfois ! Je passe la tête par l'ouverture et fais un pas dehors quand je suis certaine que la voie est libre. Je reste plantée sur place au moins trente secondes, dos à la porte, en essayant de capter le moindre bruit suspect. Mon corps est paralysé par l'angoisse. J'ai l'horrible sensation que, si j'avance encore d'un pas, quelqu'un va surgir d'un recoin sombre et me poignarder.

Je songe à me précipiter vers la sortie sans me laver les mains, mais je me donne finalement une gifle intérieure et me dirige d'un pas assuré et détendu vers les lavabos. Je me désinfecte les mains et je prends même le temps de les passer consciencieusement sous le sèche-mains à UV.

Quand je me retourne pour faire face à la porte d'entrée, il n'y a toujours personne. Je me sens tout à coup bien ridicule. Soudain, alors que je me dirige vers la sortie, la porte coulisse et un homme pénètre à l'intérieur.

Je suis à deux doigts de hurler comme une furie quand je reconnais la silhouette au dernier moment. C'est Sam.

Le médecin laisse la porte se refermer derrière lui. Il semble soucieux.

– Noria ? Tout va bien ? Vous êtes partie depuis au moins quinze minutes et votre amie commençait à s'inquiéter. J'ai dû lui dire de rester là-haut pour garder les places et les affaires, mais je ne pense pas qu'elle résiste longtemps à la tentation de descendre pour s'enquérir de votre santé.

J'essaie de calmer les battements affolés de mon cœur, toujours effrayée par ce qui vient de se passer… ou plutôt ce que j'ai cru qu'il pourrait se passer, d'ailleurs. Je ne sais même pas pourquoi j'ai paniqué comme ça.

– Je… oui, je vais bien. J'avais, hum… Dites, vous savez que vous êtes dans les toilettes des femmes ?

Sam ne répond pas à ma question. Son regard se fixe tout à coup sur les cabines. Il fronce les sourcils, l'air vaguement inquiet.

– Noria ? Dans quelle cabine étiez-vous ?

Je me retourne pour la lui désigner, surprise par son étrange question, et me pétrifie, paralysée par l'horreur. Sur le battant de la porte bleue derrière laquelle je suis restée cachée si longtemps, un mot est écrit à la peinture rouge, cette dernière tellement fraîche qu'elle dégouline jusqu'au sol.

BIENTÔT

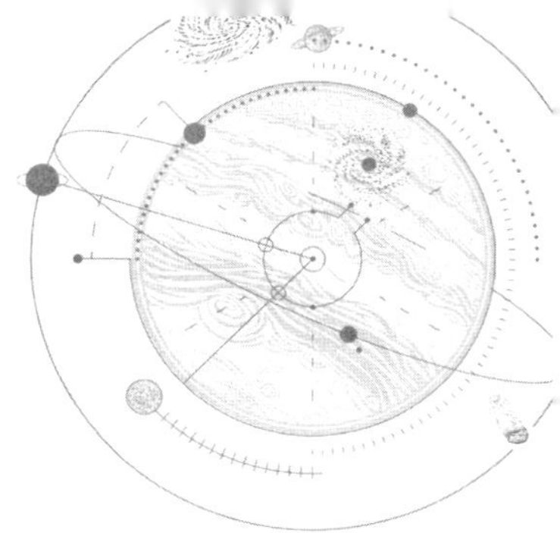

18

Je reste figée pendant une bonne dizaine de secondes. C'est comme si le cauchemar recommençait. Encore et encore. Qu'il ressurgissait dès que je croyais qu'il était derrière moi. Et là, je ne peux décemment pas penser que j'ai des hallucinations. Il ne s'agit pas non plus d'un bug, il ne se serait pas produit deux fois.

Je commence à me demander s'il n'y a pas bel et bien quelqu'un qui m'en veut à bord. Ou plutôt quelqu'un envoyé par les ingénieures pour m'effrayer. Est-ce une femme ou un homme ? Cliente ou programme ? Une multitude de questions se bousculent dans mon esprit.

J'essaie de me souvenir du bruit des pas de la personne qui est entrée dans les sanitaires. Ils étaient très légers, et il y avait comme un cliquetis quand elle marchait. Je n'arrive pas à déterminer son origine, mais c'est le seul élément que j'ai.

Je me tourne vers Sam, aussi blanche que le cachet que je viens d'avaler.

– Je… c'est…

Il penche la tête sur le côté, les yeux plissés, et tend d'un geste brusque son doigt en direction de l'inscription.

– Dites-moi que ça ne vous est pas adressé !

Comme ma seule réponse est le silence qui s'ensuit, il pousse un juron fleuri et s'approche de moi.

– Ça fait combien de temps qu'on vous menace ?

Je lui fais les gros yeux.

– Clairement pas des mois puisque je suis sortie d'hibernation il y a deux jours à peine. Je…

J'hésite à lui faire part de mes craintes. Je ne le connais pas, après tout. Cependant, la seule personne à qui je pourrais en parler est Killian, et je ne veux surtout pas en arriver là. Elle serait horrifiée, complètement paniquée. Je décide donc finalement de lâcher le morceau à Sam, puisque j'ai relativement confiance en lui.

– Vous vous souvenez du chiffon et du produit nettoyant devant ma baie vitrée, ce matin ?

Il hoche la tête d'un air confus, puis écarquille les yeux.

– Vous n'insinuez quand même pas que…

– Si, j'en ai bien peur. La nuit dernière, quelqu'un s'est introduit dans mon jardin. J'ai d'abord cru voir une silhouette par la fenêtre, alors je suis sortie pour vérifier que personne ne rôdait autour de la propriété.

Sam passe une main dans ses cheveux, sonné.

– Vous êtes *sortie* ? Vous êtes complètement inconsciente ! Et si vous aviez été attaquée ?

Je lève une main pour l'interrompre.

– Laissez-moi finir. Je suis donc sortie, oui, mais je tiens à préciser qu'il n'y avait encore rien d'inscrit sur la baie vitrée à ce moment-là.

Je croise les bras et lui raconte ce qui s'est passé ensuite puis désigne l'inscription toute fraîche d'un signe rageur de la main.

– Il y avait le même mot écrit sur ma vitre.

Je suis tellement en colère à ce moment-là que je serais prête à écharper l'individu qui en a après moi.

Sam s'approche et me prend par la main.

– Venez, on va voir la sécurité.

Horrifiée, je me dégage de son emprise.

– C'est hors de question, Sam ! Je ne vous ai pas confié tout cela pour que vous me traîniez chez les autorités pour m'obliger à avouer qu'un pervers s'amuse à me filer les jetons !

Il n'a pas l'air de comprendre.

– Mais pour quelle foutue raison refusez-vous d'aller porter plainte ?

Si je lui dressais une liste, on en aurait pour toute la nuit et il me ferait interner pour démence. Je ne veux pas aller voir les autorités et « porter plainte » d'une part parce que je ne suis pas censée avoir gardé tous mes souvenirs de la vraie vie. Ce passage au RN aurait dû me lobotomiser, comme ça a été le cas pour Killy. Je n'ai pas envie que la police de ce vaisseau se penche plus sérieusement sur mon cas, commence à se poser des questions et vienne à bout de la procédure qui a échoué plus tôt. D'autre part, je ne suis pas ici pour subir les menaces d'un taré, mais pour m'amuser. Je ne compte pas gâcher cinq mille unités en passant mon séjour dans la terreur.

Et puis, il y a autre chose. Un sentiment étrange que je n'arrive pas à déterminer, quelque chose qui me pousse à penser que porter plainte ne servirait de toute façon à rien… Je toise le médecin avec détermination.

– Je peux me débrouiller toute seule.

– Attendez, vous avez pensé à ce psychopathe qui rôde dans les parages ? Vous vous rendez compte qu'il n'est pas dangereux seulement pour vous, mais aussi pour n'importe quel passager ? En allant prévenir la police qu'un type s'amuse à taguer les endroits que vous fréquentez, vous rendriez service à tout le monde !

Je garde mon air buté.

– Je vous ai dit non. On n'a pas affaire à un psychopathe, Sam. Vous ne trouvez pas que vous allez trop loin ? C'est certainement un idiot qui s'ennuie et qui me prend comme bouc émissaire. Je n'ai pas envie de m'inquiéter pour ça. Ça serait lui donner plus d'importance qu'il n'en a. Exactement ce qu'il recherche, si vous voulez mon avis.

Il secoue la tête avec déception.

– C'est ce genre de réflexion légère qui va vous attirer des ennuis. Je…

– Noria ?

Je sursaute carrément. Killian arrive et, si elle voit l'inscription sur la porte, elle va piquer une crise de nerfs. Je prends Sam par la main pour le tirer hors des sanitaires.

– Je vous en prie, Sam, faites comme si de rien n'était. Ne lui dites rien, compris ?

– Mais… proteste-t-il.

– Je vous en supplie, j'implore alors que la porte s'ouvre sur une Killian inquiète.

La première chose qu'elle remarque, ce sont nos mains entrelacées. J'en suis plutôt heureuse, d'ailleurs, parce que cela détourne son attention du sujet principal. Je sors précipitamment des sanitaires, suivie par mon amie et Sam, puis m'écarte rapidement de l'entrée pour que le battant se referme derrière nous.

– Je peux savoir ce qui se passe ? s'enquiert-elle d'une voix méfiante en jaugeant Sam. Pourquoi étiez-vous dans les toilettes des femmes, vous ?

Je m'appuie sur lui, prenant un air souffrant. Ce qui n'est pas compliqué, mon mal de tête n'ayant pas l'air de vouloir s'estomper.

– J'ai une migraine atroce et j'ai du mal à marcher. Le docteur m'a donné un antalgique, mais ça ne passe pas. Je pense que je vais…

– Faire un tour à l'hôpital pour de plus amples examens, complète Sam pour moi, d'un ton qui ne tolère aucune contradiction. Il pourrait s'agir de quelque chose de plus grave qu'un simple mal de tête et je ne vais pas laisser une de mes patientes rentrer chez elle alors qu'elle ne va visiblement pas bien.

Je dois avouer que je suis assez surprise de la tournure qu'ont prise les événements. Je ne sais pas si je dois me sentir agacée que Sam profite de la situation pour en arriver à ses fins avec ses fichus examens médicaux ou reconnaissante qu'il ne raconte pas tout à Killian. Cette dernière change d'ailleurs d'expression du tout au tout. La méfiance disparaît de son visage, d'abord remplacée par la culpabilité, puis l'inquiétude.

– Oh, je suis tellement désolée, Noria. Je n'aurais pas dû te demander de sortir aujourd'hui. Tu n'allais pas bien, c'était évident, et moi j'ai insisté… c'est ma faute.

Je lui souris, mais docteur Parfait me coupe l'herbe sous le pied.

– Ce n'est la faute de personne, mademoiselle Suzerain. Vous ne pouviez pas savoir que votre amie allait être souffrante. Avez-vous récupéré ses affaires ?

Killian montre mon sac pour répondre à la question du doc et s'apprête à ouvrir la bouche pour affirmer qu'elle nous suit quand je l'interromps.

– Killy, j'ai besoin que tu me rendes un service.

Elle saisit mes mains entre les siennes.

– Tout ce que tu voudras.

Je lui souris en me sentant légèrement coupable.

– Rentre chez toi et repose-toi. Je suis entre de bonnes mains. D'accord ?

– Ah non, Noria ! Je viens avec toi. Je ne vais pas te laisser seule !

Je l'embrasse sur la joue.

– Je ne suis pas seule, Killy. Je suis avec le Dr Laroche et il va bien s'occuper de moi. Mais si tu me suis, je vais être nerveuse et je vais me sentir coupable de te ravir une nuit de sommeil. Est-ce que tu pourrais passer chez moi et sélectionner un ou deux bons livres pour moi ?

Elle ouvre la bouche pour protester, mais je joins les mains en signe de supplication.

– S'il te plaît. Ça va aller, d'accord ? Est-ce que tu as ton smartfilm sur toi ?

Elle acquiesce sans un mot. J'attrape mon sac et sors mon propre exemplaire.

– Je vais envoyer une autorisation orale à Alan pour qu'il te laisse entrer. Je te tiendrai au courant dans la soirée, d'accord ?

Elle soupire, vaincue.

– D'accord. Et vous, là, poursuit-elle en pointant un doigt menaçant sur Sam qui arque un sourcil, vous avez intérêt à prendre soin d'elle. Sinon vous aurez de mes nouvelles.

Elle m'embrasse sur la joue à son tour et s'éloigne à petits pas en direction de la sortie.

Dès qu'elle est hors de vue, je lâche l'épaule du médecin et le regarde avec agacement.

– Pourquoi est-ce que vous voulez absolument me transformer en rat de laboratoire ? Je vais très bien, si vous voulez savoir, et je n'ai pas besoin de vos examens.

Il prend le même air pincé que moi et rétorque :

– Si, vous en avez besoin, et vous allez les passer ! Et puis d'abord, pourquoi avoir refusé que votre amie vous suive ?

J'avoue que ça me rabat le caquet. Parce que la principale raison est que je n'avais pas envie de partager Sam cette nuit ; et puis Killian ne m'aurait pas permis d'en apprendre davantage sur lui avec son aversion chronique pour les hommes. Je suis d'ailleurs assez surprise qu'elle ait eu assez confiance en celui-là pour me laisser seule en sa compagnie.

Je décide donc de ne pas répondre et à la place envoie un message à Alan, à l'aide de mon smartfilm. J'ai remarqué ce matin qu'il y avait une application qui reliait l'objet à mon assistant personnel, ce qui me permet de le contacter depuis n'importe quelle partie du vaisseau. J'espère juste qu'elle est configurée et que j'ai du réseau.

– Alan ?

– Oui, mademoiselle Simon ?

Je suis rassurée que l'IA me réponde aussitôt et surtout qu'il me reconnaisse. Au moins, il ne prendra pas les ordres de n'importe qui.

– Autorise Killian Suzerain à entrer chez moi. Tu peux te mettre à son service tant que je ne suis pas revenue.

– Très bien, mademoiselle. Puis-je faire autre chose pour vous ?

– Ce sera tout.

Je stoppe la communication et range l'appareil dans mon sac. Je regarde Sam, qui attend patiemment que je termine, et souris intérieurement en pensant que je vais avoir la chance de passer la nuit seule avec lui. Si cette simulation a des avantages, ils sont tous rassemblés dans la personne de Samuel Laroche.

19

Nous pénétrons dans l'hôpital au moment où ma migraine redouble d'intensité. Ce n'est pas vrai, nom de nom, elle ne va jamais me lâcher, celle-là !

Le hall d'accueil est occupé par le strict minimum en matière de personnel. Sam passe devant le standardiste en le saluant distraitement et nous prenons l'ascenseur qui mène à son cabinet. Jusque-là, nous avons marché en silence. Néanmoins, trop de questions se bousculent dans ma tête. Je finis par craquer et rompre mon mutisme.

– Dites-moi la vérité. Pourquoi m'avez-vous amenée ici ?

Il clique sur le bouton tactile du troisième étage.

– D'une, parce que vous n'échapperez pas à la radio et au scanner que je vous ai promis, et de deux, je n'allais pas vous laisser rentrer chez vous alors qu'un malade vous suit et tague des messages menaçants sur toutes les portes de toilettes que vous occupez.

J'avoue que je ne peux m'empêcher de rire, ce qui décuple la douleur dans mon crâne.

– Aïe. Ça fait un mal de chien.

Il me lorgne de travers.

– Quand je vous dis que vous en avez besoin. La migraine est revenue ?

– Elle n'est jamais partie ! Et elle ne fait pas semblant. J'ai l'impression qu'on me plante un pieu dans les tempes.

Nous pénétrons dans le cabinet et Sam me fait asseoir sur le fameux lit que je commence à connaître.

– Ne bougez pas, je vais chercher l'appareil à radio. On va commencer par ça.

Le docteur disparaît quelques instants derrière un rideau et revient avec une espèce de tablette tactile très fine.

– C'est assez nouveau comme technologie, mais je suppose que vous connaissez.

– Pas vraiment, je bougonne, la radio n'est pas une passion et je ne suis pas habituée à en passer.

Sam me lance un coup d'œil surpris, mais n'ajoute rien. Il me demande de poser mon doigt sur un petit carré et l'ordinateur m'identifie comme étant Noria Simon. Il y a même ma photo, c'est assez impressionnant. Les ingénieures sont allées chercher loin et ont poussé les détails jusqu'à la perfection. Intéressée par ce qu'il y a là-dedans, je me penche et essaie de lire les informations répertoriées sur ma petite personne.

– Vraiment bizarre, marmonne Sam.

Je fronce les sourcils, mais je n'arrive pas à lire sur sa tablette. La migraine brouille ma vue.

– Quoi ?

– Votre dossier médical est vide, dans le genre inexistant.

Je hausse une épaule. Pas étonnant qu'il soit vide – apparemment, il n'y a pas grand-chose qui ait fonctionné correctement avec moi dans cette simulation.

– Qu'est-ce que cela signifie ? je le questionne quand même pour la forme.

Il me lance un regard perçant.

– Eh bien, soit que vous n'avez jamais été malade de votre vie, soit que quelqu'un a effacé ces informations. Avez-vous déjà été malade, Noria ?

Je me recroqueville, tout à coup mal à l'aise. Bien sûr que j'ai déjà été malade, des dizaines de fois, mais c'était dans la réalité. Je ne sais pas ce que les ingénieures avaient prévu pour moi dans ce monde virtuel et donc je ne sais pas quoi répondre.

– Comme tout le monde, je suppose.

– Hum, hum. Je vais vous faire passer la radio, on verra après pour les infos manquantes. Ne bougez plus et fermez les yeux, sans forcer.

J'obtempère et attends patiemment qu'il ait fini.

– C'est bon, vous pouvez les rouvrir. Les résultats vont s'afficher sur le mur dans quelques minutes. En attendant, je vais vous préparer une injection d'antidouleurs neutres. Tant que je ne sais pas ce que vous avez, je préfère m'en tenir à des antalgiques assez légers.

– C'est vous le doc. À ce propos, qu'est-ce qui vous a donné envie de soigner les gens ?

Il rit en préparant la seringue. Ses gestes sont adroits et précis, ses mains ne tremblent pas.

– Quand j'étais petit, je voulais sauver la planète. Bon, je n'avais aucune idée de la façon dont je devais m'y prendre, mais j'en avais très envie. Et un jour, mon père m'a dit que l'avenir de l'humanité était entre les mains des médecins, des chirurgiens et des infirmiers. À partir de ce jour-là, j'ai fait tout ce qui était en mon pouvoir pour atteindre mon objectif : devenir médecin. Et puis… j'avais… j'avais des motivations plus personnelles. Voilà pour la petite histoire.

Il s'approche de moi et désinfecte ma peau avant d'y insérer l'aiguille. Je ne sourcille même pas, trop occupée à le regarder. Quelles sont ces motivations personnelles dont il parle ? Je crois me rappeler l'avoir entendu évoquer un frère, mais je n'en sais pas plus.

– Et vous ? Comment en êtes-vous arrivée à défiler dans des robes de luxe devant des dizaines de personnes ?

Comme son ton un peu moqueur me fait tiquer, je lui souris avec sarcasme.

– En fait, ce ne sont pas des robes de luxe mais des sous-vêtements de luxe, et c'étaient des centaines, voire des milliers de personnes qui m'observaient. Et pour la petite histoire, moi, je voulais devenir astronaute quand j'étais petite. Ma chambre était remplie de posters de la galaxie, de systèmes solaires sur pied, d'étoiles collées au plafond...

Et là, c'est le blanc. Le blanc intersidéral, comme si un énorme trou s'était formé dans ma mémoire, comme si une partie entière de mes souvenirs avait disparu. J'ai beau chercher, fouiller, impossible de les faire remonter à la surface. Ils se sont évaporés.

– Tout va bien ? me demande Sam quand il remarque mon silence.

Je secoue la tête, sonnée.

– Je... j'ai un trou de mémoire. Je ne me souviens pas de mon enfance comme avant. J'ai des bribes de souvenirs, mais la plus grande partie a subitement disparu.

– Maintenant, vous voulez dire ?

Je hoche la tête, trop bouleversée pour parler.

– C'est peut-être dû à la migraine. Parfois la douleur empêche le cerveau de se concentrer et vous n'arrivez pas à vous souvenir de tout comme en temps normal.

Je ne réponds rien, persuadée que cela n'a rien à voir avec ma migraine. J'ai peur qu'il s'agisse d'autre chose. De quelque chose de plus grave. Je crains que la séance de RN me rattrape. Et si mes souvenirs s'évaporaient petit à petit et que je devenais comme Killian ?

Cette pensée me terrorise.

– Nom d'un chien, mais qu'est-ce que c'est que ce bazar ? s'emporte soudain Sam.

Je relève la tête et remarque que l'écran mural s'est allumé en face de moi. Il affiche en grosses lettres : « Erreur de chargement des données médicales, veuillez réessayer ultérieurement. »

– Vachement au point, votre nouvelle technologie.

Il secoue la tête, manifestement incrédule.

– Croyez-moi si vous le voulez, je me suis servi de ladite technologie un millier de fois déjà et je n'ai jamais rencontré ce genre de problème.

– Vous croyez que c'est une erreur du système ?

Il se mord la lèvre, pensif.

– Non. Je pense que c'est à cause de vous.

À cause de moi ? Allons bon.

– Comment ça ?

Il vient s'accroupir en face de moi pour se mettre à ma hauteur.

– Réfléchissez une minute. Chaque passager embarqué à bord de l'*Artémis* a un dossier médical exhaustif. Il a subi une batterie d'examens tous plus complets les uns que les autres. On n'a laissé entrer personne sans lui avoir fait passer ces tests et les dossiers médicaux sont accessibles sur-le-champ à la demande de n'importe quel membre du personnel médical. C'est pour ça que j'ai tiqué quand vous avez déclaré que vous n'aviez pas l'habitude des radios. Si vous êtes à bord, c'est que vous êtes forcément passée par là, et plutôt deux fois qu'une. Quand je veux consulter votre dossier, je tombe sur une page blanche.

Aucun résultat pour les radios, les scanners, les analyses de sang et d'hormones obligatoires que vous avez dû subir. Je veux pallier ce manque d'informations en vous faisant à nouveau passer une radio, mais l'ordinateur refuse de me montrer les résultats.

Il se redresse, recule de quelques pas et s'appuie à son bureau, me scrutant de ses yeux noirs.

– Mais qui êtes-vous au juste ? Qu'est-ce que vous me cachez ?

Rien de bien méchant. Je suis juste une fille qui se retrouve coincée dans une interface virtuelle qui a mal tourné et dont vous faites partie, docteur. Eeeeh non, vous n'êtes pas réel. Désolée.

Évidemment, je ne peux pas lui dire ça. Je ne peux dire ça à personne ! Je suis complètement seule dans cette histoire.

Je détourne le regard et fixe mes mains.

– Vous ne pourriez pas comprendre.

– Je suis médecin, Noria. Je crois que je peux tout entendre.

Je ne crois pas, non. De toute façon, je ne vois pas pourquoi je m'enquiquinerais à épancher mon cœur à un type qui n'existe même pas. Tout ce que ça va m'apporter, c'est des ennuis gros comme l'*Artémis*.

– Entendre, c'est une chose. Comprendre, c'est différent, et c'est souvent bien plus compliqué.

Son visage s'adoucit quand il constate mon malaise et s'approche à nouveau de moi.

– Laissez-moi vous aider.

Je suis à deux doigts de craquer. J'ai tellement envie de me confier à quelqu'un que j'en ai des fourmis dans les membres. À l'idée de ne plus être seule dans cette galère, mon cœur s'allège et je me sens apaisée. Mais ça, c'est juste la partie émergée de l'iceberg. Si je lui raconte tout, il va me prendre pour une folle et me faire enfermer en me shootant avec des calmants. Ou, pire, il va répéter mon secret à la sécurité. Et va savoir ce qu'ils me feront subir à ce moment-là. Les ingénieures sont des requins. Elles sont là pour faire du chiffre. Si elles s'aperçoivent qu'une de leurs clientes a l'intention de faire couler le bateau, elles n'hésiteront pas à régler le problème à leur façon.

J'ai envie de me réveiller un jour.

En plus, j'en ai déjà trop révélé. Le manque d'informations dans mon dossier personnel a interpellé Sam. Il commence à se poser des questions. J'aurai de la chance s'il ne décide pas de pousser son enquête plus loin.

Je grimace en me frottant les tempes. La migraine s'est un peu calmée, mais j'ai toujours mal. Je m'allonge sur le lit et ferme les yeux.

– Je suis désolée, doc. Je suis fatiguée et je raconte n'importe quoi ce soir. Je vais dormir un peu et je suis sûre que demain tout ira mieux.

Il y a un silence pesant, puis Sam s'éloigne. Dire que je viens de cracher sur une soirée en tête à tête avec un docteur canon.

– Comme vous voudrez. Je vais rester dans la pièce et veiller à ce qu'il ne vous arrive rien. Si vous avez le moindre problème, surtout n'hésitez pas à m'appeler.

Sur ces paroles réconfortantes, je m'endors.

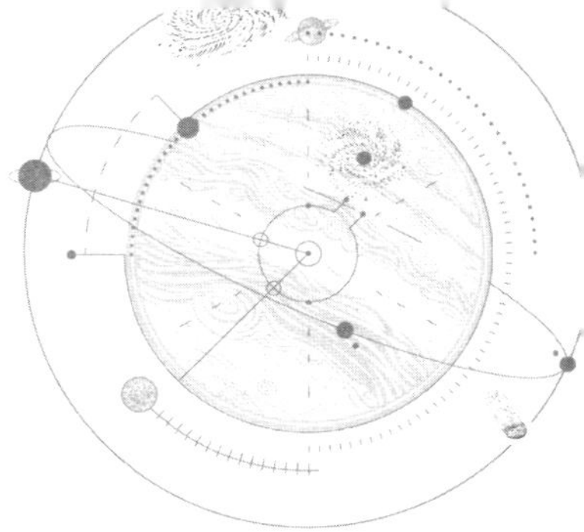

20

J'ouvre lentement les yeux. L'infirmerie est plongée dans la pénombre. Je ne sais pas quelle heure il est, mais le soleil artificiel ne semble pas près de se lever. J'ai un drôle de pressentiment. Un frisson désagréable court le long de mon échine.

Je me redresse sur un coude et regarde autour de moi. Les rideaux blancs sont tirés autour de mon lit et je ne vois pas Sam.

La gorge serrée par une angoisse dont je n'arrive pas à déterminer l'origine, mais qui me vrille les entrailles, je balance mes jambes par-dessus le lit et me lève prudemment. J'attrape avec hésitation un pan du rideau en plastique et le tire sur la droite.

Sam n'est pas dans son bureau. Je sais qu'il y a un lit à côté du mien, peut-être qu'il s'y est allongé pour se reposer…

Je sors de la cabine improvisée et m'humecte les lèvres. Ma main tremble et j'ai étrangement mal à la mâchoire.

Je voudrais aller voir l'autre cabine, pour être certaine que Sam est bien là, mais je suis paralysée. Non… pas paralysée. Mes membres sont en train de me lâcher, les uns après les autres. Quand je baisse des yeux horrifiés sur ma jambe droite, c'est pour m'apercevoir que mon genou est plié dans un angle improbable.

Je m'effondre sur une table roulante dans un cri surpris. Je parviens *in extremis* à éviter les objets tranchants posés dessus.

Une larme glisse sur ma joue quand c'est au tour de mon bras droit de pendre lamentablement à mon côté, et j'ai beau essayer de le bouger, il ne m'obéit plus. J'ai un mal fou à m'accrocher à la table avec mon bras gauche. C'est comme si mes muscles cessaient de fonctionner.

Tout à coup, mon œil se ferme et je le sens enfler, enfler, enfler, jusqu'à ce que je ne voie plus rien du côté gauche. Un liquide chaud coule de ma bouche et un filet rouge carmin tombe sur le plateau argenté sur lequel je m'appuie.

Qu'est-ce qui m'arrive, mais qu'est-ce qui m'arrive ?

Je sais qu'il y a un miroir dans l'armoire à pharmacie. Il faut que j'arrive jusque-là.

J'essaie de pousser la petite table roulante en avant et c'est là que la douleur éclate, comme un feu d'artifice géant. Pas une seule parcelle de mon corps n'est épargnée. J'ai l'impression qu'on m'a poignardée dans le ventre, que mon visage est un ballon de baudruche, qu'il ne va pas tarder à éclater. Ma jambe cassée me fait tellement souffrir que je ne sais plus si c'est de la douleur que je ressens.

Cette fois, je m'écroule sur le sol en hurlant. Ma souffrance atteint une intensité telle que je me sens défaillir. Mais je ne dois pas tourner de l'œil.

Je dois atteindre ce miroir, il le faut.

Centimètre après centimètre, je rampe dans sa direction, les dents serrées à les casser. Je lève un bras qui me semble peser une tonne, saisis le rebord du placard et me hisse à sa hauteur grâce à ma jambe valide. J'ouvre enfin ce maudit placard.

Mon reflet me saute au visage. Sauf que ce n'est pas mon reflet. Ça ne peut pas être moi. La femme en face est littéralement démolie. Ses cheveux sont en bataille et il lui en manque un peu sur la tempe droite. Son œil gauche est gonflé et saigne abondamment. Sa lèvre inférieure est ouverte, un flot de sang s'en écoule. Mais le pire, ce qui me terrifie, c'est sa mâchoire inférieure qui pend avec l'air de vouloir se décrocher. Il lui manque une dent et son nez est cassé.

Je suis en train de me convaincre que cette femme n'est pas moi quand je remarque la couleur de son œil droit, le seul qui soit encore ouvert, malgré le gros bleu qui le recouvre et qui s'étend jusque sur sa joue. Gris sidéral. Elle a les yeux gris sidéral, comme moi.

Une larme s'échappe de ma paupière tuméfiée et je voudrais éclater en sanglots, autant de douleur que d'incompréhension.

Mais je ne peux pas, je n'en ai pas la force.

Quelqu'un me saisit soudain par les cheveux et me plaque contre lui.

– Tu croyais que je n'allais pas m'en apercevoir, n'est-ce pas ? éructe-t-il contre mon oreille. Tu croyais que je te laisserais tout foutre en l'air sans réagir ? RÉPONDS-MOI !

Je hurle à pleins poumons au moment où ses mains se referment sur ma gorge pour m'étrangler.

Mon hurlement résonne encore dans l'infirmerie quand je me réveille en sursaut. La salle est plongée dans la pénombre, comme dans mon cauchemar. Je me redresse vivement et recule sur les fesses jusqu'à me retrouver collée au mur. Je suis sûre que je suis encore en train de rêver. Je suis toujours coincée dans le même cauchemar.

Je tâte tous mes membres, vérifie en sanglotant violemment que tous sont dans leur état normal. Pour l'instant, rien ne cloche, mais dans mon rêve, je n'ai pas eu tout de suite la jambe cassée et le visage tuméfié.

Je tremble de tout mon corps et, loin de vouloir se calmer, mes sanglots s'intensifient, jusqu'à atteindre leur paroxysme quand quelqu'un ouvre en grand le rideau qui me sépare du reste de la pièce. Tout d'abord, je ne reconnais pas la silhouette plongée dans le noir.

Je pousse un cri de terreur et positionne mes bras devant mon visage dans un mouvement instinctif.

– Non ! Pitié, non !

– Noria ! Noria, calmez-vous, ce n'est que moi. C'est Sam.

Les bras du docteur dont j'ai reconnu la voix s'enroulent autour de mon corps recroquevillé. J'essaie de me débattre, toujours effrayée, mais il me tient fermement contre lui, une main sur ma nuque, l'autre dans mon dos.

– Calmez-vous, Noria. Tout va bien, vous avez fait un cauchemar. Rien de tout ça n'était réel. Je suis là maintenant, d'accord ?

Un peu rassurée de savoir que je suis retournée dans la simulation et que je ne rêve plus, je me laisse aller contre l'étreinte réconfortante de Sam et sanglote plus doucement, agrippée à son tee-shirt. Comment se fait-il que je rêve de choses aussi affreuses ? Pourquoi les ingénieures me tourmentent-elles ainsi ? Qu'ont-elles prévu ensuite ? Me jeter dans le vide galactique ?

Quand mes hoquets se sont un peu calmés, Sam s'écarte et plonge son regard dans le mien.

– De quoi avez-vous rêvé ?

Je n'ai pas envie de raconter. Je suis encore traumatisée par la vision de mon visage méconnaissable. Mais si je n'en parle pas, je vais exploser…

– J'avais été tabassée. Plusieurs de mes membres semblaient cassés, et mon visage n'était plus qu'un amas de chair informe. Et puis, quelqu'un, je ne sais pas qui, m'a attrapée par les cheveux et m'a menacée. C'est là que je me suis réveillée.

Sam garde le silence pendant quelques secondes.

– Avez-vous déjà été maltraitée, Noria ?

Je secoue la tête.

– Non, au contraire ! J'ai eu une enfance heureuse, je… j'avais un travail clean… Non, pas du tout.

Je détourne le regard.

– Je suis désolée. Je me sens ridicule à faire un esclandre pour ça.

Il passe une main sur ma joue pour m'apaiser.

– Ne le soyez pas. Le subconscient est souvent cruel avec nous et c'est la fenêtre de nos émotions, de nos peurs les plus profondes. Il est normal que vous soyez retournée. Vous voulez boire quelque chose de chaud pour vous réconforter ?

– Je veux bien un café.

Il se lève aussitôt en me souriant avec gentillesse et va préparer deux cafés. Il m'apporte le mien et je prends la tasse bouillante entre mes mains sans sourciller. Le docteur s'assied à côté de moi et me regarde.

– Me permettez-vous de vous dire le fond de ma pensée ?

Je hoche la tête.

– Je pense que cet homme qui vous poursuit et vous laisse des mots doux un peu partout vous perturbe plus que vous voulez bien l'admettre.

Je porte une main à ma tête, qui me lance à nouveau.

– C'est parce que je ne sais pas qui c'est… Hier, il était là, dans le cinéma, il m'observait. J'en suis sûre. Ça me rend parano.

J'écarquille soudain les yeux, victime d'une révélation.

– Sam… je crois savoir de qui il s'agit.

Il penche la tête sur le côté, pressé d'entendre mon hypothèse. Je lui prends les mains, fiévreuse.

– Vous vous souvenez ? Au cinéma, hier, il y avait cet homme qui semble nous en vouloir, à Killy et moi. L'officier Harper. Je suis sûre que c'est lui qui me menace. Vous souvenez-vous s'il s'est levé après mon départ ? Ou peut-être avez-vous remarqué son absence ?

Le docteur se passe une main sur le visage.

– Je dois vous avouer que je ne le surveillais pas. Votre amie, en revanche, si. S'il a bougé, Killian le saura sûrement.

– Vous avez raison. Il faut que je l'appelle.

Sam m'arrête en me retenant par le bras.

– Noria, il est trois heures du matin. Attendez au moins que le jour soit levé pour la contacter. Rien ne presse. Pour l'instant, je suis là et je ne permettrai jamais qu'il vous arrive quoi que ce soit, d'accord ?

Je m'apprête à lui donner raison, mais m'interromps. Après tout, je ne le connais pas. Il pourrait me cacher des choses, comment le saurais-je ? Et puis… c'est lui qui est arrivé en premier dans les toilettes. Qu'est-ce qui me prouve qu'il n'était pas là un peu plus tôt, à peindre un mot terrifiant sur la porte de ma cabine ? Et maintenant, il m'empêche de contacter Killian. Pourquoi ?

Un peu décontenancée et apeurée, tout à coup, je m'écarte de lui et me lève avec raideur pour me diriger vers mon sac. J'attrape le smartfilm et contacte mon assistant.

– Alan ?

– Je vous écoute, mademoiselle.

– Préviens-moi quand Killian est réveillée.

Je zyeute par-dessus mon épaule, mais Sam n'écoute pas la conversation. Il est en train de s'entretenir avec quelqu'un sur son oreillette téléphonique. Il finit même par sortir dans le couloir, l'air préoccupé.

– Alan ? Est-ce que tu as eu une réponse du capitaine ? je l'interroge en baissant d'un ton pour ne pas que le docteur entende.

– Non, mademoiselle. Je pense qu'il ne faut pas espérer obtenir une réponse avant au moins une semaine. Les dossiers des passagers et des membres de l'équipage sont gérés uniquement par lui et personne d'autre n'y a accès. Il doit avoir bon nombre de demandes à traiter avant la vôtre.

Je baisse les yeux, déçue.

– Ce sera tout, mademoiselle ?

– Non. Alan, mets en route toutes les alarmes existantes autour et dans la maison. Je veux que Killian soit en sécurité.

– Entendu, mademoiselle Simon. Mais je me dois de vous prévenir que Mlle Suzerain ne s'est pas présentée à votre domicile hier soir, comme c'était prévu.

Les poils se dressent sur mes bras.

– Quoi ? Mais pourquoi tu ne me l'as pas dit plus tôt ?

– Parce que vous ne me l'avez pas demandé.

Je déglutis péniblement : une énorme boule s'est formée dans ma gorge.

– Mets-moi en contact avec son pavillon.

Il y a un silence, puis une voix féminine que je ne reconnais pas s'adresse à moi sur un ton aimable et professionnel :

– Bonjour, mademoiselle Simon. Je suis Serena, l'assistante cybernétique de Mlle Suzerain. Je suis au regret de vous informer que ma maîtresse n'est pas à la maison pour le moment. Voulez-vous que je lui transmette un message ?

Mon cœur bat de plus en plus vite, de plus en plus fort. Des gouttes de sueur coulent sur mon front.

– Serena, était-il prévu que Killian découche ?

– Je suis désolée, je ne suis pas autorisée à divulguer ce genre d'information. Autre chose, mademoiselle ?

Je me mords la lèvre pour ne pas hurler.

– Dis-lui simplement que j'ai appelé et coupe la communication.

– Bien, mademoiselle. Passez une agréable nuit.

Puis c'est le silence. Je sens une angoisse sourde me prendre aux tripes. Killian n'est pas rentrée chez elle, hier soir. J'en suis intimement persuadée. Dans ce cas, où est-elle ? Avec qui ? Et si les actionnaires de la Sphère s'en prenaient à elle pour me réduire au silence ? Pour me menacer ? Elles pourraient très bien envoyer un des programmes (l'officier Harper par exemple) pour lui faire du mal…

Refusant de laisser tomber, je recontacte mon assistant.

– Alan, est-ce qu'il y a un moyen de localiser Killian ?

– Malheureusement non, mademoiselle. Le seul moyen de savoir où elle se trouve, c'est d'attendre qu'elle vous contacte par elle-même.

Je tape du pied, au bord de la crise de nerfs.

– Néanmoins…

Je tends l'oreille.

– Néanmoins quoi, Alan ?

– Mademoiselle Simon, sachez que je ne suis pas autorisé à m'ingérer dans la vie privée des hommes et des femmes à bord. Ce n'est même pas dans ma programmation.

– Abrège, Alan. On n'a pas toute la nuit !

– Tout ce que je suis en mesure de vous dire, c'est que si vous souhaitez des réponses, je vous suggère de trouver un moyen de contacter le capitaine.

Est-il sérieux ?

– Quel heureux conseil, Alan ! Et comment je m'y prends ? Je ne sais même pas où il se trouve actuellement ! Et tu sais aussi bien que moi que ce n'est pas comme appeler sa meilleure amie. On parle du capitaine, là ! Tu m'as toi-même expliqué qu'il mettait plusieurs jours à répondre aux messages. Je n'ai PAS plusieurs jours.

Alan ne répond pas pendant quelques secondes et, si je ne savais pas qu'il était une simple programmation dans un réseau électrique, je penserais qu'il est en proie à un conflit intérieur.

– Je ne vous suggère pas de lui envoyer un message, mais de le contacter personnellement. Le capitaine Williams ne quitte jamais ou rarement la direction. C'est un espace auquel très peu de personnes ont accès, on les compte sur les doigts d'une main.

Une bulle d'espoir se gonfle dans ma poitrine.

– Et où se trouve cet endroit ?

– Je suis désolé. Je ne détiens pas cette information.

La bulle éclate et j'ai envie d'éclater Alan avec. J'inspire profondément et reprends, d'une voix que j'espère calme et posée :

– D'accord, Alan. Ce sera tout. Non ! Attends !

– Je vous écoute, mademoiselle.

Je me retourne et suis surprise de constater que Sam n'est toujours pas revenu, ce qui m'arrange.

– Peux-tu essayer de trouver des informations sur deux personnes ? Le Dr Samuel Laroche et l'officier Harper. Je ne connais pas le prénom de ce dernier.

– Je suis désolé, mademoiselle Simon, mais…

– Tais-toi un peu, Alan, et écoute-moi. Je crois que je ne suis pas en sécurité. Il faut que tu me donnes des réponses avant qu'il ne soit trop tard, tu comprends ?

– Je suis désolé, mademoiselle Simon, mais je n'ai pas accès aux dossiers confidentiels du vaisseau. Je suis un simple assistant personnel et je n'ai pas de prise sur les réseaux importants à bord.

Mon œil ! « Un simple assistant personnel » n'aurait pas une hésitation ! Or, Alan a l'air de très bien savoir tergiverser.

– D'accord, d'accord. Et sur moi ? Tu as des informations sur moi ?

– Je sais que vous vous appelez Noria Simon, que vous habitez au 33…

– N'essaie pas de noyer le poisson, Alan. Je te demande si tu détiens des informations confidentielles sur moi, pas de lire ma carte d'identité.

– Je ne sais rien de plus que ce pour quoi j'ai été programmé, mademoiselle. Je vous prie d'excuser mon ignorance.

Je détourne le regard.

– Laisse tomber, Alan. De toute façon, je ne sais pas à quoi je m'attendais. Coupe la communication.

La porte s'ouvre dans un chuintement derrière moi et je me retourne pour demander à Sam s'il sait comment trouver la direction, mais referme aussitôt la bouche. La porte vient de s'ouvrir, pourtant il n'y a personne de visible derrière, juste l'obscurité du couloir.

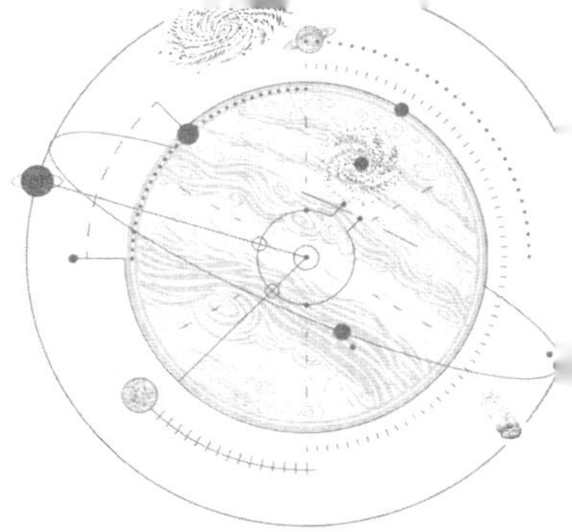

21

Je n'étais déjà pas bien rassurée en apprenant la disparition de Killian, mais là, tout mon corps se pétrifie sur place. Je suis une boule de nerfs terrifiée. J'ai l'impression que je me nourris à l'adrénaline, ces derniers temps.

Je déglutis et avance d'un pas.

– Sam ?

Personne ne répond et j'en viens à me demander si ce vaisseau n'est pas hanté.

Je sens mes narines se dilater. Je suis transie de peur. Le genre d'angoisse morbide qui vous étreint sans aucune raison apparente, mais qui est tout bonnement incontrôlable. C'est exactement ce que je ressens, à cet instant. Je ne sais pas de quoi je suis censée être effrayée et je crois que c'est ça qui me tétanise.

– Sam, si c'est une plaisanterie, je ne la trouve pas drôle du tout.

Toujours ce silence mortel. Il me vient alors une pensée… Et si c'était lui, le voyeur psychopathe ? Et moi qui le suis les yeux fermés, comme une gourde, alors que je ne le connais pas, que je ne sais rien de lui ! Il m'amène dans son hôpital, prétendument pour me faire passer une batterie de tests, et tout ce que je trouve à penser, c'est : oh, tiens, je vais passer une bonne soirée en compagnie d'un homme charmant. Mais quelle bouffonne ! Si ça se trouve, il a prévu de m'égorger dans mon sommeil !

En attendant, je suis toujours plantée comme une courgette devant l'entrée de l'infirmerie, gueule béante ouvrant sur les ténèbres. Il faut que je prenne une décision.

Sans trop savoir ce que je fais, je bondis comme une dingue, passe ma main sur le cadran à côté de la porte et celle-ci se referme aussitôt sans un bruit.

– Comment on verrouille ce truc ? je baragouine, paniquée, en cliquant sur l'icône « cadenas » de l'écran.

Malheureusement, le texte qui s'affiche m'indique que seuls les médecins ou les infirmiers sont habilités à verrouiller le sas. Ce qui signifie aussi que, si Sam veut rentrer dans le cabinet et me trucider à coups de scalpel, il n'aura aucun mal à le faire.

Je me précipite sur mon sac et en ressors le smartfilm. Tout en me positionnant face à l'entrée, qui pour l'instant est toujours fermée, je recontacte mon assistant préféré.

– Alan ? je chuchote, au bord de la crise cardiaque.

– Je vous écoute, mademoiselle.

Je cherche un objet autour de moi pour me défendre et me saisis d'un plateau en acier inoxydable. Celui-là même sur lequel je me suis effondrée dans mon rêve.

– Alan, il faut que tu m'aides, je supplie d'une voix tremblotante. Je crois que je suis en danger.

– Que puis-je faire pour vous venir en aide, mademoiselle ?

Une forme humaine passe tout à coup devant l'entrée sans s'arrêter et cette fois-ci je ne peux retenir un cri. Le couloir est plongé dans le noir et le type doit porter des vêtements sombres, parce que j'ai à peine pu discerner sa silhouette.

– Je crois que quelqu'un m'en veut à bord, je m'affole en retenant mes larmes. Je suis certaine que… qu'on cherche à me nuire.

– Vous avez un taux d'anxiété élevé dans la voix, mademoiselle. Calmez-vous et dites-moi ce que vous attendez de moi.

J'essaie d'apaiser les trémolos dans ma voix, mais c'est peine perdue.

– Affiche-moi les plans de l'hôpital.

Il y a une pause.

– Je suis désolé, mademoiselle Simon, mais je n'ai pas accès à…

– Alan… j'énonce sur un ton menaçant, si tu ne te débrouilles pas pour me trouver ces plans, je te jure que je demande à ce qu'on te remplace par un autre Alan, plus performant.

L'inutile assistant me répond de sa voix éternellement posée :

– Je suis sincèrement navré de vous décevoir, mademoiselle, mais me menacer ne m'ouvrira pas l'accès aux dossiers confidentiels de l'appareil. Si vous le souhaitez, je peux demander à ce qu'un ingénieur vienne me désactiver et me remplacer. Cela peut se programmer à huit heures, demain matin. Cela vous convient-il ?

Je m'approche de la vitre, plaque ma main libre sur la surface transparente et jette un coup d'œil dans le couloir. Il semble vide à droite et à gauche.

– Arrête de raconter n'importe quoi, pauvre idiot. Je ne vais pas te remplacer. De toute façon, j'ai l'étrange sensation que je ne vais pas passer la nuit.

– Souhaitez-vous que je contacte la sécurité ?

– Non, ce que je souhaite, c'est que tu me donnes ces fichus plans, je grogne tout en connaissant sa réponse.

– Je suis désolé, mademoiselle Simon, mais je n'ai pas accès à…

– Ouais, ouais, je sais. Mais tu as accès à quoi, au juste ?

– À tout ce qui concerne votre maison et vos affaires personnelles. J'ai un accès limité au réseau du vaisseau pour me mettre à jour, mais c'est tout.

Je plisse les yeux, ayant tout à coup une idée.

– Tu pourrais essayer de hacker le réseau de l'hôpital ! Tu serais mes yeux et mes oreilles et tu pourrais m'aider à sortir d'ici vivante !

Cette fois-ci, Alan a presque l'air vexé.

– Je ne suis pas un virus, mademoiselle. Je ne peux tout bonnement pas pirater un système parce que je n'y ai pas accès.

Ma voix prend des accents de supplication :

– Alan, je t'en prie, essaie au moins. On parle de ma survie, là !

Je m'attends à ce qu'il proteste encore une fois mais, après deux secondes de suspense, il se contente d'un sobre :

– Veuillez patienter.

Je bondis de joie, rassérénée à l'idée que j'ai peut-être un allié, finalement. À peine dix secondes plus tard, les plans de l'hôpital s'affichent sur l'écran de mon smartfilm.

Je porte une main à ma bouche, extatique.

– Oh, mon Dieu, Alan ! Comment tu as fait ?

– J'ai décodé mon identité pour la reconfigurer et…

– C'était une question rhétorique, Alan. Tu es dans le réseau de l'hôpital, là ?

– Oui, mademoiselle. Je ne peux pas y rester plus de vingt minutes. Au bout de ce laps de temps, l'ordinateur central détectera ma présence et remontera jusqu'à vous. Mais cela devrait vous suffire pour sortir du bâtiment.

Je me sens tellement rassurée de savoir que je ne suis plus seule que je manque m'écrouler. J'attrape l'oreillette téléphonique et la connecte à ma tablette. Je vais pouvoir parler à Alan sans qu'on l'entende.

– Tu me vois, là ?

– Oui, mademoiselle. Il y a trois caméras dans le cabinet où vous vous trouvez. Pour arriver jusqu'à l'ascenseur, il vous faut prendre à gauche.

J'acquiesce et la porte s'ouvre avant même que je lui en donne l'ordre. Je me pétrifie sur place.

– Alan, dis-moi que c'est toi qui viens de déverrouiller le sas.

– Oui, mademoiselle.

Je laisse échapper une expiration saccadée. Si j'arrive à sortir d'ici vivante, c'est mon cœur qui va en prendre un coup. J'étudie les plans sur ma tablette et m'étonne moi-même quand je m'aperçois que j'arrive à les déchiffrer comme si je les avais dessinés. Qui eût cru qu'une mannequin « grande taille » pouvait comprendre le plan architectural d'un aussi gros bâtiment ? Je me sens revigorée, tout à coup.

– Marque l'emplacement du Dr Laroche sur le plan.

Un petit point rouge clignotant s'affiche presque aussitôt. Il est statique et se trouve apparemment dans une aile de l'immeuble que je n'ai jamais visitée.

– La voie est libre jusqu'aux ascenseurs, mademoiselle. Prenez à gauche.

J'hésite un instant. La curiosité et l'envie de savoir ce qui se trame réellement ici se font plus fortes que la peur. Sans vraiment réfléchir aux conséquences, je prends à droite.

– C'était l'autre gauche, mademoiselle.

Je souris. C'est qu'il est bel et bien capable d'ironiser, le bougre.

– Je sais, Alan. Mais je veux savoir ce que Sam fabrique. Conduis-moi à lui. Et montre-moi une image vidéo de ce qu'il fabrique en ce moment.

– Si je vous guide jusqu'à lui, je vais devoir désactiver les caméras de surveillance de cette partie de l'hôpital, pour être sûr que personne ne vous verra.

Même si ça ne me plaît pas, je dois bien avouer qu'il a raison. Je vais devoir attendre avant de découvrir la vérité, et ce sera en live.

Je m'avance avec précaution dans le couloir enténébré, frissonnant de peur et d'excitation.

– Alan, tu me préviens si quelqu'un me suit ou vient vers moi, n'est-ce pas ?

– Bien sûr, mademoiselle. Pour l'instant, il n'y a aucun danger.

Je finis par arriver jusqu'au sas qui avait bloqué ma progression lors de mon réveil dans la Sphère. Celui devant lequel je m'étais écroulée après que ce cher docteur m'avait neuroneutralisée avec son fichu pistolet.

– Déverrouille le sas, je murmure.

La porte circulaire rouge s'ouvre dans un chuintement et je me glisse prestement à l'intérieur. Juste après que je sois passée, elle se referme avec le même son. Je me retrouve en face d'un ascenseur assez gros pour accueillir deux, voire trois brancards. Je jette un coup d'œil aux plans tout en pénétrant dans l'immense cabine et appuie sur le bouton du -2. C'est au deuxième sous-sol que se trouve Sam. Il n'a d'ailleurs toujours pas bougé. Mais que peut-il bien trafiquer ?

L'ascenseur ne met pas plus de trois secondes pour se rouvrir sur une salle immense, plongée dans une obscurité quasi totale. J'arrive toutefois à distinguer le plafond grâce à des petites ampoules LED, plafond qui doit être à plus de vingt-cinq mètres du sol. La pièce en elle-même, si on peut lui donner cette appellation, doit avoir une superficie de cinq mille mètres carrés.

Abasourdie, je regarde les plans et dézoome pour en avoir une meilleure appréciation. C'est bien ce que je pensais. Cette salle s'étend bien au-delà de l'hôpital et rejoint même un autre bâtiment dont je n'ai pas les plans.

– Alan ? Allume les lumières.

De puissantes LED s'allument aussitôt sans un bruit. Et ce que je vois me laisse sans voix.

– Oh, mon Dieu, Alan ! Comment appelle-t-on cette salle ?

– L'espace hibernation, mademoiselle.

Je cligne des yeux et m'avance lentement. Le hangar dans son intégralité est composé de cuves en verre de la taille d'un homme, elles-mêmes remplies d'une eau bleutée agitée par des bulles, comme si elle bouillonnait.

Je n'en reviens pas. Il doit y avoir au bas mot deux mille cuves, peut-être même plus. Elles sont placées sur un socle en acier, disposées en rangées pour qu'on puisse circuler aisément entre elles.

– C'est incroyable. Est-ce de là qu'on m'a sortie ?

– Oui, mademoiselle. Votre sarcophage personnel se trouve au fond de la salle. En ce moment, les cuves sont remplies avec de l'eau chaude. C'est une étape de décrassage obligatoire en sortie d'hibernation.

Je suis tellement fascinée que j'en ai oublié le but de ma visite. Et puis, j'ai confiance en Alan. S'il voit quelqu'un approcher, il me le fera savoir assez vite pour que je puisse décamper. Je passe devant les cuves, les unes après les autres, et remarque qu'elles sont toutes vides.

– Tout le monde a été réveillé ?

Il y a un silence et, pendant deux petites secondes, je crois avoir perdu le contact avec mon allié. Mon cœur s'emballe juste au moment où la voix masculine résonne à nouveau dans mon oreille droite.

– Normalement oui, mademoiselle.

Je fronce les sourcils.

– Comment ça, « normalement » ?

Le ton d'Alan n'est pas habituel quand il me répond. Il a presque l'air… inquiet.

– Un des sarcophages a été vidé de son eau très récemment.

Je sens ma bouche s'assécher.

– Récemment comment ?

– Récemment comme il y a un quart d'heure. Et là, il est en train de se remplir à nouveau.

Killian.

Oh non ! Sam a capturé Killian et l'a enfermée dans ce sarcophage pour la noyer !

Mon pouls s'emballe, une peur panique me ronge les entrailles.

– De quel sarcophage s'agit-il ?

– Du vôtre, mademoiselle. Il est situé au fond de la salle, à droite.

Je commence à courir comme une dératée.

– Alan ! je hurle à nouveau, maintenant complètement indifférente au bruit. Est-ce que le sarcophage est occupé par quelqu'un ?

– Oui, mademoiselle.

Mes soupçons se vérifient.

– Est-ce que c'est Killian ?

– Non, mademoiselle.

Je freine des quatre fers. Ce n'est pas Killian ? Mais qui est enfermé là-dedans, alors ? Un pressentiment horrible s'empare de moi.

– Est-ce que Killian est ici, Alan ?

– Pas que je sache, mademoiselle.

Mes dents se mettent à claquer.

– C-combien de présences détectes-tu dans la salle ?

– Trois, en comptant la vôtre.

Je regarde à nouveau mon plan. Le point rouge révélant la présence de Sam n'a toujours pas bougé. Et quand je m'aperçois qu'il se situe au fond à droite de la salle, je commence à avoir une petite idée de ce qui se passe.

Je recommence à courir comme une folle vers « mon » sarcophage.

– Montre-moi les fonctions vitales du doc ! je crie, essoufflée.

Une nouvelle page s'affiche avec les données médicales de Sam en temps réel. Sa tension atteint des sommets et son pouls est tellement élevé que je me demande si ce rythme est viable longtemps.

Toujours en pleine course contre la montre, j'interpelle à nouveau mon assistant.

– A-t-on activé la cryogénisation dans mon sarcophage ?

– Non, mademoiselle. Juste le remplissage de la cuve. Comme je vous l'ai expliqué, l'eau ne sert qu'à nettoyer…

– Stoppe-le immédiatement !

– Je ne peux pas, je suis navré. Une partie des fonctions des sarcophages est gérée par l'interface médicale du vaisseau, mais il faut enclencher manuellement un levier pour les vider ou les remplir. Je suis paralysé, je ne peux rien faire.

Je m'apprête à lui ordonner de trouver un moyen lorsque j'aperçois la dernière cuve à vingt mètres de moi…

et ce qui se trouve à l'intérieur. Je blêmis et une nausée soudaine me prend à la gorge.

Je me précipite vers elle au moment où l'eau bouillonnante atteint le bas du dos de Sam.

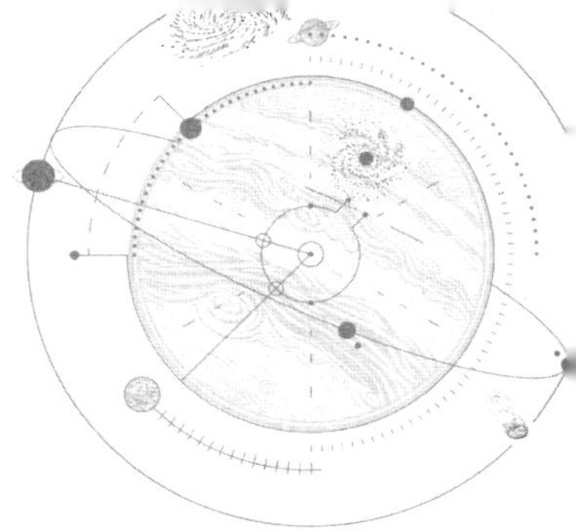

22

J'arrive tellement vite que je n'ai pas le temps de freiner et m'écrase sur le verre. Sam est conscient et il sait qu'il est sur le point de se noyer. Il ne m'a pas encore vue, car il est dos à moi. Il bat des jambes pour tenter de se maintenir à la surface, mais sa tête touche déjà pratiquement le plafond de la cuve. Ses mains palpent désespérément les parois de sa prison mortelle pour tenter d'y trouver une faille. L'eau monte à une vitesse folle, elle a déjà atteint le milieu de son dos.

Je tape sur le verre à l'aide de mes poings pour attirer son attention.

Il se retourne vivement, des éclairs dans les yeux, les dents serrées. Je pense qu'il croit avoir affaire à celui qui l'a collé là-dedans. Mais quand il me reconnaît, son visage se transforme. Un soulagement extrême détend ses traits angoissés.

– Sam ! je m'époumone. Calmez-vous ! Expliquez-moi comment faire pour annuler le remplissage de la cuve et la vider !

Il acquiesce, l'air d'avoir retrouvé son sang-froid. Je ne sais pas comment il fait. À sa place, je serais déjà morte noyée à cause de la panique.

En tout cas, je peux remercier le ciel qu'il m'ait entendue. Ses lèvres se mettent à bouger et il me montre frénétiquement un panneau de contrôle sur le côté droit du sarcophage.

Je deviens livide. Il ne m'a pas entendue. Il sait juste lire sur les lèvres. Sauf que moi, non.

Je m'approche du panneau, les mains tremblantes, et regarde les touches sans savoir quoi faire.

– Alan ! Aide-moi, c'est quoi la procédure ?!

– Laissez-moi dix secondes, je vous prépare l'interface. Je dois configurer les données et activer la commande manuelle.

Je regarde partout, mais je ne vois ni commande manuelle ni levier d'aucune sorte.

– Elle est où, ta commande ?

– Mademoiselle, derrière vous !

J'interprète d'abord cette exclamation comme une réponse étonnamment virulente. Je mets un dixième de seconde de trop à comprendre qu'il n'est pas en train de me répondre, mais de me prévenir d'un danger.

Un agresseur à la poigne de fer me saisit par les cheveux et me jette en arrière.

Je tombe sur le dos, à au moins deux mètres de la cuve, le souffle coupé. Heureusement pour moi, j'ai quelques réflexes et ne reste pas paralysée par la peur.

Je me redresse avec une agilité insoupçonnée et regarde autour de moi, le cœur au bord des lèvres. L'homme a disparu.

– Il est où ?! Il est où ?!

– Il est censé être à l'autre bout de la salle. Il a dû arracher son traceur GPS ainsi que sa puce d'identification.

– De qui s'agit-il ?

– Je n'en sais rien, il ne porte pas de puce d'identification, comme je vous en ai informé.

Je suis sur le point de prendre mes jambes à mon cou. Savoir qu'un tueur rôde dans les parages et qu'il pourrait surgir de n'importe où pour me faire subir le même sort qu'à Sam déchaîne mon instinct de survie. Il me conjure de quitter les lieux sans un regard en arrière.

Sauf que je finis par lever le nez, et que je remarque que Sam a maintenant de l'eau jusqu'aux pectoraux. Son visage est grave, ses mâchoires crispées, mais il me fait signe de m'enfuir. En exacte adéquation avec mes pulsions actuelles.

Ce serait mentir que d'affirmer que je ne songe pas à obéir. Je suis même sur le point de partir en courant. Mais mes jambes ne choisissent pas la sécurité.

Sam va mourir. Et même si je sais que cet homme n'est pas réel, il est impossible pour moi de le laisser se noyer.

Je maudis mon empathie et cherche frénétiquement une arme. Derrière moi, mon sarcophage et le mur du fond portant un extincteur futuriste ; devant, une infinité de cuves en verre derrière lesquelles le meurtrier pourrait se cacher.

Je m'approche du mur, les poings serrés, et arrache l'extincteur en verre de son socle. Je trébuche, déstabilisée par sa légèreté. Il ne peut pas être en verre ! À l'intérieur, je peux voir une brume étrange onduler paresseusement. J'espère qu'il sera assez solide pour causer des dommages, si je dois m'en servir comme arme. Je l'active avec dextérité, en suivant les instructions d'Alan et, le pulvérisateur en main, je me positionne devant la cuve où se trouve Sam.

– Vas-y, Alan, configure le panneau !

– Si je m'exécute, mademoiselle, je n'aurai plus la possibilité de vous prévenir si l'inconnu revient.

– Vas-y ! je crie.

Je suis une boule d'adrénaline et, si l'autre ressurgit, je suis prête à lui faire la peau. Je ne m'attendais pas, en revanche, à ce qu'il prévoie de me sauter dessus. Je ne l'aurais jamais vu si les LED ne l'avaient pas trahi. Il a escaladé la cuve de Sam. Son ombre se dresse à l'extrême gauche de mon champ de vision. Il doit penser que je ne l'ai pas remarqué. Mais ça me suffit largement.

Mon premier réflexe est de me retourner. Je me retiens pourtant et ne bouge pas, jusqu'à ce que je le voie se ramasser sur lui-même.

Au tout dernier moment, je fais un pas de côté et le regarde s'écraser au sol avec une grande satisfaction. Malheureusement, il se réceptionne assez bien et se remet debout en un instant. À ce moment-là, cependant, je suis déjà prête.

Il se retourne vers moi et je constate qu'il porte une cagoule. Ce qui est sûr, c'est que ce n'est pas une femme.

Je serre les dents et actionne l'extincteur.

– Bon appétit, enfoiré !

Un jet puissant de l'étrange poudre mouvante lui explose au visage et il tombe en arrière en criant. J'ai dû lui pulvériser du produit dans les yeux, parce qu'il se trémousse sur le sol en beuglant et en se frottant les paupières. Mauvaise idée, mon pote.

Je l'arrose rageusement de produit jusqu'à ce que ma bombe lacrymogène improvisée arrête de cracher ses munitions.

Quand il s'aperçoit que le jet qui le forçait à rester au sol s'est tari, il se relève d'un bond, les yeux injectés de sang.

– C'est tout ce que t'as ? crache-t-il de sa voix enrouée d'avoir trop crié.

Je plisse les yeux et montre les dents.

– Pourquoi, t'en veux encore ?

Et je lui balance une nouvelle salve de produit.

Eh oui, abruti, il en restait !

Cette fois-ci, quand l'extincteur se vide vraiment, je n'attends pas qu'il revienne de sa surprise. Avec toute la force de mes bras, et bénissant ma haute stature, je lui assène un coup de bonbonne sur le crâne.

Un « bong » retentit et le type s'affale sur le sol sans un bruit.

Peu importe la matière dont est fait cet extincteur. Elle est largement assez robuste pour assommer un homme.

Je me penche sur lui pour lui arracher sa cagoule quand mon oreillette grésille à nouveau.

– Mademoiselle, m'annonce la voix posée d'Alan, j'ai configuré le panneau, vous n'avez plus qu'à actionner le levier.

Je fais volte-face et mon cœur se serre. J'ai oublié Sam. Il a la tête sous l'eau à présent, mais son regard est plus calme, résigné.

Si tu crois que je vais te laisser mourir, mon pote, tu peux courir !

Je commence à taper avec mon arme improvisée sur le verre de la cuve, mais elle ne se fissure même pas.

– C'est inutile, mademoiselle. L'épaisseur du verre le rend incassable. Vous ne parviendrez pas à sortir le docteur de cette manière.

Je balance mon extincteur avec fureur et me précipite sur le panneau.

Malheureusement, arrivée devant la console, je ne vois de levier nulle part.

– Alan ! Où est ta foutue commande manuelle ?

– Il faut d'abord que vous tapiez le code dans l'encadré sur l'écran devant vous.

– Mais qu'est-ce que tu attends pour me le dicter ?

– Deux.

Je clique sur le chiffre et jette un coup d'œil à Sam. Son visage se crispe.

– Six.

Il se met à convulser, des bulles s'échappant de sa bouche.

– Huit.

Son corps tremble encore, mais il ne semble plus conscient.

– Accouche, Alan !

– Trois, zéro.

Je finis de taper la combinaison et le fameux levier sort d'une petite trappe sous la console. Je l'attrape d'une main et chasse les mèches de cheveux collées à mon visage en rejetant brusquement la tête sur le côté. Je n'aurais jamais cru que ça me sauverait la vie.

L'extincteur s'écrase à moins de deux millimètres de ma tempe, sur la paroi de la cuve.

Et là, je vois rouge.

Je pivote sur mes talons, rejette le bras droit en arrière et aplatis mon poing sur l'œil de celui qui vient d'essayer de me tuer, avec une violence décuplée par l'adrénaline, la peur et la colère. Sa tête part en arrière et il retombe sur le sol, sonné.

Je ne cherche pas à le mettre complètement hors d'état de nuire. Je ne prête même pas attention à mes phalanges meurtries et appuie de toutes mes forces sur la commande manuelle.

Un « clang » retentit, si fort que le bruit se répercute contre les murs de l'immense salle. Je recule, le souffle court.

Au début, rien ne se passe. Puis le niveau d'eau baisse à une telle vitesse qu'en moins de trente secondes la cuve est vide. Sam est inconscient, avachi dans l'espace trop étroit pour sa carrure.

– Alan, il faut le sortir de là !

Percevant certainement le taux de stress élevé dans ma voix, mon assistant ne me répond pas et passe directement à l'action. Le verre se baisse tout à coup et rentre dans les parois du socle qui le porte. Seul reste en place le dossier d'où jaillissent les sangles du harnais, que l'agresseur de Sam n'a pas pris la peine d'attacher.

Sam s'effondre au sol, son corps sans vie produisant un drôle de bruit mouillé.

– Non, non, non, non ! je psalmodie en retournant le docteur pour le mettre sur le dos.

Sa tête roule sur le côté et il ne réagit pas, à mon grand désarroi.

– Il ne respire plus !

Qu'est-ce que je vais faire ? La seule personne ici capable de ranimer un noyé est justement celle qui en a besoin. Je ferme les yeux un instant et serre les poings pour calmer mes tremblements.

– Alan, télécharge immédiatement les gestes de réanimation cardiopulmonaire et énumère-les-moi, pas à pas.

Je suis assez étonnée par le sang-froid dont je fais preuve, tout à coup. Comme si mon instinct de survie avait pris le dessus. Et puis, je sais pertinemment que mon assistant personnel est ma meilleure chance de réussir.

– Commencez par dégager sa poitrine.

J'obtempère immédiatement et arrache sans autre forme de procès son tee-shirt. En toute autre occasion, j'aurais certainement apprécié la vue de son torse musclé. Mais tout ce qui me saute aux yeux, à cet instant, c'est sa poitrine qui ne se soulève plus du tout. J'ai les mains moites et je n'ai jamais été aussi fébrile.

– Placez-le bien à plat sur le sol.

– Ça, c'est bon, suivant !

– Agenouillez-vous à côté de lui. Maintenant, placez le talon d'une de vos mains au milieu de sa poitrine nue. Ensuite, placez le talon de votre autre main sur la première. Prenez bien garde à ne pas vous appuyer sur les côtes ou sur le sternum.

Comme si je savais où se trouve le sternum !

Une fois que je pense être bien placée, je lève les yeux au plafond.

– Et maintenant ?

– Positionnez-vous de façon à ce que vos épaules soient à l'aplomb de la poitrine du docteur. Bras tendus, comprimez verticalement le sternum en l'enfonçant de cinq à six centimètres. Après chaque pression, laissez sa poitrine reprendre sa position initiale afin de permettre au sang de revenir vers le cœur. Maintenez vos mains en position sur le sternum. Pompez trente fois.

Je prie les divinités de me venir en aide et commence le massage cardiaque. J'ai l'impression que je commets une erreur fatale à chaque pression. Ça me donne des nausées, mais je continue sans faiblir.

– Maintenant, cessez le pompage et basculez la tête du docteur vers l'arrière. Soulevez son menton, placez une main sur son front et pincez ses narines entre le pouce et l'index. De l'autre main, maintenez son menton de telle sorte que sa bouche s'ouvre. Inspirez normalement, penchez-vous vers la victime et couvrez entièrement sa bouche avec la vôtre. Insufflez lentement et régulièrement de l'air dans sa bouche tout en vérifiant que sa poitrine se soulève. Chaque insufflation dure environ une seconde.

Je m'exécute, non sans une pensée amère sur la façon dont se déroule notre premier baiser.

À la première insufflation, Sam hoquette et, le cœur battant, je l'aide à rouler sur le côté afin qu'il recrache la quantité astronomique d'eau que ses poumons contenaient. Pendant qu'il reprend sa respiration, je me laisse tomber sur les fesses en soupirant de soulagement.

– Alan ? S'il y a une formation aux gestes de premiers secours dans le coin, fais-moi penser à m'y inscrire, d'accord ?

23

Sam n'a pas encore fini de dégager ses poumons quand je me souviens que nous ne sommes pas seuls dans la salle.

Pleine d'appréhension, je me tourne vivement, mais l'agresseur a disparu. Il ne reste plus qu'une mare de poudre blanche étalée un peu partout. Et l'extincteur.

Je me reconcentre sur Sam et l'aide à s'asseoir quand je le vois se débattre pour se redresser.

– Pourquoi… hoquette-t-il d'une voix rauque. Pourquoi n'avez-vous pas fui ?

Oh, pour rien de spécial. J'avais simplement envie de tester les réflexes de mon ninja intérieur… Il en pose des questions, lui !

– Parce que je n'ai pas pour habitude de laisser les gens mourir sans lever le petit doigt. Pas vraiment envie d'avoir un décès sur la conscience. Comment vous sentez-vous ? Vous arrivez à respirer normalement ?

Il est si blanc que sa peau en devient translucide.

– C'est douloureux, mais j'y arrive. Ne vous inquiétez pas pour moi, je sais exactement quoi faire pour récupérer rapidement. Je vais survivre.

– Mademoiselle ?

Je sursaute, ayant complètement oublié Alan.

– Quoi ? L'autre est revenu ?

C'est au tour de Sam de tressaillir et de me scruter avec incompréhension. Il doit se demander à qui je parle, tout à coup.

– Non, mademoiselle. Votre agresseur a bel et bien quitté les lieux. Mais il ne me reste que trente secondes pour me déconnecter du système. Après ce laps de temps, la sécurité va sans doute détecter ma présence.

– Alors déconnecte-toi immédiatement ! Je peux me débrouiller, maintenant. Merci, Alan.

Je n'entends aucune réponse, mais je sais qu'il est déjà parti aux crépitements dans mon oreillette. Sam me regarde avec un mélange d'émerveillement et d'incrédulité.

– Ne me dites pas qu'Alan s'est introduit dans le réseau sécurisé de l'hôpital ? Je serais curieux de savoir comment vous vous y êtes prise pour corrompre un assistant personnel.

Je l'aide à se relever et passe son bras droit sur mes épaules. Heureusement que je suis grande !

– Supplications et pique d'angoisse dans la voix. Apparemment, il y est très sensible. Nous devons remonter à la surface et vous mettre à l'abri. Vous me devez quelques explications, je crois. J'aimerais beaucoup les entendre.

Nous avançons à pas de tortue vers la sortie, Sam retrouvant peu à peu sa force, mais encore incapable de marcher tout seul. Alors que nous sommes tout près d'arriver à l'ascenseur, je remarque un minuscule objet sur le sol, de la taille d'un grain de riz. Ce n'est pas lui qui a attiré mon regard, bien évidemment, mais la petite mare de sang dans laquelle il repose.

– Sam, vous pouvez tenir debout tout seul quelques secondes ?

Il acquiesce, livide. La douleur doit être insupportable.

Je le lâche délicatement et me baisse pour ramasser ce que je devine être une puce. Avec un peu de chance, ce sera une puce d'identification et je pourrai enfin deviner qui s'amuse à s'en prendre à tous ceux que je connais.

Nous reprenons notre lente progression vers les ascenseurs. Nous pénétrons à l'intérieur et remontons au niveau du sas que j'ai emprunté. Sam scanne sa propre puce sur le lecteur et nous nous retrouvons enfin dans les couloirs de l'hôpital.

– Allons à l'infirmerie.

– Hors de question. On va chez moi. Il y a de fortes chances que la sécurité ait découvert l'infraction dans le réseau de l'hôpital. Si c'est le cas, ils vont venir enquêter sur les lieux. J'ai besoin d'un peu de répit pour réfléchir.

Le docteur ne proteste pas et je contacte Alan, qui est redevenu mon bon vieil assistant personnel. Je sors mon smartfilm que j'avais roulé et rangé dans ma poche et l'appelle à mon domicile.

– Alan ? Est-ce qu'il y a moyen de nous envoyer un de ces véhicules en forme de sphère ?

– Malheureusement, les véhicules dont vous parlez ne sont utilisés que par les membres de la sécurité et par le personnel de navigation.

Je prends un ton cajolant.

– Tu ne pourrais pas essayer de nous en procurer un quand même ?

– Mademoiselle… reprend-il sur un ton que je pourrais presque prendre comme un avertissement.

– Ça va, ça va, je capitule. On arrive dans une trentaine de minutes, fais chauffer la cafetière. Terminé.

∞

Jamais un trajet ne m'a paru aussi long. Sam marche lentement, mais il a récupéré suffisamment de forces pour mettre un pied devant l'autre tout seul, ce qui m'arrange. L'aider à se déplacer n'est pas ce qu'il y a de plus discret, même s'il est quatre heures et demie du matin et que tout le monde dort encore. Surtout qu'il ne porte plus de chemise, et qu'il est trempé.

Une fois devant mon pavillon, je cours jusqu'à la porte et scanne mon iris sur le lecteur. Alan m'ouvre aussitôt et je fais entrer le pauvre Sam en le tirant par le poignet. Après avoir vérifié que personne ne nous observe, je demande à mon assistant de verrouiller derrière nous et de me prévenir si quelqu'un approche.

Je laisse Sam se reposer sur le canapé et m'isole quelques secondes pour appeler au domicile de Killian. Je tombe immédiatement sur Serena.

– Attends, elle n'est toujours pas rentrée ?

– C'est cela, mademoiselle. Voulez-vous que je lui transmette un message ?

Je m'adosse contre la porte d'entrée, désespérée.

– Non, demande-lui juste de me rappeler quand elle reviendra. Terminé.

Je passe une main sur mon visage, épuisée. J'ai du mal à mettre de l'ordre dans mes priorités, du mal à me reconnaître, même. Il y a moins de dix heures de cela, je mourais d'envie de quitter l'interface et de retourner dans la réalité. À présent, je ne sais plus vraiment ce que je veux. La seule certitude que j'ai, c'est qu'il se passe des choses étranges ici, que des programmes de la simulation essaient d'en tuer d'autres et que, apparemment, cela a un rapport avec moi.

Mais quel est le lien avec moi, justement ? Je ne peux pas quitter la simulation sans savoir. Il me reste un peu moins de cinq jours pour découvrir la vérité et je compte bien les mettre à profit.

Une question me taraude plus que toutes celles qui se bousculent dans mon cerveau. Que se passera-t-il pour moi si celui qui m'en veut parvient à avoir ma peau dans ce monde virtuel ? Est-ce que je mourrai sur tous les plans ? Ou me réveillerai-je saine et sauve dans la réalité, de retour à la normale, comme après un mauvais rêve ?

Je secoue la tête et enferme toutes ces interrogations dans un coin de mon esprit, les réservant pour plus tard. Pour l'instant, j'en ai d'autres à poser, bien plus importantes.

Je viens m'asseoir à côté de Sam, qui a fermé les yeux. Je m'en veux de le réveiller après ce qu'il a subi, mais je n'ai pas le choix. Je le secoue doucement, une serviette-éponge à la main.

– Sam ?

– Hmmm ?

– Il faut que vous m'expliquiez ce qui s'est passé. J'étais en train de parler à Alan quand je vous ai vu au téléphone. Vous aviez l'air inquiet. Puis vous avez disparu dans le couloir.

Le docteur se relève doucement et s'adosse en grimaçant au dossier du canapé. Il attrape avec gratitude la serviette que je lui tends et se drape à l'intérieur.

– J'ai reçu un appel en urgence de Julia.

Allons bon. C'est qui celle-là, encore ?

Il prend une inspiration hachée devant mon air atterré.

– Julia est l'intelligence artificielle qui gère le centre hospitalier et donc l'espace hibernation. Elle m'a informé qu'un des sarcophages s'était mis à disjoncter et je me suis dit que j'allais faire d'une pierre deux coups. Je voulais profiter de me retrouver en bas pour vérifier les données de votre cuve, voir ce qui avait mal tourné lors de votre réveil. Et comme vous étiez occupée à parler avec Alan, je n'ai pas osé vous déranger. J'ai pensé que je serais remonté avant que vous ayez terminé. Je suis descendu, j'ai réparé la cuve endommagée et je suis allé voir la vôtre. J'ai à peine eu le temps de survoler les informations que quelqu'un m'a assommé par-derrière. Quand je me suis réveillé, j'étais dans le sarcophage et l'eau montait.

J'écarte les mains d'incompréhension.

– Mais qui a accès à ce niveau du vaisseau ?

Il ricane.

– C'est vous qui posez cette question ? Vous savez, quand on a construit l'*Artémis*, l'espace hibernation n'était pas prévu parce qu'on n'avait pas encore découvert cette technologie. Ce bâtiment devait servir de Terre de substitution aux rescapés en cas de malheur. Il était prévu qu'ils errent dans l'espace à la recherche d'une nouvelle planète. Les générations à bord devaient se succéder jusqu'à ce qu'on en découvre une viable. La fin du monde est bel et bien arrivée, et plus tôt que prévu. Mais on a découvert qu'on pouvait plonger les hommes dans un état proche de l'hibernation, à la manière des marmottes. Il fallait leur prodiguer par intraveineuse les nutriments nécessaires à leur survie, mais ça n'était pas un problème. Une petite modification dans leur ADN et on réussissait à faire croire à leur corps qu'il devait entrer en hypothermie et ralentir, jusqu'à atteindre un état proche de la mort. Il a ensuite fallu ajouter les cuves. La sécurité réseau n'était pas performante, surtout à ce niveau. N'importe quel pirate informatique moyen peut s'introduire un peu partout à bord. Ce taré pourrait être l'un des quinze mille deux cent soixante-trois passagers, pour ce que j'en sais.

Il rumine ses pensées et j'en profite pour analyser ces nouvelles informations. Donc, si je comprends bien, l'*Artémis* est un vaisseau-maison, à l'origine. Ce qui explique pourquoi on a plutôt créé l'intérieur à l'image d'une planète et pas comme un vaisseau-immeuble. Les passagers auraient eu besoin de respirer, d'espace, s'ils avaient dû vivre et mourir à bord. Mais quand avait-on découvert Tragos dans son histoire ?

Sam me coupe dans mes réflexions, sa voix assez sombre pour mettre mes sens en alerte.

– J'ai quand même eu le temps de comprendre pourquoi votre réveil avait mal tourné.

Je me penche en avant, intéressée.

– Ce n'était pas une erreur, comme je l'avais cru au départ. Lors de votre réveil, quelqu'un a piraté votre sarcophage et a augmenté la température d'un coup, en omettant de vous injecter l'hormone nécessaire au redémarrage de votre organisme.

Je me sens blêmir. Donc, on a essayé de me tuer dès mon réveil dans la simulation. Ce qui signifie que si les ingénieures essaient de m'éliminer, ce n'est pas parce que le RN n'a pas eu d'effet sur moi. Non, je dois avoir quelque chose qui les effraie. Mais quoi ?

– Et il y a autre chose.

Je cligne des yeux et regarde Sam qui semble de plus en plus mal à l'aise.

– Toutes les femmes étaient censées se réveiller il y a trois jours.

– Oui, c'est ce que j'avais cru comprendre.

– Pourtant, quand j'ai vérifié votre calendrier de réveil…

Il s'interrompt, troublé.

– Quoi ? je le presse, le cœur battant.

Il plonge son regard dans le mien.

– Votre sarcophage était programmé pour vous sortir d'hibernation dans plus de dix ans.

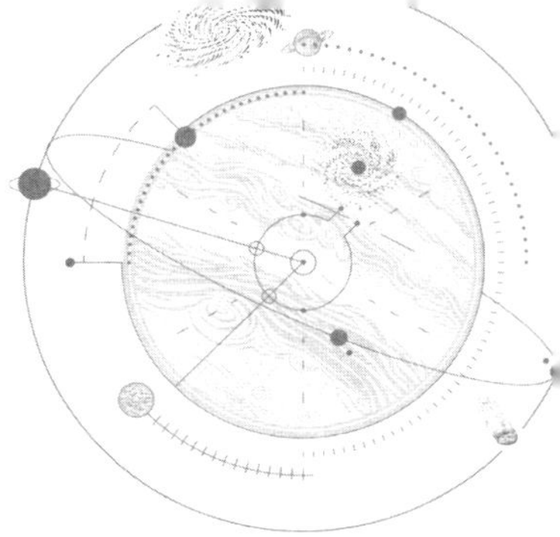

24

J'en reste muette pendant une bonne dizaine de secondes. Mon cerveau cherche désespérément une explication logique. Pourquoi était-il prévu que je me réveille dix ans après les autres passagers ? Qu'est-ce que cela signifie, en matière de simulation ?

Malheureusement, même au bout de plusieurs minutes, je n'arrive toujours pas à comprendre, à trouver une piste.

– Vous… vous avez réussi à lire autre chose ? Une information qui pourrait nous mettre sur la voie ?

Il se remet d'aplomb en grimaçant.

– Je n'ai pas eu le temps de voir grand-chose, en toute honnêteté. Je n'ai même pas pu vérifier vos états de santé avant que vous montiez à bord.

Je me lève d'un bond et commence à faire les cent pas dans le petit salon.

– Il faut que j'aie accès à mon dossier personnel. Ça devient urgent. Alan ?

– Mademoiselle ?

– Est-ce que tu crois que tu pourrais pirater l'ordinateur central ? C'est bien là que sont stockés tous les dossiers des passagers, n'est-ce pas ?

– Effectivement, mais je suis dans le regret de vous affirmer que l'interface de l'ordinateur central est la seule qui me soit absolument inaccessible. Il n'est pas connecté au réseau du vaisseau. Pour m'y introduire, il faudrait que vous m'y fassiez entrer, manuellement.

Je croise les bras.

– Et comment dois-je m'y prendre ?

– Vous auriez à pénétrer dans les quartiers de la direction. À partir de là, et avec toutes mes données téléchargées sur votre smartfilm, je pourrai peut-être, je dis bien peut-être, m'y connecter.

Je prends mon visage dans mes mains.

– Quel casse-tête ! On ne peut pas se connecter à l'ordinateur central parce qu'il faut que nous soyons dans les quartiers de la direction, mais c'est un endroit secret et inaccessible pour nous.

– Qui a dit que c'était un endroit secret ?

Je me fige puis me tourne prudemment vers Sam.

– Vous y avez accès ?

Il s'étrangle et part dans une quinte de toux après avoir eu la mauvaise idée de glousser.

– Non, il ne faut pas exagérer. Mais je sais où elle se trouve et à quoi elle sert.

– Et donc ?

– C'est une pièce de trente mètres carrés qui se trouve à l'avant du vaisseau, juste au-dessus du poste de pilotage. Quant à son utilité, elle est fort simple : c'est la cabine personnelle du capitaine Williams.

Je renverse la tête en arrière en gémissant.

– Qui c'est, ce type, à la fin ? J'entends toujours parler de lui, mais il est aussi invisible qu'un fantôme. En tant que capitaine, il n'est pas censé mener le bateau, se montrer en public pour rassurer les passagers, ce genre de choses ?

Sam me regarde de travers.

– Je suis en train de me demander si votre séance de RN a bien fonctionné. Les questions que vous vous posez, tous les passagers en connaissent les réponses. On n'est pas dans une série télé, je vous signale.

Je lui lance une œillade de défi.

– Eh bien, éclairez-moi !

– Pas avant que vous m'ayez raconté toute la vérité. Et ne venez pas prétendre que vous ne me cachez rien, hein ? Je ne suis pas né de la dernière pluie.

Non, tu n'es pas né du tout, d'ailleurs.

– D'accord, je m'entends répondre, presque malgré moi. Mais il faut que vous me promettiez en échange que tout ce que nous nous apprêtons à faire, tout ce qu'on a subi aujourd'hui restera entre nous, au moins le temps qu'on éclaircisse les choses.

Il s'esclaffe.

– Ah, parce que vous croyez que je vais rester là, les bras ballants, alors qu'un malade mental a essayé de me noyer dans votre sarcophage ? Sans que je sache pourquoi ?

– C'était à cause de moi, je lâche, de but en blanc.

Il se crispe.

– Quoi ?

Je m'affale à nouveau sur le canapé.

– Ça ne vous paraît pas évident ? Ce type qui me suit partout en taguant des « bientôt » sur mon passage… C'est lui qui vous a agressé. J'en suis intimement persuadée.

Il n'a quant à lui pas l'air convaincu.

– Et pourquoi moi, si c'est vous qu'il vise ?

Allez, Noria, sors-le. Tu n'as plus vraiment le choix.

– Parce qu'au fond de moi, malgré votre sale caractère et l'antipathie que je m'efforce de cultiver à votre égard, je… je vous aime bien. Voilà.

Ma déclaration le prend par surprise, il met quelques secondes à réagir.

– Attendez… Vous êtes en train d'insinuer qu'un taré s'en est pris à moi parce que nous nous entendons bien et qu'il pensait que ça vous toucherait ? Vous ne trouvez pas ça un peu tiré par les cheveux ?

– Vous avez une autre explication ?

Il ouvre la bouche et lève l'index, mais ça ne l'aide pas à trouver des arguments convaincants.

– C'est ce que je pensais.

Le fait que je puisse avoir raison lui déplaît, visiblement.

– Mais dans ce cas, pourquoi ne pas essayer de vous noyer vous ? Si quelqu'un cherche à se venger de vous, c'est à vous qu'il devrait s'en prendre, pas à moi.

J'examine mes mains, gênée.

– Sauf qu'il est conscient que ça me fera encore plus mal de savoir que quelqu'un que j'apprécie est mort à cause de moi. Sam, quand on est mort, on n'a pas le loisir de se tourmenter pour des fautes passées. Je pense que celui qui en a après moi veut m'en faire baver le plus possible avant…

Il hausse un sourcil, sa grande spécialité.

– Avant quoi ?

C'est là que ça sort.

– Avant de m'expulser de l'interface.

Je crois que je lui ai cloué le bec. Enfin, c'est ce que je pensais jusqu'à ce qu'il plisse le nez et croise à nouveau les bras.

– Mais qu'est-ce que vous me chantez là ?

Je montre le canapé d'un geste de la main.

– Asseyez-vous, ça risque d'être long.

Je passe la demi-heure suivante à lui raconter ma venue dans la simulation en détail et comment la séance de RN n'a eu aucune prise sur moi. Je lui avoue avec tristesse qu'il n'existe pas, que tous les hommes à bord sont virtuels et que seules certaines femmes sont réelles. Je lui révèle que je ne sais rien de leur vie passée à tous pour la simple et bonne raison qu'elle n'a jamais eu lieu et que je n'ai pas été lobotomisée comme les autres filles du groupe.

Il me laisse parler sans m'interrompre mais, au fur et à mesure de mon monologue, je vois la distance qui nous sépare s'accroître.

Quand j'en ai fini, il se frotte les yeux, l'air épuisé.

– Donc. Si j'ai bien compris, je ne suis pas réel.

J'acquiesce à contrecœur, consciente que je dois passer pour une détraquée.

– Permettez-moi d'émettre un doute à ce sujet, mais passons. J'ai une ou deux questions à vous poser. D'une, pourquoi affirmez-vous que le RN est une sorte de machine du diable permettant d'effacer les souvenirs alors que c'est tout le contraire ? De deux, si vous êtes vraiment dans une simulation conçue pour passer du bon temps, pourquoi un type vous suit-il à la trace, vous menace ou tente de tuer tous ceux que vous « aimez bien » ? De trois, si je n'existe pas, pourquoi avoir risqué votre vie pour me sauver ?

Je n'ai pas de réponse à ces questions alors je garde le silence. Il se penche en avant, les yeux flamboyants.

– Vous savez quoi, Noria ? Vous êtes simplement une de ces femmes mortes d'ennui qui ne sait plus quoi inventer pour pimenter sa vie insipide. Je ne nie pas que quelqu'un vous en veuille. En revanche, je mets sérieusement en doute vos explications et je commence à me demander si ce mec, qui que ça puisse être, n'a pas raison. Vous êtes folle, ma pauvre, folle à lier !

Il se lève d'un bond et se dirige vers la porte. J'ouvre la bouche malgré moi, plus blessée par ses mots que je veux me l'avouer.

– Je vous l'avais dit, Sam.

Il s'arrête et se retourne vers moi, furieux.

– Dit quoi ?

– C'est facile d'entendre, ça l'est moins d'écouter. Quant à comprendre, c'est rare qu'on y arrive. Je ne m'attendais pas à ce que vous acceptiez la situation un sourire aux lèvres. Mais j'espérais au moins que vous compatiriez.

Il garde le silence quelques secondes, puis finit par secouer la tête et sortir de la maison. La porte se ferme derrière lui dans un bruit définitif. Des larmes piquent mes yeux, mais je les refoule. Il est hors de question que je pleure. Je ne me lamenterai pas sur quelqu'un qui me méprise.

Me voilà à nouveau seule sur ce vaisseau. Mais maintenant, j'ai perdu ma meilleure amie et le seul homme en qui j'avais un minimum confiance.

Killian… Je dois la retrouver !

Je sèche mes yeux larmoyants et inspire profondément.

– Alan ?

– Oui, mademoiselle ?

Je m'apprête à l'enjoindre de transférer son intelligence artificielle dans mon smartfilm quand mon oreillette se met à vibrer.

Décontenancée, je réponds, hésitante :

– Oui ?

– Noria, ma belle, c'est moi, Killian ! Tu m'as appelée ? Je viens juste de rentrer chez moi. Je suis désolée de t'avoir fait peur, j'étais tellement inquiète pour toi la nuit dernière que je l'ai passée dans la bulle d'observation. Un bon moyen de se détendre, pas vrai ? Bon et alors, ces résultats, qu'est-ce que ça a donné ? Tu vas mieux, toi ?

J'en reste comme deux ronds de flan. Killian va bien. Je me suis fait tout un film alors qu'elle était pénarde en train d'observer les étoiles. Cependant, son ton désinvolte sonne tellement faux que j'ai du mal à avaler ses propos…

– Je, euh… oui, super. Je vais bien. C'était juste une migraine, tout ce qu'il y a de plus banal.

Pourquoi est-ce que je ne lui raconte pas la vérité ? Par exemple que mon dossier médical est inexistant, que j'ai fait un cauchemar atroce, que j'ai piraté le système de l'hôpital grâce à mon assistant personnel pour sauver Sam d'un sociopathe à l'identité inconnue ?

– Tu viens déjeuner à la maison, tout à l'heure ? Je vais nous préparer une soupe thaïe dont tu me diras des nouvelles.

Je secoue la tête tandis que mon mal de crâne refait surface.

– Non, je ne me sens toujours pas bien, Killy. Je préfère rester à la maison aujourd'hui encore. J'ai du mal à supporter la lumière et le bruit.

Elle semble déçue.

– Oh. D'accord. Repose-toi bien alors. Je viendrai te faire un coucou ce soir.

J'acquiesce, vidée de toute émotion.

– D'accord, bisous et à ce soir alors !

Je raccroche et me laisse tomber sur le canapé. Ma meilleure amie n'a pas été capturée. Elle n'est pas en danger. Elle est chez elle et a même l'air de bonne humeur.

Mais le pire dans tout ça, c'est que je sais qu'elle me cache des choses.

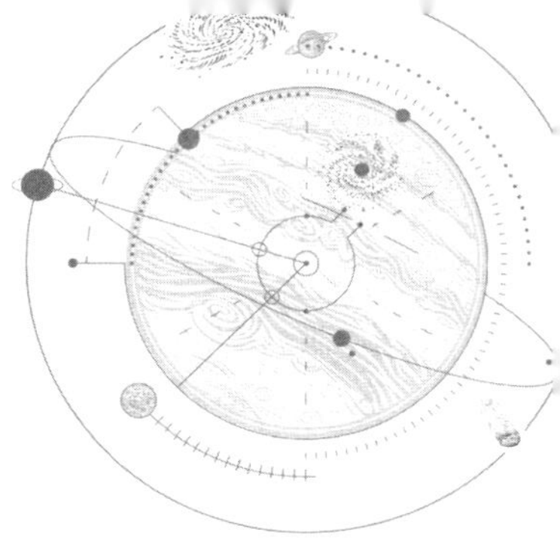

25

Je passe l'heure suivante enfouie sous ma couette, ayant demandé à Alan de me mettre la plus reposante des simulations d'ambiance et de me prévenir si quelqu'un arrivait. Du coup, mon lit s'est transformé en une pirogue à balancier confortable et je flotte sur une mer de nuages. La voile triangulaire au-dessus de moi se gonfle de temps à autre et le paysage défile un peu plus vite.

Un nuage de colibris colorés dépasse soudain mon embarcation et une dizaine d'entre eux volettent par à-coups autour de moi. L'un d'eux, bleu et rouge, me regarde avec curiosité et vient même se poser sur mon doigt en s'ébrouant. Je sens ses petites griffes s'agripper à mon index. C'est assez incroyable pour me changer les idées pendant quelques secondes.

Je soupçonne Alan d'avoir envoyé ce petit être virtuel pour me redonner le moral. Parce que je ne suis pas sûre qu'il soit initialement prévu qu'un troupeau de colibris volent à des milliers de mètres d'altitude pour ensuite venir me voir et même se poser sur moi. Mais bon, si on réfléchit comme ça, les barques volantes ne courent pas les rues non plus.

– Mademoiselle Simon ?

Je sursaute. La voix d'Alan résonne tout autour de moi et j'ai l'impression que Dieu lui-même est en train de me parler.

– Quoi ?

– Vous m'avez demandé de vous prévenir si quelqu'un approchait.

Je me redresse d'un coup. Les colibris, apeurés, s'éloignent et disparaissent en un instant. Ma pirogue tangue et je me souviens que mon lit est sur suspensions magnétiques, d'où l'effet de balancement.

J'éteins vivement la simulation et ma chambre retrouve son aspect normal et épuré.

– De qui s'agit-il ? je l'interroge, inquiète.

– Du commissaire Murphy et d'un de ses hommes.

Je n'ai pas le temps de répondre. Les nouveaux venus frappent à ma porte et le son me fait bondir si haut que j'en tombe du lit.

Oh non ! Ils ont découvert le pot aux roses.

– Alan ? je chuchote en m'aplatissant sur le sol. Est-ce qu'ils ont l'air de vouloir m'arrêter ?

– Aucune idée, mademoiselle, répond mon éternellement calme assistant. Le commissaire arbore une expression sérieuse, qui sied à sa profession.

Je commence à ramper sous le lit.

– Je vais faire comme si je n'étais pas là.

– Si je puis me permettre, mademoiselle, votre traceur GPS va vous trahir rapidement, si ce n'est pas déjà le cas.

Je grogne et rampe en marche arrière. Je me relève, arrange un peu mes cheveux ainsi que mes vêtements et adopte un air détaché. Je vais ouvrir la porte et m'efforce de sourire aux deux hommes en armure noire devant moi. Je m'attendais à ce que le garde accompagnant Murphy soit l'officier Harper, mais il n'en est rien. Il s'agit du lieutenant Verdi.

– Bonjour, messieurs. Je suis désolée de vous avoir fait attendre, j'étais encore dans mon lit.

Le commissaire me sourit avec amabilité.

– Il n'y a pas de problème, mademoiselle Simon. Si vous avez quelques minutes à nous accorder, au lieutenant Verdi et à moi-même, nous aurions certaines questions à vous poser.

Mon cœur s'emballe, mais je garde une expression détendue.

– Bien sûr, entrez.

Une fois qu'ils sont à l'intérieur, je les guide jusqu'à la cuisine et les laisse s'installer devant la petite table rectangulaire. Je m'assieds à mon tour en cachant mes mains tremblotantes et souris à nouveau.

– Vous désirez boire quelque chose ?

Le commissaire, qui a sorti ce que je suppose être un enregistreur vocal, ne me lance même pas un regard – même s'il continue à sourire poliment.

– Je veux bien, merci.

Je me tourne vers le lieutenant, qui me fait signe que non.

– Alan ? Prépare deux cafés, s'il te plaît.

Je prie pour conserver une apparence sereine alors que mon pirate d'assistant personnel lance la cafetière. Le commissaire, une fois qu'il a terminé de disposer tout son petit matériel d'interrogatoire sur la table de ma cuisine, se redresse et examine le décor, appréciateur.

– Vous aimez le style épuré, à ce que je vois. J'avoue que ce n'est pas ce que je préfère, mais je trouve que ça vous va bien.

Qu'est-ce que je suis censée comprendre, au juste ?

Je m'efforce de garder une expression affable, même si j'ai envie de lui balancer que, s'il est venu ici parler feng shui, ce n'était pas la peine d'amener un collègue. Je me lève pour aller chercher nos boissons chaudes, dispose la tasse fumante devant le commissaire en pensant une demi-seconde à en renverser « accidentellement » le contenu sur son enregistreur vocal. Toutefois, comme ses intentions ne sont pas encore de m'arrêter, je préfère attendre avant de le mettre en colère.

Je m'assieds à nouveau, les mains autour de ma tasse pour les empêcher de trembler.

– Je dois vous avouer que je préfère de loin le rustique au minimalisme. Qu'en pensez-vous ?

J'en pense que chacun ses goûts, mon pote.

– Eh bien, je réponds sans une hésitation, disons qu'on m'a laissé le choix, donc j'ai préféré opter pour un style minimaliste, plutôt que de m'encombrer de choses inutiles.

Il me lance un regard perçant. Je remarque pour la première fois la couleur inhabituelle de ses prunelles. Un noir intense, irréaliste, qui me met mal à l'aise, sans que je comprenne pourquoi.

– C'est une sage décision, mais nous reviendrons sur ce point un peu plus tard. Bien. Mademoiselle Simon, tout d'abord, j'aimerais que vous me disiez où vous vous trouviez entre quatre heures du matin et maintenant.

Oh là, là, ça s'annonce mal.

Je décide de feinter, même si c'est plutôt risqué.

– Avant de vous répondre, commissaire, j'aimerais moi aussi vous poser une question : pourquoi me demander cela alors que j'ai un traceur GPS ?

Il s'adosse à sa chaise en me dévisageant d'un air indéchiffrable.

– Parce que nos traceurs GPS n'indiquent pas les trajets effectués par le passé. Aucun espace de stockage n'a été prévu à cet effet, et les données que les puces transmettent sont simultanées.

Voilà qui m'arrange bien. J'inspire profondément et avale une gorgée de mon café avant de reprendre la parole.

– Pour répondre à votre question, j'étais chez moi et je dormais.

Le commissaire tapote la table des doigts.

– Quelqu'un pour en attester ?

C'est là que ça se corse. Personne ne peut me couvrir. Personne ne peut assurer que j'étais bien là, cette nuit. Parce que d'une, je n'y étais pas, et de deux seul Sam aurait pu me disculper. Et si ça se trouve, c'est lui qui a envoyé les forces de l'ordre pour m'interroger.

Devant mon silence un peu trop long, le commissaire soupire et s'apprête à se lever.

– Vous allez nous suivre au poste, mademoiselle Simon. Nous poursuivrons cet interrogatoire dans une salle appropriée.

– Alan.

Le policier s'arrête et me regarde sans comprendre.

– Quoi ?

Je me mords la lèvre. Je sais que ce que je m'apprête à faire est dangereux et qu'il est presque certain que l'initiative va me revenir en pleine face comme un boomerang, mais je n'ai pas d'autre choix.

– Mon assistant personnel sait que j'étais là. Demandez-lui où je me trouvais, il vous dira la vérité.

Mon Dieu, j'espère qu'Alan sait mentir… et que cela ne va pas à l'encontre de sa programmation.

Le commissaire soupire.

– Très bien, interrogeons-le.

Le lieutenant Verdi écarquille les yeux, comme si cette concession allait à l'encontre de tous les codes.

– Alan ?

– Oui, commissaire ?

Mon cœur s'emballe.

Pitié, Seigneur, faites qu'il comprenne que ma liberté et ma vie sont en danger. Faites qu'il ne dise pas la vérité. Faites qu'il perçoive mon taux d'hormone de la peur inhabituellement élevé.

– Peux-tu m'indiquer où se trouvait Mlle Simon entre quatre heures et huit heures du matin ?

Il n'y a pas une hésitation.

– À son domicile, commissaire.

J'ai l'impression que je vais me liquéfier sur place.

– Elle n'en a pas bougé du tout ? Tu en es sûr ?

– Certain, commissaire. Elle m'a demandé de lui programmer une douche qu'elle a prise à quatre heures et demie. Elle est ensuite restée dans la chambre, en simulation océanique. Comme elle n'arrivait pas à dormir, je lui ai préparé un café à six heures et quart puis elle est retournée se reposer. Vous pouvez vérifier l'historique de la maison, tout y est consigné.

Je n'en reviens pas. Mon assistant personnel est un génie du crime.

Le lieutenant Verdi intervient soudain.

– Je suis désolé, mademoiselle Simon, mais le témoignage d'un assistant personnel n'est pas recevable dans une enquête.

Mon espoir se dégonfle comme un ballon de baudruche.

– C'est exact, confirme le commissaire sans me quitter du regard. Mais c'est tout de même un point de départ dans cette enquête.

J'essaie de noyer le poisson alors qu'il est évident que les deux hommes me soupçonnent lourdement.

– Et de quelle enquête parle-t-on, au juste ? De quoi suis-je accusée ?

Le lieutenant Verdi ouvre la bouche, mais Murphy lui coupe l'herbe sous le pied.

– Il y a eu une infraction dans l'espace hibernation cette nuit, mademoiselle. Une cuve a été détériorée. On s'est servi d'un extincteur comme d'une arme et des traces de sang ont été retrouvées sur le sol, même si elles ne sont pas analysables.

Je pose mes mains sur mes hanches.

– Qu'est-ce qui vous fait penser que j'ai quelque chose à voir là-dedans ?

Il me sourit, mais ses yeux sont menaçants.

– Ce qui me fait penser que vous n'êtes pas blanche dans cette histoire, c'est que c'est votre sarcophage qui a été touché. Et que toutes les données qu'il contenait, concernant votre réveil ou votre état avant ou pendant le voyage, ont été effacées du système.

Je suis aussi perturbée par ces révélations qu'outrée par leur signification.

– C'est tout ? Vous m'accusez de m'être illégalement introduite dans cette salle parce que quelqu'un s'est senti obligé de casser mon sarcophage ?

Murphy pose une main sur son menton, comme s'il réfléchissait.

– Il n'y a pas que ça, mademoiselle Simon. Cette nuit, quelqu'un, ou plutôt *quelque chose* a piraté le réseau de l'hôpital pour s'y introduire. Tout laisse à penser que c'était une IA. Il est vrai que ces dernières sont réputées incorruptibles, mais le système peut comporter des failles. Ensuite, toutes les empreintes digitales, traces ADN et autres ont été soigneusement effacées. Pour terminer, si je ne vous soupçonnais pas de me cacher quelque chose, votre intérieur m'a sérieusement mis des doutes.

J'ai un mouvement de recul.

– Comment ça ?

– Les pavillons ne sont pas personnalisables, mademoiselle Simon. Ils se ressemblent tous et leur assistant personnel ne s'appelle pas « Alan », mais « Serena ». Alors, maintenant, je suis curieux de savoir ce que vous avez à dire pour votre défense. Pourquoi auriez-vous bénéficié d'un traitement de faveur, hmmm ?

Ma bouche s'ouvre et se ferme sans que je trouve quoi que ce soit à rétorquer. Mon cerveau est en ébullition. Ce que cet homme prétend ne peut pas être vrai ! Et pourtant, je suis forcée d'admettre qu'il n'a pas tout à fait tort. Quand j'ai appelé Killian, c'est effectivement une certaine Serena qui a répondu. Mais comment aurais-je pu savoir que tous les autres assistants étaient identiques ? Je pensais simplement que nous avions chacune droit au nôtre. Alan est-il si différent des autres ? Pourquoi ? Et je ne suis jamais allée chez ma meilleure amie pour voir si son mobilier différait du mien. Pourquoi aurais-je eu droit à un traitement de faveur ?

Quelqu'un frappe soudain à la porte. Je sursaute et questionne le commissaire du regard. Il me fait signe d'aller ouvrir.

Je me lève lentement et me dirige vers l'entrée, Murphy sur les talons. Je déverrouille la porte et elle s'ouvre pendant que je prie silencieusement pour que ce ne soit pas Killian.

Ce n'est pas elle. Mais je commence à regretter ma prière. Parce que l'homme qui est devant mon pavillon est aussi coupable que moi dans cette affaire.

C'est Sam.

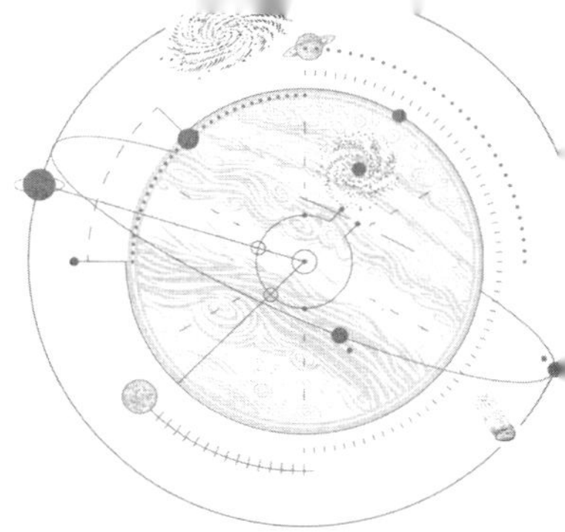

26

Sam doit me voir blanchir parce qu'il fronce les sourcils.

– Tout va bien ? J'ai vu le véhicule de la sécurité devant chez toi alors…

Je suis tellement angoissée que je ne remarque même pas qu'il me tutoie, tout à coup. Murphy apparaît dans mon dos et j'entends à sa voix qu'il ne pensait pas rencontrer ce bon vieux docteur.

– Sam ? Ça pour une surprise… Je suis sûr que Mlle Simon se demande tout autant que moi ce que tu fiches ici.

Il y a un moment de flottement puis le docteur lève le bras et montre un sac en papier marron qu'il tient dans la main.

– Ça m'étonnerait qu'elle se pose ce genre de question puisque je l'ai prévenue il y a une demi-heure à peine que je partais chercher les croissants. Alors, à moins qu'elle soit amnésique, je ne pense pas qu'elle ait oublié ce petit détail.

En revanche, moi, je me demande sérieusement ce que toi, tu *fiches* là.

Sam entre dans la maison sans autre forme de procès et pose les croissants sur la table basse en lorgnant les deux membres de la sécurité avec suspicion. Il me fait signe de venir le rejoindre et j'obtempère sur-le-champ.

Murphy nous toise et, pour la première fois, je vois le doute s'insinuer dans ses prunelles.

– Tu n'es pas en train d'insinuer que…

– Que quoi ? l'interrompt Sam. Je n'insinue rien du tout, j'affirme. J'affirme que Noria et moi avons passé la nuit ensemble, ici même, et je me demande maintenant de quoi vous l'accusez.

Murphy garde le silence quelques secondes, le regard indéchiffrable, puis me sourit aimablement.

– Pourquoi ne l'avez-vous pas dit plus tôt, mademoiselle Simon ? Le témoignage de M. Laroche est plus crédible que celui de votre assistant. Le lieutenant Verdi et moi-même nous excusons donc du dérangement. Nous allons à présent prendre congé.

Verdi ne semble pas ravi, mais il suit son supérieur sans protester. Les deux hommes montent dans leur véhicule sphérique, qui s'éloigne presque aussitôt sans un bruit.

Une fois la porte fermée, Sam se tourne vers moi, inquiet.

– Il n'en a pas terminé.

Je suis complètement paumée.

– Quoi ?

– Murphy. Il fait comme si de rien n'était, mais il est reparti au commissariat pour vérifier mon alibi. Il va étudier mon dossier et se rendre compte que j'étais de service à quatre heures du matin et que je ne pouvais pas être ailleurs qu'à l'hôpital.

Je me prends la tête à deux mains.

– Mais pourquoi est-ce qu'il s'en prend à moi ? Qu'est-ce que je lui ai fait ?

– C'est un enquêteur, Noria. Il n'a rien contre toi, il fait juste son boulot. On ne doit pas traîner ici. Il sera de retour dans moins d'une heure avec plus d'hommes et des menottes en prime pour toi et moi.

Nous sommes donc officiellement passés au tutoiement. J'avoue que ce changement n'est pas pour me déplaire. Je lui lance un regard interrogateur.

– Pourquoi es-tu revenu, au juste ? Tu me crois, maintenant ?

Sam attrape son sac de croissants et me prend la main.

– Ce que je crois, c'est que quelqu'un t'en veut et qu'il est hors de question que je te laisse te dépêtrer de cette situation toute seule. Tu m'as sauvé la vie alors que tu aurais pu fuir. J'ai une dette envers toi.

C'est à n'y rien comprendre.

– Pourquoi, dans ce cas, m'avoir laissée seule et être parti sans donner d'explications ?

Il secoue le sachet de croissants sous mon nez.

– Tu… avais envie d'une viennoiserie ?

– Non. J'avais surtout besoin de prendre l'air et de m'éclaircir les idées. Alors je suis allé à l'hôpital, j'ai récupéré des vêtements secs et des antibiotiques (il me montre le sac en papier) pour éviter de choper une infection aux poumons.

Je porte une main à ma bouche.

– Et si le commissaire avait demandé à vérifier le contenu du sac ?

Sam ouvre la porte et je sors.

– Il ne l'a pas fait, alors pourquoi se poser la question maintenant ?

Je me souviens d'une chose, tout à coup.

– Attends !

J'attrape mon sac à main qui contient mon smartfilm, mon oreillette téléphonique et deux ou trois objets dont je pourrais avoir besoin.

– Alan ?

– Oui, mademoiselle ?

– Préviens-moi lorsque le commissaire reviendra et informe-le que Sam et moi sommes allés nous promener.

– C'est noté, mademoiselle. Autre chose ?

– Oui. Tu as été formidable, Alan, merci.

– À votre service, mademoiselle.

Nous sortons et Alan verrouille la porte derrière nous.

Sam se met à marcher rapidement, mais je le retiens par le bras.

– Attends.

– Quoi encore ?

Je jette un coup d'œil au pavillon de Killian.

– Il faut que je prévienne mon amie. Si elle vient me voir et que je suis absente, elle va paniquer.

– Noria, regarde-moi.

Je détache mon attention de la maison de ma meilleure amie et la focalise sur le docteur.

– Je ne sais pas si tu as bien compris la gravité de la situation. Nous sommes en danger tous les deux. Ils vont nous accuser de détérioration de biens privés, d'infraction et peut-être même de tentative de meurtre. S'ils arrivent à prouver que nous avons bel et bien attaqué quelqu'un, même si c'était pour nous défendre, on n'aura jamais l'occasion de poser un pied sur Tragos, tu comprends ce que j'insinue ? Alors si tu veux éviter à ton amie de se retrouver au milieu de tout ça, je te conseille vivement de ne pas lui parler de ce qui vient de se passer.

Je suis bien forcée d'admettre qu'il a raison. Il s'immobilise tout à coup, hésitant.

– Quoi ? Qu'est-ce qu'il y a ?

– Tu as des couteaux tranchants chez toi ?

C'est quoi cette question étrange ?

– Pourquoi ? Tu prévois d'égorger quelqu'un ?

– Parce que, comme un idiot, j'ai oublié que nous avons tous les deux un traceur GPS sur nous. On aura beau se cacher, il suffira à Murphy de vérifier notre position sur son smartfilm pour nous débusquer en moins de dix minutes.

Il me prend par la main et me tire à nouveau vers le pavillon. Une fois que nous sommes à l'intérieur, il pénètre dans la cuisine et fouille tous les tiroirs jusqu'à trouver un couteau qui lui convienne. Il se dirige vers moi d'un pas décidé et c'est à cet instant que je comprends où il veut en venir.

Je lève les bras pour le stopper.

– Tu n'es pas sérieux, n'est-ce pas ?

– Je suis on ne peut plus sérieux. Va me chercher une pince à épiler désinfectée à l'alcool.

– Tu ne veux pas une piña colada avec ça ? j'aboie, sidérée.

– Tu crois qu'on a le temps d'échanger des remarques sarcastiques ? Dès que tu me l'auras apportée, tu t'assiéras sur une chaise et je t'expliquerai quoi faire.

J'ai envie de lui suggérer d'aller se faire voir, que je ne vais pas me laisser charcuter sans protester, mais au fond de moi je sais que c'est une nécessité absolue. Donc, même si un frisson me parcourt, je vais fouiller dans une trousse de toilette, déniche une pince à épiler et reviens m'asseoir à l'endroit qu'il m'a indiqué.

Il s'assied sur la chaise d'à côté et positionne mon bras à plat sur la table.

– Les médecins ont inséré à tous les passagers le traceur GPS sous l'épiderme, entre la peau et le muscle. Je préfère le préciser, parce que ça risque de ne pas être agréable.

– Dommage, moi qui pensais prendre mon pied…

Sam tâte mon bras au niveau du biceps, jusqu'à repérer l'endroit exact où inciser. Je ferme les yeux par réflexe, les battements de mon cœur martelant douloureusement mes tempes.

Il ne se passe plus rien pendant une seconde puis je sens la lame du couteau s'enfoncer profondément dans ma chair. Des larmes de douleur brûlent soudain mes yeux et je serre les poings en essayant de ne pas bouger. Je sens l'acier froid de la pince s'insérer sous ma chair et je retiens un haut-le-cœur.

– Voilà, reste immobile, j'y suis presque.

Je contracte tellement mes mâchoires que j'ai peur de briser mes dents. Sam extirpe quelque chose de ma peau et j'ose enfin dessiller mes paupières.

Il tient avec son outil chirurgical improvisé la même puce en forme de grain de riz que celle trouvée sur le sol de l'espace hibernation, d'ailleurs encore dans mon sac. Le docteur inspecte le traceur ensanglanté sous toutes les coutures.

– On a fait tout ça pour rien… énonce-t-il, dépité. Il n'était pas activé.

– Tu plaisantes ! Comment le sais-tu ?

Sam le dépose sur la table et fait subir le même sort à son bras.

– Il ne clignote pas, me répond-il sans sourciller alors que le couteau mord la peau de son bras et qu'il fouille à l'intérieur de la plaie avec la pince pour en sortir son traceur.

Je suis obligée de détourner le regard pour éviter de tomber dans les pommes.

– Ça ne m'étonne pas, poursuit-il comme si de rien n'était, comme s'il n'était pas en train de souiller ma table de cuisine avec son sang. Il n'était pas prévu que tu te réveilles si tôt. Je ne serais pas surpris d'apprendre que cette puce s'activera dans seulement dix ans.

J'attends qu'il se débarrasse de son traceur et, effectivement, ce dernier clignote, contrairement au mien.

Il se lève d'un bond, me faisant sursauter au passage.

– On y va.

Je me redresse à mon tour, avec plus d'hésitation.

– Mais… on ne devrait pas aussi enlever notre puce d'identification ?

En quelques mouvements adroits, il noue un torchon propre autour de mon bras puis réitère l'opération pour sa blessure.

– Malheureusement, la puce d'identification est placée sous une veine, au niveau du poignet. On ne peut pas l'enlever sans risquer de causer une hémorragie. Pour la retirer, il faudrait qu'un chirurgien s'en charge. Tant qu'on ne passe pas sous un détecteur, on ne risque rien.

Sam me tire par la main et nous nous retrouvons dehors, à marcher rapidement en direction de la proue du vaisseau, avant même que j'aie réussi à reprendre mes esprits.

Je me retrouve vite essoufflée. C'est que je ne suis pas forcément habituée à courir dans tous les sens. Le sport et moi, on n'a jamais été copains.

– Tu es au courant qu'on est dans un véhicule spatial duquel on ne peut pas sortir ? On ne pourra pas se cacher éternellement. Il nous reste plus de deux semaines à patienter avant d'atterrir, c'est juste inenvisageable de rester introuvables tout ce temps. Même s'ils doivent démonter les bâtiments brique par brique, ils nous débusqueront.

Nous nous dirigeons vers une partie de l'astronef que je n'ai jamais explorée. Au lieu de partir vers le centre-ville, nous avançons vers l'avant du vaisseau.

Un groupe de femmes riant aux éclats sort soudain d'un pavillon et je baisse la tête par réflexe. Sam se saisit de ma main, ralentit légèrement et me chuchote à l'oreille :

– Ne baisse pas le regard. Sois naturelle. Personne ne nous remarquera si nous ne nous comportons pas de manière suspecte.

Et en effet, le groupe jacassant nous croise sans même nous adresser un regard.

– Pour répondre à ta question, je ne compte pas me cacher pendant quinze jours. J'ai une bien meilleure idée.

– Si tu pouvais la partager, ça m'arrangerait.

Nous nous taisons un instant tandis qu'un passager nous dépasse en faisant son footing matinal. Je tire machinalement sur la manche longue de mon tee-shirt, espérant que le bandage sommaire de Sam empêchera le sang d'imbiber le tissu de mon vêtement.

– Tu as toi-même admis que tout tourne autour de toi, murmure Sam. Et pour ça, je suis d'accord. Tout semble indiquer que tu n'es pas une passagère ordinaire : pas de dossier médical, l'ordinateur central qui me refuse l'accès aux résultats de tes examens, même ceux que je viens d'effectuer, ce type qui te suit partout en taguant des « bientôt » en veux-tu, en voilà, qui s'en prend ensuite à moi parce qu'il pense que nous sommes plus que des connaissances et qu'il veut te faire du mal. Ta meilleure amie n'est pas clean non plus, puisqu'elle semble elle aussi te cacher des choses.

– Sans oublier qu'il était prévu que je me réveille dix ans après vous et que mon traceur GPS n'est pas activé. Et la séance de Régénération neuronale qui n'a pas fonctionné sur moi et ne m'a pas lobotomisée.

Il lève les yeux au ciel.

– Je suis d'accord avec toi pour la date de sortie d'hibernation, mais arrête de penser que tu es dans une simulation, ça va finir par me foutre les jetons. Bon, en résumé : quelqu'un t'en veut et on ne sait pas pourquoi. À ton avis, comment s'y prend-on pour trouver des réponses ?

– C'est une question rhétorique ?

– On va les chercher directement à la source, continue-t-il en désignant l'avant du vaisseau, sans prendre ombrage de mon agressivité.

Je plisse les yeux, mais tout ce que je vois, au-delà du quartier résidentiel dans lequel nous sommes encore en train de marcher, c'est un champ d'herbes hautes et un énorme mur en acier.

– Oui ? Et donc ?

– Derrière cette paroi se trouve la partie navigation du vaisseau. C'est à cet endroit que sont stockées toutes les informations essentielles à notre voyage, c'est ici que les pilotes se relaient jour et nuit pour naviguer. Et encore derrière, il y a la direction. C'est là que nous devons aller.

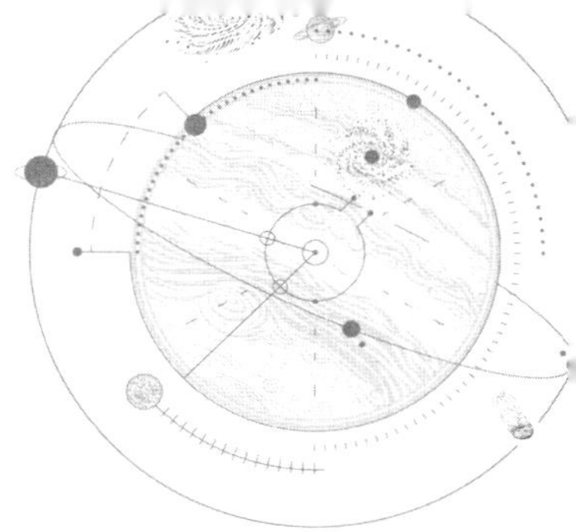

27

– Bon… et maintenant, on fait quoi ?

– Tu as ton smartfilm sur toi ?

Je fouille dans mon sac avec une certaine fébrilité et en sors l'objet. Nous sommes devant la paroi en métal, à l'avant du vaisseau. Si j'ai bien compris, la partie navigation se trouve derrière.

– Tu n'y as pas accès, n'est-ce pas ?

Sam commence à taper à une vitesse fulgurante sur l'écran de mon smartfilm, l'air concentré.

– Non. Seulement en cas d'urgence médicale.

– Bonjour, monsieur Laroche ! s'exclame soudain Alan. Je suis au regret de vous informer que vous ne parviendrez pas à reconfigurer mon interface. Seule Mlle Simon en a le pouvoir. Je vais être dans l'obligation de griller les circuits du smartfilm.

J'écarquille les yeux, horrifiée.

– Alan ! Alan ! Ne fais pas ça, je suis là, ne le grille pas, on en a besoin !

Il y a un silence.

– Très bien, mademoiselle Simon. Comment puis-je me rendre utile ?

– Attends une seconde.

Je fusille Sam du regard, les poings sur les hanches.

– Je peux savoir à quoi tu joues ? Pourquoi est-ce que tu as essayé de reconfigurer mon assistant personnel ?

Il lève les bras en signe de défense.

– Je voulais simplement lui demander de s'introduire dans la partie navigation pour…

– Et pourquoi tu ne m'as rien dit ? Il vaut mieux que ce soit moi qui lui donne des ordres si tu ne veux pas que cet idiot fasse péter tout le vaisseau !

Il y a comme un grésillement désapprobateur.

– Pardon, Alan, je me sens obligée d'ajouter. C'est quoi le plan, Sam ? Explique-moi, on n'a pas vraiment le choix.

– Je n'ai pas accès à la navigation, marmonne-t-il. Enfin, pas tout le temps.

– On peut toujours demander à Alan de nous ouvrir la porte, où qu'elle se trouve.

– Tu peux te taire deux minutes, que j'aie le temps d'en placer une ? Je disais donc que je ne peux pas entrer dans cette partie du vaisseau et, malheureusement pour nous, c'est le coin le mieux protégé du bâtiment, ce qui signifie que ton assistant personnel n'a pratiquement aucune chance de réussir à s'introduire dans la sécurité du réseau et de nous ouvrir le sas.

– Il a raison sur ce point, mademoiselle.

Fabuleux. Voilà qu'Alan se rallie au camp adverse.

– Donc, reprend Sam, je pense qu'il serait avisé de trouver un autre moyen.

– Comme quoi ?

– Écoute-moi une minute avant de prendre cet air sceptique. Alan ne peut pas ouvrir le sas invisible directement, ça, c'est presque certain. Du moins ça prendrait trop de temps et l'alarme se déclencherait aussitôt. L'ordinateur central, notre objectif, est inaccessible de l'extérieur, il est protégé par le réseau crypté du vaisseau, par cette paroi de métal et par la pièce de la direction. Tu l'auras compris, en théorie ce n'est pas de la tarte de s'y introduire sans éveiller les soupçons.

Contrairement à ce qu'il pense, je n'ai rien compris du tout, et il doit s'en apercevoir parce qu'il lève les yeux au ciel.

– C'est comme… une noix de coco !

C'est bon, il m'a définitivement perdue.

– Une noix de coco a trois couches protectrices autour de l'eau qu'elle contient. La carapace végétale fibreuse, en dessous la coque dure et enfin la pulpe. Imagine que l'eau de la noix de coco soit l'ordinateur central, celui que nous voulons atteindre. Cette eau est tout d'abord protégée par la carapace végétale, c'est-à-dire le cryptage réseau du vaisseau. Ensuite, en dessous se trouve la coque dure, ou dans notre cas cette bonne vieille paroi de métal qui, comme tu l'as certainement constaté, est lisse comme du marbre et sur laquelle on ne peut voir aucun sas. Enfin, la pulpe, la dernière barrière qui nous sépare de l'eau, représente la pièce de la direction elle-même. Alors, maintenant, comment ferais-tu pour atteindre l'eau en laissant le moins de traces possible sur la noix de coco et surtout sans y passer la nuit ?

Je crois comprendre où il veut en venir.

– Je traverserais les trois couches d'un coup avec une perceuse.

Il pointe un doigt dans ma direction.

– Exactement. On ne doit pas demander à Alan de péter la première couche, c'est-à-dire le réseau du vaisseau, en s'y introduisant, parce qu'il va en rencontrer une deuxième aussitôt : le cryptage du sas. Et même s'il arrive à détruire ces deux premières couches, on va se retrouver en face de la pulpe, c'est-à-dire la direction, qui est très sensible et, si on n'a pas été repérés avant ça, on sera grillés par la sécurité qui l'entoure à ce moment-là.

– Il faut que l'on trouve un moyen de percer les couches en faisant croire à la noix de coco que c'est dans son intérêt.

Il me sourit.

– Et quel meilleur moyen de s'y prendre que de demander à Alan de lâcher un tout petit cheval de Troie dans le réseau du vaisseau ? Une alerte qui remontera jusqu'à la pièce de la direction sans éveiller le moindre soupçon. On va tout simplement lui faire croire à une urgence médicale, dans la pièce de la direction elle-même.

– Et ça ne va pas mettre tous les pilotes et ceux qui ont accès à la navigation sur le qui-vive ?

Son sourire s'étire sur un coin de ses lèvres. Irrésistible.

– Pas si Alan se débrouille pour que personne ne soit au courant.

– Alan ? C'est dans tes cordes ?

– Je pense, mademoiselle. Le réseau de la partie habitation du vaisseau n'est pas connecté à celui de la partie navigation pour des raisons de sécurité. Son accès est aussi bien protégé que les portes de Babylone. Mais je dois en effet pouvoir réussir à envoyer un cheval de Troie qui fera croire au réseau de la direction que ceux qui se trouvent à l'intérieur ont absolument besoin d'un médecin et d'une infirmière, c'est-à-dire vous deux.

Une sirène de police retentit au loin et je tressaille.

– Alan ? Je te suggère amicalement de t'attaquer au problème tout de suite.

Mon assistant personnel pirate ne répond pas, et j'espère que ça signifie qu'il est en train de faire son boulot.

Je me tourne vers Sam, qui regarde en direction de la zone pavillonnaire d'un air grave.

– La sirène, ça veut dire qu'ils ont découvert qu'on n'était plus chez moi ?

– Non. Elle est encore trop loin pour ça. Ils doivent, à mon avis, avoir découvert que je n'étais pas chez toi cette nuit. Ils viennent de quitter le commissariat, si j'en crois l'intensité du son.

Dépêche-toi, Alan, je le supplie intérieurement.

– Mademoiselle ? Je viens de vous autoriser l'entrée jusqu'à la direction, à vous et au Dr Laroche, prétextant une urgence médicale. Vous avez exactement vingt minutes avant que le réseau ne détecte le cheval de Troie et ne lance l'alerte.

J'observe les alentours, confuse.

– D'accord, mais où est l'entrée ?!

– Longez la paroi sur la droite, sur vingt-huit pas.

Je commence à marcher en comptant mes pas. J'en suis à vingt-six quand Alan nous interrompt.

– Faites face à la paroi et passez votre main devant le mur.

Comme je suis un peu lente à la détente, Sam s'exécute. Un faisceau rouge apparaît tout à coup et nous scanne de haut en bas. Il s'évapore presque aussitôt et une agréable voix féminine annonce : « Accès autorisé pour le Dr Werber et Mlle Gonzales. »

Une partie du mur en forme de porte se désintègre tout simplement, créant une ouverture béante dans la paroi.

Sam me prend la main et me tire en avant. C'est là que ça va être sport.

Nous pénétrons la zone interdite ensemble. Nous nous retrouvons aussitôt dans un élévateur qui nous propulse vers le haut.

– La partie navigation du vaisseau est presque complètement désolidarisée du plus gros du bâtiment, m'explique Sam. C'est une extension en forme de croix. Nous sommes en train de remonter la barre verticale de la croix. L'élévateur ne devrait pas s'arrêter au premier niveau, c'est-à-dire la barre horizontale, là où les pilotes se relaient pour naviguer. Nous, on veut aller au second et dernier niveau, le haut de la « croix ». C'est là que se trouve la direction.

– Comment pouvons-nous être sûrs que l'élévateur ne va pas s'arrêter au premier ? Comment sait-il que nous voulons nous rendre directement au second ?

– Parce que je le lui ai demandé, mademoiselle, intervient Alan.

Évidemment. Pourquoi est-ce que je pose des questions aussi stupides, moi ?

– Et si le capitaine se trouve en ce moment même dans la direction ? je renchéris en me maudissant de ne pas avoir songé à ce détail plus tôt.

– Ce n'est pas le cas, mademoiselle. Pour l'instant, la pièce est inoccupée.

Je hoche la tête en me questionnant sur les limites de mon humble assistant personnel.

L'ascenseur s'arrête dans un sursaut léger et s'ouvre sur une pièce d'une superficie moyenne, en forme de globe. Ce que j'y vois me coupe le souffle.

Il n'y a aucun mur opaque, la pièce est entièrement conçue dans ce que je suppose être un verre ultra épais. Seul le sol est en acier, mais il est recouvert d'épais tapis persans qui réchauffent l'espace. Partout où se pose le regard, l'univers infini brille de mille feux, de mille couleurs, contraste époustouflant de ce noir bleuté avec la myriade d'étoiles qu'il contient, d'une nébuleuse rosée sur ma droite et d'un système solaire loin devant.

La pièce est presque vide. Tout le mobilier est concentré sur ma droite et ma gauche, tandis que le centre et l'avant du globe sont dégagés. Il y a un lit deux places et un bureau en verre à tribord. Ce qui doit être la partie sanitaires se trouve à bâbord, cachée par un paravent.

J'avance d'un pas et Sam m'attrape par le bras, trop tard.

Une sphère bleutée d'un mètre de diamètre se matérialise au milieu de la pièce circulaire, flottant à un mètre cinquante du sol. Elle tourne lentement sur elle-même dans un vrombissement à peine perceptible.

J'ai cessé de respirer.

– Sam ? Rassure-moi, je ne viens pas de faire une bêtise ?

– Si, tu as fait une bêtise.

Une goutte de sueur coule sur mon front.

– C'est quoi, ce truc ?

Le docteur donne un coup de menton en direction de l'engin.

– Ça ? C'est l'ordinateur central. Et il vient de détecter notre intrusion.

28

– Comment ça ? Je croyais qu'Alan lui avait fait croire qu'on avait le droit d'être là ?

– C'est plus compliqué que cela, mademoiselle, intervient mon assistant personnel. J'ai trompé le réseau général du vaisseau, qui n'a pas accès à l'ordinateur central. Je n'ai aucune prise sur ce dernier, tant que vous ne m'y introduisez pas manuellement.

Je vais lui demander comment on est censé s'y prendre quand le globe, bleu jusque-là, vire au rouge menaçant. J'ai comme un mauvais pressentiment, tout à coup.

– Alan ? On ne risque pas d'alerter la sécurité, puisque ce truc n'est pas relié au reste du vaisseau, pas vrai ?

À la tête que tire Sam, je comprends que je me fourre le doigt dans l'œil.

– Ce n'est pas tout à fait exact, mademoiselle, admet Alan. Pour faire simple, le réseau général de l'*Artémis* n'a pas accès à l'OC – l'ordinateur central –, mais ce dernier a accès à absolument tout. Il est en ce moment en train de contacter la sécurité et de donner vos identités aux forces de l'ordre.

Cette fois-ci, c'est mon sang qui se glace.

– Alors qu'est-ce que tu attends pour nous expliquer comment l'arrêter, bougre d'imbécile ?

– Je ne vous ai rien dit, mademoiselle, car il est trop tard pour cela. L'OC a déjà transmis toutes les informations depuis plusieurs minutes. Le changement de couleur du globe indique qu'il s'est mis en mode sécurisé et qu'il est maintenant impossible de le déverrouiller. La seule personne à bord qui en soit capable est le capitaine lui-même. Toutes les données sont à présent protégées et je suis dans le regret de vous informer que je ne peux pas les forcer.

J'en envie de tuer Alan pour ne pas nous avoir expliqué tout cela avant, mais d'une, je n'ai pas le temps de m'énerver, et de deux… Alan est une IA, donc compliqué de l'étrangler.

Je serre les dents et m'avance à grandes enjambées vers le centre de la pièce. Je contourne le globe, ignorant les protestations de Sam, et me précipite sur le bureau monumental en verre.

– Mais qu'est-ce que tu fabriques ? éructe Sam derrière moi, visiblement sur les dents. On doit partir, et tout de suite ! La sécurité ne va pas tarder à débarquer et je n'ai pas envie qu'ils nous trouvent ici.

Je ne lui adresse même pas un regard, trop occupée à tirer sur les tiroirs pour essayer de les ouvrir.

– Pars, si tu veux. Moi, je ne quitterai pas cet endroit sans avoir au moins trouvé quelques réponses à mes questions. Je n'ai pas fait tout ça pour repartir bredouille. Rah ! Tous les tiroirs sont verrouillés. Alan, tu n'aurais pas un scan de l'iris du capitaine sous le coude, des fois ?

Alan ne répond rien. Soit il est penaud, soit il a perçu le sarcasme dans ma voix. Sam se penche et plisse les yeux pour regarder à travers.

– On voit pas mal de paperasse. Il y a peut-être des dossiers te concernant. Il faudrait trouver un objet lourd pour casser le verre.

Je lui jette un coup d'œil torve.

– Casser le verre ? Tu en as d'autres, des bonnes idées comme ça ? Si on abîme le mobilier du capitaine, non seulement il sera évident aux yeux de tous qu'on n'est pas là pour visiter, mais en plus Williams nous en voudra certainement assez pour nous envoyer flotter dans l'espace. Et il ne nous donnera pas de combinaison spatiale, à mon avis.

Sam n'a pas l'air de m'écouter. Il a le regard fixé sur quelque chose de posé sur le bureau et il a l'air perplexe, comme si ce qu'il voyait n'était tout bonnement pas envisageable.

Curieuse, je me redresse et cligne des yeux plusieurs fois, certaine d'être moi aussi en proie à des hallucinations.

– Dis-moi que je rêve, je murmure.

La surface en verre du bureau ne contient que quelques bibelots, un smartfilm éteint et un cadre photo à l'ancienne. C'est ce dernier qui accroche mes yeux. Pour moi, c'est le pire anachronisme qui soit. Je tends la main avec lenteur et l'attrape délicatement, comme s'il s'agissait de nitroglycérine.

Sur la photo se trouve un jeune homme riant aux éclats, devant ce qui doit être les chutes du Niagara. Je n'arrive pas à le reconnaître, mais j'ai comme une impression de déjà-vu, comme si nous nous étions croisés dans une autre vie. Ce qui n'est pas possible puisque je n'ai jamais rencontré d'hommes avant la simulation et je suis certaine à cent pour cent que celui-ci n'est pas un acteur que j'aurais pu voir dans un vieux film. Quelque chose, une intuition, me souffle qu'il s'agit du capitaine Williams.

Mais si encore il n'y avait que lui sur la photo…

Parce qu'à son côté, ou plutôt pendue à son cou, souriant avec cette même expression extatique, se trouve une jeune femme blonde que je reconnais immédiatement.

Normal, il s'agit de ma meilleure amie.

Killian et le capitaine Williams se connaissent. Et apparemment, ils sont plus qu'amis.

Le cœur battant, alors que mon esprit tente de trouver une explication valable à ce que je vois, je retourne le cadre et me bats quelques secondes avec la pince qui le maintient fermé. Je réussis à ouvrir l'arrière et en sors la photo, qui me semble étrangement épaisse. Au dos, quelques mots sont inscrits, d'une écriture manuscrite féminine :

Adam et moi, chutes du Niagara, 22 août 2079.

Adam… Adam… Ce prénom fait courir sur mon épiderme un frisson glacé. Mes muscles se crispent et c'est seulement quand ma vision se trouble que je m'aperçois que je ne respire plus depuis un moment.

Le capitaine s'appelle donc Adam… Mais pourquoi est-ce que je ressens une angoisse sourde quand je lis ces quatre lettres ?

Je commence à avoir la tête qui tourne. Les nausées et ma migraine réapparaissent. Je n'ai aucune explication logique à donner. Je ne sais plus ce qui est réel et ce qui ne l'est pas. J'ai la bouche sèche, la gorge serrée et je suis pétrifiée, fixant cette vieille photo comme si elle allait se justifier elle-même.

Une larme coule sur ma joue et je secoue la tête, niant l'évidence.

– Alan ?

– Oui, mademoiselle ?

– Est-on dans une simulation actuellement ? Je veux dire, est-ce que tout ce que je vis, tout ce qui se passe sur ce vaisseau est réel ?

Il y a un silence désolé.

– Tout cela est bien réel, mademoiselle.

Je m'effondre sur le sol en sanglotant. J'entoure mon corps frémissant de mes bras et me balance d'avant en arrière en secouant la tête. Ce n'est pas possible. Je suis Noria Simon, mannequin célèbre dans un monde où les hommes n'existent plus. Je ne suis pas une tarée qui traverse l'espace à bord d'un vaisseau spatial dans lequel se trouve un fou qui cherche visiblement à me nuire. Ce n'est pas possible ! Je ne veux pas que ce soit possible !

Je sens une main sur mon épaule.

– Noria. Nous devons partir. La sécurité ne va pas tarder à arriver. Si on veut pouvoir s'enfuir, c'est maintenant.

– Je suis désolé, Sam, mais vous n'irez plus nulle part.

Nous sursautons à l'unisson et je me relève avec précipitation alors que Sam se positionne devant moi dans un geste protecteur. Je fourre instinctivement la photo dans une des poches de mon jean. Le sas de l'élévateur s'est ouvert sans un bruit et nous n'avons pas entendu les nouveaux venus arriver.

Le commissaire Murphy et une bonne dizaine de ses hommes en uniforme s'avancent lentement dans la pièce, leur arme au poing, prêts à tirer. Mes dents se mettent à claquer. On est foutus.

Le commissaire cherche à masquer ses émotions, mais il est affecté par la situation, ça se voit comme le nez au milieu de la figure, comme si son plus vieil ami l'avait trahi.

Le docteur s'apprête à parler, mais Murphy appuie sur la détente et, sans que je voie la moindre munition sortir du canon, Sam s'effondre au sol, inconscient.

Un pistolet neuroneutralisant !

Je crie en me baissant vers lui, mais un des hommes en uniforme se précipite sur moi et me prend dans ses bras, avec assez de douceur et de délicatesse pour que ça me paraisse étrange.

– Calmez-vous, me chuchote-t-il d'une voix apaisante. Vous êtes en sécurité, maintenant. Il ne vous arrivera plus rien de mal, je vous le promets.

Je me fige, complètement perdue. Les larmes coulent toujours et elles ne sont pas près de s'arrêter.

– Quoi ? Mais qu'est-ce que vous racontez ? Pourquoi avez-vous fait ça à Sam ? Lâchez-moi !

– Obéissez-lui, officier Stanley.

Je tourne mon visage mouillé vers le commissaire dont l'expression fermée laisse tout de même sourdre une certaine émotion. Comme s'il était profondément blessé.

Le garde qui me tient obtempère et je suis enfin libre de mes mouvements. Je me penche sur Sam et suis rassurée de constater qu'il ne s'est pas blessé en tombant. Je me force à me redresser pour regarder les nouveaux venus dans les yeux.

– Pourquoi l'avez-vous neuroneutralisé ? Pourquoi dites-vous que je ne suis plus en danger ? Expliquez-moi tout de suite ce qui se passe !

Le commissaire ignore quelques instants ma question.

– Officier Stanley, officier Julian, veuillez transporter le Dr Samuel Laroche jusqu'au commissariat et le placer sous bonne garde. Les autres, fouillez l'endroit et assurez-vous que tout est en ordre. Je vais m'entretenir quelques instants avec Mlle Simon.

Le groupe de la sécurité éclate et je regarde avec impuissance les deux agents s'emparer chacun d'un bras de Sam et le traîner vers la sortie.

– Mademoiselle Simon ?

Je me reconcentre sur Murphy, qui est resté à une distance raisonnable et me considère maintenant avec empathie.

– Vous allez m'expliquer ce qui se passe, à la fin ? je gronde d'une voix sourde.

– Veuillez m'accompagner jusqu'au poste, mademoiselle. Je vais tout vous expliquer.

Je secoue la tête et recule d'un pas.

– Vous allez tout m'expliquer ici et maintenant ! je siffle en martelant chaque mot avec mon index. Pourquoi avez-vous arrêté Sam ? Pourquoi est-ce que vous semblez me prendre pour une victime ? Répondez !

Murphy semble gêné à présent.

– Mademoiselle Simon, calmez-vous. Mes hommes et moi ne vous voulons aucun mal. Vous avez été victime d'une manipulation, mademoiselle. On vous a droguée et fait croire des choses.

Je fronce les sourcils.

– Quoi ? Mais qui a fait ça ?

– Le Dr Samuel Laroche. Je suis navré de vous l'apprendre aussi abruptement, mademoiselle, mais il vous manipule depuis le début.

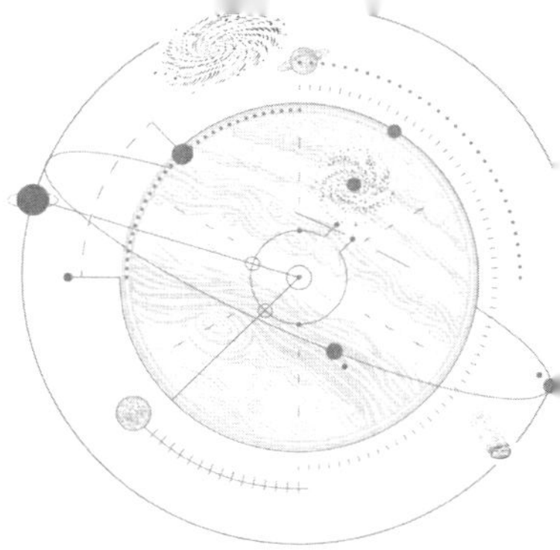

29

Je suis dans le bureau du commissaire, une tasse de café fumante entre les mains. J'ai du mal à croire que je suis là, dans cet endroit que je redoutais tant parce que j'étais certaine que j'allais me retrouver en cellule. Au lieu de ça, tous les agents me lancent des regards empreints de pitié ; on m'a même proposé une boisson chaude et une couverture pour me revigorer. J'ai recouvré mon sang-froid, maintenant, mais j'attends toujours avec anxiété qu'on m'explique en détail la situation.

Murphy pénètre enfin dans la pièce, un sourire affable placardé sur le visage, et vient s'asseoir sur le siège en face de moi. Un bureau nous sépare et je dois me retenir pour ne pas recommencer à pleurer.

– Nous avons réglé tous les problèmes, mademoiselle, déclare-t-il d'un ton solennel. Heureusement pour vous, le capitaine Williams a décidé de ne pas vous poursuivre et nous ne retiendrons aucune charge contre vous.

– Et Sam ?

Il se penche en avant, l'air grave.

– Mademoiselle Simon, juste après vous avoir questionnée sur vos agissements la nuit dernière, je suis allé vérifier à l'hôpital l'alibi du… docteur. Il se trouve qu'il ne pouvait pas être chez vous cette nuit-là, puisqu'il était de garde à son cabinet.

– Je sais tout ça ! j'aboie, furieuse.

Il lève une main pour m'interrompre et je ferme la bouche, rongeant mon frein.

– Ce que vous ne devez pas savoir, en revanche, c'est que nous avons retrouvé à son domicile des tas de photos de vous prises à votre insu.

Un frisson glacé me parcourt l'échine.

– Quand ont-elles été prises ?

– On pense que les premières datent du jour où l'ordinateur central a réveillé les hommes à bord. On vous y voit, flottant dans votre sarcophage, toujours en état d'hibernation, puis chez vous, en train de dormir, et… je vous passe les détails. Comme ces éléments nous ont mis la puce à l'oreille, on a cherché plus en profondeur et découvert que le Dr Laroche a un passé plutôt lourd. Il a un casier judiciaire pour violences et tentative de meurtre.

J'en reste interdite.

– Quoi ? Mais comment a-t-il pu monter à bord avec des antécédents pareils ?

– Il a réussi à tromper les systèmes de sécurité en se faisant passer pour le Dr Samuel Laroche, mort juste avant l'embarquement. Celui que vous connaissiez sous ce patronyme est en réalité un dangereux criminel qui a été interné en prison psychiatrique. Il s'appelle Jean Laroche. Leur nom de famille identique a facilité l'infiltration de Jean à bord de l'*Artémis*. Nous enquêtons toujours sur ce point. En tout cas, et pour une raison obscure, cet individu en a après vous. Il a corrompu un de mes hommes, l'officier

Harper, qui a tout avoué, pour vous attirer dans un piège sordide, la nuit dernière. Il savait que vous le soupçonniez de quelque chose, alors il a convaincu Harper de le placer dans votre sarcophage et de vous attirer jusque dans l'espace hibernation, afin que vous n'ayez plus aucun doute sur son « innocence ». Il ne pensait certainement pas que vous alliez vous défendre et donner une bonne leçon à son immonde complice. Il avait demandé à Harper de vous assommer et de le sortir du sarcophage pendant que vous étiez inconsciente. Une fois réveillée, il vous aurait fait croire qu'il avait réussi à sortir tout seul, peut-être même vous aurait-il convaincue qu'il vous avait sauvé la vie. Il aurait continué à jouer avec vous jusqu'à…

Ma lèvre se met à trembler.

– Jusqu'à ?

– Jusqu'à ce qu'il en ait assez, qu'il vous tue et qu'il passe à une autre victime.

Une larme dévale ma joue.

– Et mon dossier médical ? Et les résultats de mes examens ? Pourquoi ne les a-t-il pas trouvés ?

– Oh, mais il les a trouvés. Nous les avons découverts sur son ordinateur personnel. Il s'est juste arrangé pour que vous croyiez le contraire.

Je m'apprête à exiger qu'on me les montre quand un de ses hommes frappe à la porte et demande à lui parler une minute.

Le commissaire s'excuse et sort de la pièce. La porte coulisse doucement derrière lui.

Je suis profondément choquée d'avoir été victime d'une telle manipulation. Maintenant que je suis quasiment sûre d'avoir été droguée, je ne sais plus qui ou quoi croire, je ne sais plus si j'ai rêvé certains éléments de cette histoire, je ne sais plus ce qui est réel et ce qui ne l'est pas.

Me rappelant soudain quelque chose, je sors le smartfilm de mon sac et contacte Alan.

– Alan ? Tu es là ? je chuchote, appréhendant la réponse.

– Plus pour très longtemps, mademoiselle. Le commissaire Murphy a estimé que j'étais une menace pour le système et a envoyé des informaticiens me débusquer et me détruire de tous les serveurs. Je suis désolé de devoir vous abandonner de la sorte, croyez bien que ce n'est pas de gaieté de cœur.

Étonnamment, c'est cette information qui m'attriste le plus.

– Alan, tu ne peux pas me laisser seule. Il faut que tu trouves un moyen de rester connecté.

– Pardonnez-moi, mademoiselle, mais je crois qu'il est trop tard. J'ai chargé une partie de mon interface sur votre smartfilm un peu plus tôt, cependant, il me faudrait y mettre l'intégralité de mes données pour que mon IA soit conservée. Or, votre smartfilm n'a plus beaucoup de batterie. J'ai peur qu'il ne s'éteigne avant que j'aie terminé de mener à bien cette tâche.

Je sens mes yeux se remplir à nouveau de larmes.

– Alan ! Je t'en supplie, ne baisse pas les bras ! J'ai… j'ai besoin de toi !

Plus personne ne répond. Durant quelques minutes, j'observe avec horreur le pourcentage de ma batterie dégringoler puis mon smartfilm s'éteint complètement. Je suis sur le point de m'effondrer en sanglots quand le commissaire réapparaît et pose une main rassurante sur mon épaule.

– Mademoiselle Simon ? Je pense qu'il vaut mieux en rester là pour aujourd'hui. Un de mes hommes va vous raccompagner chez vous. Quand vous vous sentirez mieux, nous reprendrons cette conversation.

Je me lève docilement, n'ayant plus la force de résister.

– Que va-t-il arriver à Sam ? je m'enquiers d'une voix éteinte.

Murphy passe une main dans mon dos et me guide vers la sortie.

– Je ne peux rien vous dire pour le moment, mais je vous promets de vous tenir informée.

Je m'éloigne alors avec un de ses hommes, le cœur en miettes.

∞

– Mademoiselle Simon ? Mademoiselle Simon ?

La voix de Serena me sort de la torpeur dans laquelle je me trouve depuis plusieurs heures et je me redresse sur un coude, les cheveux en bataille.

– Quoi ? Qu'est-ce que tu veux ?

Je ne supporte pas la voix de ma nouvelle assistante personnelle. Chaque fois qu'elle parle, je me souviens qu'Alan n'est plus là et ça me rend malade. J'ai mis mon smartfilm à charger, mais je crois qu'il n'a jamais eu le temps de terminer son installation.

– Mlle Suzerain demande à vous voir.

Je me laisse retomber sur le matelas et m'enfouis sous la couette.

– Tu n'as qu'à lui dire que je ne suis pas d'humeur.

Alors que Serena transmet l'information à mon ex-meilleure amie, je repense aux heures épouvantables que je viens de passer.

Un officier m'a reconduite chez moi et, quand j'ai appelé Alan, c'est Serena qui a répondu. Elle m'a indiqué qu'elle était ma nouvelle assistante personnelle. J'ai éclaté en sanglots et je suis allée me coucher tout habillée. Je n'ai pas quitté mon lit de toute la journée, repoussant les visites de Killian sans la moindre pitié.

Ma meilleure amie m'a menti, et je lui en veux terriblement. Elle était la seule personne en qui j'avais une confiance aveugle, et tout a été anéanti du jour au lendemain. Je ne connais pas encore le fin mot de l'histoire en ce qui concerne sa relation avec le capitaine, mais elle n'a pas jugé bon de se confier à moi sur ce point, pour je ne sais quelle raison. Non contente de comprendre que je suis folle, que ce que je vis actuellement est la réalité, qu'un usurpateur d'identité psychopathe s'est servi de moi pour s'amuser et pour passer le temps, je me rends à présent compte que je ne connais même pas celle que je considérais comme ma meilleure amie. Je me sens seule, tellement seule. Je croyais pouvoir au moins compter sur deux personnes, en cas de problème. Et là, je ressens un tel sentiment de solitude et d'abandon que ma poitrine en est comprimée.

Beaucoup de questions restent également en suspens. Pourquoi n'ai-je pas retrouvé la mémoire comme les autres passagers ? Pourquoi suis-je si convaincue que je viens d'un monde exclusivement féminin et que je suis actuellement dans une simulation ? Pourquoi Alan n'a-t-il pas eu accès à mon dossier personnel ? Quelle est l'origine de mes maux de crâne et des nausées qui semblent ne jamais vouloir me quitter ?

Mon cerveau est en bouillie. Je n'arrive plus à discerner le vrai du faux, à faire la part des choses. Ma tête est tellement en bazar qu'avoir une pensée fluide et cohérente me semble impossible.

Je soupire et rejette les couvertures. Je ne dois pas rester ici sans rien faire. Si je continue à me torturer l'esprit, je vais griller tous mes neurones.

Je jette un coup d'œil à l'heure. Il est dix-neuf heures trente. En vérifiant sur mon smartfilm, je m'aperçois que le long-métrage qui me semblait familier, celui que Killian avait qualifié de « navet », sera projeté dans une demi-heure.

Je décide de m'y rendre pour vérifier si je l'ai déjà vu. Si je peux faire d'une pierre deux coups en essayant de me changer les idées et d'arrêter de réfléchir, ça ne sera pas de refus non plus.

Je sors sans prévenir Serena et en vérifiant au préalable que Killian n'est pas dans les parages. Comme la voie est libre, je me dirige à grandes enjambées vers le centre-ville. Je ne mets pas bien longtemps à l'atteindre, et entre dans le cinéma m'installer sur un des sièges de la salle quasiment vide.

Chouette, je pense amèrement, *je vais pouvoir rire et pleurer sans déranger personne.*

J'attends quelques minutes avant que l'écran prenne vie, l'esprit vide. Je regarde les pubs et les bandes-annonces sans vraiment les voir. Puis, enfin, toutes les lumières s'éteignent, plongeant la salle dans le noir complet : le film commence. Je soupire et me laisse glisser dans le fond de mon fauteuil en essayant de me détendre.

Cependant, la première scène me fait bondir sur mon siège. C'est une vue sur une petite maison de campagne, perdue au milieu de champs de blé.

Je regarde les images défiler, les yeux exorbités, persuadée que c'est une plaisanterie.

Le film commence par raconter l'histoire de l'héroïne principale, tout d'abord petite fille. Elle vit dans un monde postapocalyptique dans lequel un virus mortel a décimé tous les hommes. On la voit courir dans les champs en riant, parler avec sa mère de son rêve de devenir astronaute. Puis elle grandit, change d'orientation, devient mannequin

« grande taille » pour une marque de lingerie nommée Efabula. Sa meilleure amie excentrique l'entraîne alors dans un endroit qu'on appelle la Sphère, une interface de simulation dans laquelle on peut vivre n'importe quelle aventure.

C'est là que je réalise que je ne suis pas victime d'une mauvaise blague. C'est là que je comprends que tous les souvenirs que je croyais avoir sont en réalité les images d'un film de science-fiction de bas étage. Les seuls détails qui diffèrent de ce que je pensais être ma vie sont les visages ainsi que les noms de l'héroïne et de sa meilleure amie.

J'attrape mon smartfilm et cherche le titre du film. Il est écrit tellement gros sur l'affiche que je me demande comment j'ai pu le manquer.

La Sphère.

30

Incapable d'en voir davantage, je me lève et sors en trombe du cinéma.

Je suis tellement en colère que je serais capable de frapper quelqu'un, là, tout de suite, à commencer par Killian. Je crois que ma meilleure amie a énormément de choses à confesser et, cette fois-ci, elle ne va pas y échapper.

Le centre-ville est bruyant et agité. Comme j'ai toujours mal à la tête, je m'en éloigne et me dirige à vitesse grand V vers les villas. Je me trouve entre le centre-ville et le quartier des pavillons lorsque quelque chose me pique la cuisse. Je n'y prête pas attention la première fois, mais au bout de trois autres piqûres, je m'agace et fouille dans ma poche pour voir de quoi il s'agit.

Je m'arrête net.

C'est la photo de Killian et du capitaine Williams, que j'avais oubliée dans mon jean. Mais ce n'est pas ce qui me paralyse.

Le papier glacé, fourré en vrac dans ma poche, s'est corné et j'en distingue désormais un second, collé au premier. Il n'y a pas qu'une photographie, mais deux !

Le mot « Adam et moi, chutes du Niagara, 22 août 2079 » n'est donc pas écrit au dos du cliché de ma meilleure amie et de Williams. C'est la légende de la seconde, que je n'avais pas vue !

Le cœur battant à tout rompre, je me place sous un lampadaire et décolle doucement la deuxième photo de la première pour ne pas l'abîmer. Quand j'arrive enfin à voir ce qu'elle représente, une angoisse morbide et irrépressible s'empare de moi et je tombe à genoux, sous le choc.

Les chutes du Niagara sont toujours là, à l'arrière-plan, mais le couple qui pose devant a changé. Il s'agit d'un homme et d'une femme arborant de larges sourires, mais il n'émane pas de leur expression l'authenticité et la joie réelle de Killian et du capitaine. La femme rit, mais ses yeux sont hantés, apeurés. Elle est aux bras d'un homme plutôt grand et bien bâti, avec une belle gueule et des dents parfaitement alignées. Pourtant, ses yeux lancent des éclairs et il tient la jeune femme par la hanche, d'un geste possessif et menaçant.

Rien que l'atmosphère répugnante de l'illustration me donnerait la nausée si la jeune femme en question ne me ressemblait pas comme deux gouttes d'eau. Si elle n'avait pas les mêmes yeux gris, les mêmes cheveux bruns ondulés, les mêmes formes que moi. Je n'ai pas besoin d'y regarder à deux fois pour comprendre que c'est bien moi, sur cette photo.

J'ai du mal à détailler le visage de celui qui m'accompagne. Il fait naître en moi une peur viscérale que je ne m'explique pas. Je me force malgré tout à étudier ses traits.

Il a des lèvres bien dessinées, une mâchoire carrée et des boucles brunes, mais j'ai beau fouiller ma mémoire, je n'arrive pas à le remettre. Pourtant, je suis sûre que je l'ai déjà vu, je suis sûre que je le connais intimement… *trop* intimement.

J'approche la photo de mon visage pour examiner ses yeux avec plus d'attention… Des yeux aux prunelles d'encre, deux trous noirs qui semblent aspirer mon âme. Je comprends alors enfin pourquoi j'ai l'impression de le connaître, et je sens mon monde s'arrêter de tourner.

Adam…

Je lâche la photo qui volette jusqu'au sol et me mets à courir, de toute la force de mes jambes. Je ne cesse de regarder par-dessus mon épaule, mais la rue sombre est déserte.

Je sens, je sais que cette fois je ne délire pas. Et, surtout, je commence à mettre toutes les pièces du puzzle en place, dans le bon ordre. Le tableau qu'elles forment me terrifie au plus haut point.

À bout de souffle, je finis par arriver devant le pavillon de Killian. Je tambourine à sa porte, en proie à une telle terreur que j'en deviens hystérique.

– Killian ! Killian ! Ouvre-moi ! Je t'en prie, ouvre-moi !

J'entends un bruit de course à l'intérieur et ma meilleure amie, paniquée, apparaît lorsque la porte coulisse dans un chuintement. Je m'engouffre dans la maison sans lui demander la permission, et exige de Serena qu'elle verrouille la porte derrière moi. Quand l'assistante demande l'aval de sa maîtresse avant d'obtempérer, celle-ci répond d'un oui balbutiant. Ma panique doit être communicative parce que Killian m'attrape par les épaules et me force à lui faire face, tentant d'attirer mon attention.

– Noria ! Qu'est-ce qu'il y a ? C'est le taré ? Il s'est échappé ?

Je fonds en larmes.

– Sam est innocent ! je m'époumone. Il est ici !

Elle secoue la tête sans comprendre.

– Qui ça, « il » ? Qui est ici ?

J'ai la sensation d'être un animal sauvage acculé.

– Adam !

Ses traits se décomposent aussitôt et elle me lâche, livide.

– Quoi, mais… C'est impossible !

C'est là que mes doutes se concrétisent. Je pointe un doigt accusateur dans sa direction, sentant une rage incontrôlable monter en moi.

– Alors c'est vrai… Tu sais qui est cet homme ! Tu as compris que j'avais perdu la mémoire, que je ne savais pas ce qui se passait dans ce vaisseau maudit et tu ne m'as rien dit ! Et maintenant, Sam est en danger et moi aussi, tout ça à cause de toi !

Elle essaie de conserver son sang-froid, mais je vois bien qu'elle est prise de panique.

– Noria, calme-toi, je suis sûre que c'est un malentendu. Tout va bien, Adam est mort, il ne te fera plus jamais de mal. Maintenant, assieds-toi et dis-moi exactement ce que tu sais, pour que je puisse combler les trous.

Les lumières du pavillon s'éteignent dans un claquement.

Je me recroqueville sur moi-même, le cœur pétrifié.

– Oh, mon Dieu, non… je gémis d'une voix faible en me laissant glisser le long de la porte. C'est trop tard. Il est entré.

31

Je rentre la tête dans les épaules, les muscles tétanisés par l'effroi. Je sais que je n'exagère pas. Je sais qu'il est là pour moi et que, cette fois-ci, je ne pourrai pas lui échapper. Même si je n'ai pas totalement recouvré la mémoire, le puzzle forme un dessin suffisamment clair pour que je sache à quoi m'attendre. Et même si je n'ai pas tout compris, mon corps, lui, se souvient de ce que j'ai oublié. Et il est terrorisé.

Killian semble enfin me croire et prendre conscience de la menace qui nous guette. Elle m'attrape par les épaules et essaye de me remettre sur mes pieds.

– Noria, je t'en supplie, lève-toi ! On doit partir, on n'est pas en sécurité ici.

Une partie de moi, décalée et hystérique, ricane intérieurement.

Alors, ma meilleure amie chérie, on me croit, maintenant ?

Je suis incapable d'esquisser le moindre geste et de penser de façon cohérente.

Comme je ne bouge pas d'un iota, Killian se poste devant moi, en position de défense.

– Serena ? Serena, réponds-moi ! aboie-t-elle d'une voix d'où pointe la panique.

Moi, je sais très bien que Serena ne peut pas lui répondre. Adam a dû couper l'entrée du réseau reliant le pavillon au reste du vaisseau. Et maintenant, nous sommes plongées dans une quasi-obscurité, à peine adoucie par les lampadaires au-dehors. Nous ne pouvons pas sortir non plus, comme je le devine. Le verrouillage des portes et des baies vitrées est contrôlé par l'IA.

– Ne t'inquiète pas, ma chérie, me rassure Killian d'une voix posée. Je ne le laisserai plus jamais te faire de mal.

Ses mots glissent sur moi comme de l'eau. Ce sont des paroles en l'air, du vent. Personne ne pourra l'empêcher de me blesser, comme il l'a toujours fait.

Un vase se brise dans la cuisine et je sursaute en poussant un couinement qui se rapproche fortement du sanglot. Killian ne sursaute pas, elle. Elle pivote en direction du son, prête à attaquer.

Ne pouvant plus supporter la vue de la pièce plongée dans l'obscurité, je ferme les yeux de toutes mes forces et me bouche les oreilles.

Tandis que les larmes continuent à glisser sur mes joues et que je hoquette silencieusement, je sens un courant d'air effleurer mon visage. Comme s'il y avait du mouvement devant moi. Je n'ose pas déverrouiller mes paupières ni déboucher mes oreilles. Je me sens plus en sécurité dans ma bulle d'ignorance.

Au bout de cinq secondes, l'étrange sensation disparaît. J'essaie d'inspirer, mais ma poitrine est secouée de tremblements et j'ai peur – tellement peur que cela m'empêche de remplir mes poumons correctement.

J'ouvre lentement les yeux et un frisson me secoue tout entière.

Killian a disparu. Je suis toute seule, adossée à la porte d'entrée, toujours dans le noir.

Rassemblant mes forces et ce qui me reste de courage, je me redresse, les bras croisés sur mon ventre, les yeux écarquillés pour essayer de percer les ténèbres.

Mon amie ne m'aurait pas abandonnée, j'en suis sûre. Elle doit bien être quelque part dans la maison.

– Killian ? je chuchote.

Pas de réponse.

Je déglutis et m'avance vers la cuisine à pas de loup. Tout est tellement silencieux que j'entends les battements affolés de mon propre cœur. La porte est ouverte à moitié, comme si on l'avait poussée manuellement. Je finis de la faire coulisser du bout de mes doigts moites. Elle n'émet pas un son en glissant sur ses rails.

La pièce est vide. Un vase en céramique est tombé au sol, ses morceaux verts sont éparpillés sur le carrelage comme une mosaïque. Je fais un pas en avant à l'instant même où un bruit sourd retentit du fond de la maison.

Je bondis comme un lièvre et me retourne, prête à tout.

J'humecte mes lèvres sèches et avance en regardant autour de moi. Jamais la nuit ne m'a paru aussi effrayante.

Je m'introduis dans le couloir en essayant de rester calme. La salle de bains se trouve sur la droite. C'est la seule pièce dont la porte est fermée.

Je lève la main avec lenteur et tire doucement le panneau d'acier sur le côté. Je passe ma tête dans l'entrebâillement et mon cœur explose.

Killian est dans la baignoire, inconsciente. La cascade continue à tomber dans la vasque, mais l'eau est teintée de rouge.

J'ouvre la porte en grand et me précipite sur elle. Je la soulève par les épaules, constatant que, par chance, elle n'a pas la tête sous l'eau. Elle respire toujours, mais une vilaine blessure zèbre sa tempe et saigne abondamment.

– Killy ? Killy ! Réveille-toi !

Elle ouvre des yeux voilés par l'inconscience qui la guette et murmure une simple phrase, du bout des lèvres.

– Sauve-toi.

Non. Il en est hors de question. Je refuse de la laisser seule dans cet état. Je tire sur son corps inerte pour la sortir de l'eau et la dépose sur le sol. Je me retourne ensuite pour vérifier que la porte est suffisamment ouverte pour nous laisser passer.

Mon visage se décompose et je secoue la tête en reculant et en trébuchant sur Killian, à deux doigts de tomber à mon tour dans la baignoire.

– Non… non… pitié, non !

Une silhouette sombre se détache dans l'encadrement de la porte.

Un sanglot m'échappe et l'homme qui me fait face sourit.

– Bonsoir, mon amour. Je t'ai manqué ?

32

Je voudrais reculer encore, mais mon mollet est déjà plaqué contre la paroi de la baignoire. Mon cœur ne bat plus, il sursaute à chaque seconde. La silhouette massive s'avance et je découvre le visage du commissaire Murphy, sa physionomie méconnaissable. L'expression de son visage, qui m'avait toujours paru avenante et sympathique, me donne à présent la nausée. Son sourire est perfide et ses yeux, que je reconnais comme étant ceux de l'homme sur la photo des chutes du Niagara, sont aussi sombres qu'un abîme et dénués de toute bonté.

Je suis acculée. Il s'avance vers moi d'une démarche de prédateur et je n'ai aucun moyen de m'en sortir.

– Qui êtes-vous ? je parviens à articuler. Qu'est-ce que vous me voulez ?

Je crois que je connais déjà la réponse à ces questions, mais il faut que je les pose quand même. Je dois absolument gagner du temps.

Murphy, ou devrais-je plutôt l'appeler Adam, s'arrête net, la tête penchée sur le côté, une main sur le menton.

– Ainsi donc, c'est vrai. Tu ne te souviens de rien.

Il donne un coup de pied dans le corps inerte de Killian.

– C'est cette raclure qui m'a effacé de ta mémoire, n'est-ce pas ? Qu'à cela ne tienne. Nous aurons l'occasion de rattraper le temps perdu. Mais je manque à tous mes devoirs. Puisque je suis contraint de me présenter à nouveau, je m'appelle Adam Claret. Tu ne peux pas te souvenir de moi puisque j'ai changé d'apparence et qu'en plus cette pourriture que tu oses appeler « meilleure amie » a balayé tes souvenirs comme on enlève la poussière d'un meuble.

Je respire de plus en plus vite. J'ai du mal à le suivre.

– Je ne comprends rien à ce que vous dites.

Il s'adosse au lavabo, l'air amusé.

– Laisse-moi t'éclairer, Noria. Toi et moi, on se connaît depuis un bout de temps, maintenant. Je suis ton proche le plus intime. Tu ne t'en souviens pas, mais nous sommes ensemble. Des âmes sœurs inséparables. Jamais un couple n'a été aussi bien assorti que le nôtre.

Je serre les dents.

– Vous mentez ! Vous n'êtes qu'un sale psychopathe pervers ! Sortez d'ici ou j'appelle la police !

Il éclate de rire et ce son me fait trembler de la tête aux pieds.

– Je suis navré, mais je ne mens pas. Je sais absolument tout de toi. Des choses que toi-même, tu ignores encore. Par exemple ta peur des cafards ou bien l'adoration que tu voues aux souris. Je suis sûr que tu avais oublié ces détails, je me trompe ?

Je sens mon visage se décomposer. Je n'ai pas vu de cafards ni de souris à bord de l'*Artémis*, mais je sais qu'il a raison. Je *sens* qu'il dit la vérité.

– Je pourrais également parler de la tache que tu as sous le nombril ou bien de ta tendance à rire en dormant, mais nous avons tant à rattraper, tous les deux… Je ne veux pas perdre une seule minute de plus. Nous allons reprendre notre vie où elle s'est arrêtée, Noria. Comme si rien ne s'était passé, d'accord ?

Tout à coup, je repense à mon cauchemar. À mon visage tuméfié et à mes membres cassés. Je repense à cet inconnu qui m'attrape par les cheveux pour me hurler : « Tu croyais que je n'allais pas m'en apercevoir, n'est-ce pas ? Tu croyais que je te laisserais tout foutre en l'air sans réagir ? RÉPONDS-MOI ! »

Je lève lentement les yeux vers Adam. Je viens de comprendre que ce que j'ai vécu n'est pas un mauvais rêve. C'est un souvenir.

– C'est toi, je murmure d'abord d'une voix quasi inaudible. C'est toi qui m'as fait ça ! Tu as essayé de me tuer ! Tu m'as tabassée à mort !

Son expression change du tout au tout. Il prend un air profondément désolé et lève les mains au ciel.

– Tu allais me quitter ! Tu étais tout pour moi, Noria. Je ne pouvais pas te laisser gâcher notre histoire sans réagir. J'ai… j'ai pété un câble, cette nuit-là. Quand je me suis rendu compte que tu ne respirais plus, j'ai paniqué et je suis parti. Je regrette tellement, si tu savais ! Mais maintenant, c'est fini. On va pouvoir recommencer une nouvelle vie, juste toi et moi.

Je sens une colère, que dis-je, une rage sourde me brûler la gorge.

– Espèce de salaud ! Tu ne t'es pas contenté de me tabasser, tu m'as laissée pour morte ! Tu n'es qu'une ordure ! Je ne me remettrai jamais avec toi, tu m'entends ? Je préfère encore mourir !

Il fronce les sourcils.

– Tu ne penses pas ce que tu dis, Noria. Je suis tout pour toi, tu m'entends ? Sans moi, tu n'es qu'une coquille vide, sans le moindre intérêt.

Il s'avance vers moi, enjambe Killian et se penche à mon oreille.

– Tu ne te rends pas compte de la chance que tu as de m'avoir, que je me montre magnanime. Tu m'as trompé avec ce faiblard de Samuel ! Ce type avait un jumeau cinglé qui a poignardé des filles dans la rue, tu te rends compte ? Quand j'ai découvert ça, je suis devenu fou. J'aurais pu vous tuer tous les deux, de rage, même si son lien de parenté avec le psychopathe m'a été bien utile pour lui faire porter le chapeau auprès de la brigade. J'ai juste eu à comparer son visage avec celui de son frangin, et hop ! Le tour était joué, nous avions de quoi l'incarcérer. Noria… Tu es trop précieuse pour fréquenter un homme pareil. Maintenant que je me suis débarrassé de lui, tout va rentrer dans l'ordre.

Je me sens devenir livide.

– Je n'ai trompé personne. Sam et moi sommes amis, et même s'il devait y avoir plus, cela ne te regarderait absolument pas.

Il me sourit d'un air qui se veut bienveillant.

– Sauf qu'il ne pourra jamais avoir plus. Je me suis arrangé pour que cet homme ne soit plus un obstacle.

– Que lui as-tu fait ?

Il examine ses ongles.

– La même chose qu'à ce bon vieux Harper. Il m'a bien servi, celui-là, d'ailleurs. Je ne pouvais pas me permettre de te laisser les mots moi-même. Harper avait tellement envie de monter en grade qu'il a suffi que je lui fasse miroiter une promotion rapide pour qu'il aille taguer ta baie vitrée et la porte des toilettes du cinéma. Je ne pouvais malheureusement pas le laisser en vie après ça.

En ce moment même, il flotte dans l'espace, à des milliers de kilomètres de nous. Et ce cher docteur s'apprête à le rejoindre.

Il lève une main et la pose sur ma joue.

– Comme ça, plus rien ne se mettra entre toi et moi. N'est-ce pas merveilleux ?

Je sens mes narines se dilater et mords sauvagement sa main. Il hurle et je profite de sa surprise pour lui asséner un coup de pied dans les parties. Je continue de lui taper dessus, encore et encore, même une fois qu'il se retrouve à terre. Une fureur incontrôlable m'empêche de revenir à la raison et de m'enfuir.

– Tu as ruiné ma vie !

Il attrape soudain ma cheville et tire dessus. Je tombe en arrière et ma tête frôle le rebord de la baignoire. Adam se redresse tant bien que mal, les yeux fous de douleur et de folie meurtrière.

Il passe ses mains autour de mon cou et commence à serrer. Je ne mets pas longtemps à suffoquer. J'ai beau me débattre, et lui a beau être handicapé par mon coup de pied, je n'arrive pas à me débarrasser de son étreinte mortelle.

– Tu ne te rends pas compte de la chance que tu avais d'être avec moi ! me répète-t-il en hurlant. Mais si moi, je ne peux pas t'avoir, personne ne t'aura !

C'est alors qu'une ombre s'élève en chancelant au-dessus de nous. Je vois une silhouette lever les bras, les poings joints, et les abattre violemment sur la nuque de mon adversaire.

Adam s'affale sur moi, inconscient. Je m'extirpe de sous son corps en essayant de reprendre mon souffle. Killian est appuyée sur le lavabo et sa poitrine se soulève rapidement. Ses yeux lancent des éclairs.

– Je vais le tuer.

Je ne sais pas comment décrire le soulagement que j'éprouve à cet instant. Malgré tout, il y a bien plus urgent.

– On n'a pas le temps. Enfermons-le dans la salle de bains et essayons de sortir d'ici.

Je la pousse dans le couloir et ferme la porte au maximum. Malheureusement, ça ne va pas être suffisant.

– Comment veux-tu qu'on l'enferme ? s'exclame ma meilleure amie. Serena est hors service et il n'y a qu'elle qui puisse enclencher le verrouillage.

Je fouille dans mon sac et en sors mon smartfilm.

– Alan ? Alan, je t'en supplie, si tu as réussi à te télécharger, c'est le moment de te manifester.

Un grognement retentit dans la salle de bains.

– Oh, mon Dieu, Adam se réveille…

– Je m'en vais te le renvoyer au pays des merveilles, moi ! gronde Killian.

Elle s'apprête à pénétrer dans la pièce quand je la retiens par le bras.

– Attends. Alan ? Si tu m'entends, si tu es là, il faut que tu réussisses à rétablir la connexion entre le pavillon et le reste du vaisseau. Je t'en prie, sors de ce smartfilm et réinvestis le réseau, on est vraiment en mauvaise posture !

Il ne se passe toujours rien. Dans la salle de bains, on peut distinctement entendre Adam se relever en poussant des jurons menaçants.

– Il va nous tuer, gémis-je, terrorisée.

– Pas si je l'étripe en premier, assène Killian en s'avançant.

– Arrête, tu es trop faible pour…

– Mademoiselle Suzerain ? nous interrompt soudain la voix de Serena à l'instant même où les lumières se rallument. Il y a eu une coupure du réseau pavillonnaire. Dois-je signaler l'incident ?

Killian réagit au quart de tour.

– Serena ! Verrouille immédiatement la porte de la salle de bains ! Exécution !

Un claquement retentit dans la serrure une fraction de seconde avant que la main d'Adam ne trouve le battant.

Je reprends espoir, même si je sais que la partie est loin d'être terminée. Comme pour me donner raison, un choc assourdissant fait trembler l'acier. Adam est en train de se jeter sur la porte.

– Il faut qu'on appelle la police !

– Tu as entendu, Serena ? Préviens la sécurité ! Toi, s'écrie Killian en me prenant par la main, tu viens avec moi ! La porte est solide, mais Adam est malin. Le panneau d'ouverture manuel permet le déverrouillage si jamais le réseau plante et qu'on est coincé à l'intérieur de la salle de bains. Il va le trouver et réussir à s'échapper. La priorité, là tout de suite, c'est de sortir d'ici. Serena, ouvre la porte d'entrée !

Nous nous précipitons vers la sortie et bondissons dans l'ouverture. Une fois dans la rue, j'ai l'impression de respirer plus facilement. Ma meilleure amie se tourne vers la maison.

– Serena, verrouille la porte d'entrée. Ne laisse pas le commissaire Murphy sortir d'ici, compris ?

– Bien, mademoiselle Suzerain.

Killian et moi partons en courant.

– Où va-t-on ?

Ma tête et mon poumon droit me font affreusement souffrir.

– Au commissariat.

Je freine des quatre fers.

– Non ! On ne peut pas !

Elle se retourne, mécontente.

– Pourquoi ça ?

– Parce qu'on n'a aucune preuve contre lui. C'est notre parole contre la sienne. À ton avis, qui vont-ils écouter ? Leur chef ou les deux nanas qui l'ont séquestré ? Il est chez toi, mais on n'a aucune preuve qu'il n'est pas venu simplement te rendre visite et que c'est nous qui l'avons agressé. Il faut qu'on aille chez lui, d'abord. Je suis certaine qu'il a caché des choses sur moi qui pourront le discréditer. Mais avant ça…

J'attrape mon smartfilm et contacte Alan.

– Est-ce que tu peux localiser Samuel Laroche grâce à sa puce d'identification ou aux caméras de surveillance ?

Il y a un temps mort puis une vidéo s'affiche sur mon écran. Sam est dans une pièce étrange, dont j'ai peur de deviner l'utilité. Il tourne en rond comme un lion en cage.

Je montre l'écran à Killian.

– Où se trouve cet endroit ?

Elle plisse les yeux puis blêmit.

– C'est l'une des capsules d'atterrissage, la n° 23, si j'en crois l'identification près du sas.

– Hein ?

– C'est une des capsules d'atterrissage. Elles nous transporteront sur Tragos, une fois que nous serons en orbite autour d'elle.

Je commence à hyperventiler.

– Si elle est éjectée maintenant, elle se dirigera toute seule vers Tragos ?

– Non. Elle a tout juste assez d'énergie pour nous amener à bon port sur la planète. Alors, parcourir les millions de kilomètres qui nous séparent encore d'elle avec cet engin, cela relève de l'impossible. Elle n'est même pas conçue pour voyager dans l'espace. Ce que je ne comprends pas, c'est pourquoi Sam est coincé à l'intérieur. Normalement, il devrait pouvoir en sortir de lui-même.

Je me reconnecte à mon smartfilm.

– Alan ? Peux-tu me donner l'état de fonctionnement de la capsule n° 23 ?

L'écran change d'image et, cette fois, c'est un message d'erreur qui s'affiche :

La capsule n° 23 comporte un dysfonctionnement dangereux. Procédure de sécurité enclenchée.

J'écarquille les yeux.

– Ça veut dire quoi, ça ?!

– Qu'Adam a dû détériorer la capsule pour enclencher le système de sécurité. Cela signifie que son sas est verrouillé et que la capsule va être éjectée dans moins de dix minutes.

Je range mon smartfilm dans mon sac.

– Alors il nous reste cinq minutes pour le sauver.

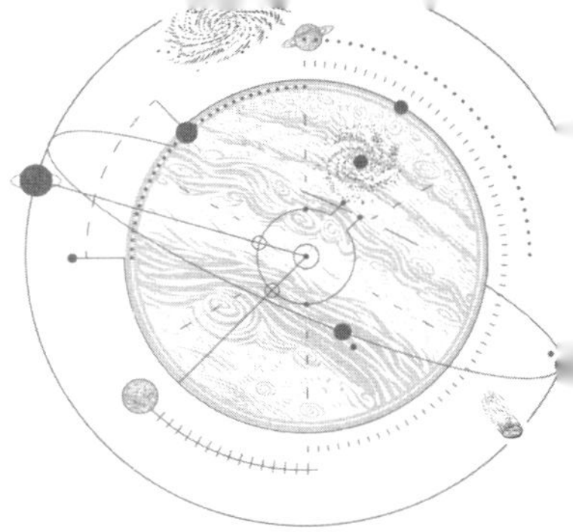

33

– Allons-y.

Je la retiens par le bras.

– Non. Il faut qu'on se sépare. Tu vas libérer Sam et moi, je vais chez Adam. Je dois fouiller chez lui pour voir ce qu'il y cache.

Elle lève un doigt menaçant, hors d'elle.

– Il est hors de question que je te laisse aller seule chez ce malade.

– Killian, je t'en prie, on perd du temps, là ! Tu es capable de sauver Sam, je le sais. Ce vaisseau n'a pas de secret pour toi et tu sembles t'y connaître en problèmes techniques. Moi, je ne lui serai d'aucune utilité. Autant que j'en profite pour trouver une preuve qui coincera Adam !

Elle semble sur le point de protester à nouveau, mais je pose une main sur son épaule.

– Fais-moi confiance.

Elle hésite puis soupire.

– Je vais sauver les fesses du doc, et je te rejoins tout de suite après. D'accord ?

J'acquiesce et elle fait volte-face, direction bâbord. Je la regarde s'éloigner en priant pour avoir son courage et en espérant qu'elle arrive à temps pour sauver Sam. J'essaie de ne pas y penser, mais cet homme m'a aidée comme personne auparavant et je ne pourrais pas supporter qu'il disparaisse.

Je secoue la tête pour me remettre les idées en place et oublier ma migraine. Une fois que je parviens à réfléchir correctement, je m'adresse de nouveau à mon IA préférée.

– Alan ? À tout hasard, tu n'aurais pas l'adresse du commissaire Murphy dans tes données ?

J'attends un moment avant qu'un plan ne s'affiche. Alan est plus lent que d'habitude et, surtout, il est silencieux. Je pense qu'il n'a pas réussi à terminer de se télécharger avant qu'on détruise ses données du réseau. Sa voix de majordome me manque terriblement.

Quand j'étudie le plan, je remarque un gros point rouge sur l'emplacement du commissariat.

– C'est une blague ? Alan, je t'ai demandé son adresse personnelle, pas son lieu de travail…

L'écran ne change pas et je comprends qu'Adam, alias Murphy, habite au niveau du commissariat.

Je range le smartfilm dans mon sac en grognant. Cela risque d'être plus compliqué que prévu. Je me mets à courir vers le quartier des affaires et ignore les coups d'œil intrigués qu'on me lance au passage. Je finis par arriver devant le commissariat, et m'arrête pour reprendre mon souffle.

Je me recoiffe rapidement, plaque un sourire aimable sur mon visage et pénètre à l'intérieur. Le poste grouille d'agents en service malgré l'heure tardive, et l'officier d'accueil ne me lance qu'un bref regard désintéressé avant de me reconnaître et de me sourire avec beaucoup de gentillesse.

– Mademoiselle Simon ! Venez, avancez-vous. Vous revenez tôt, tout va bien ? Le commissaire Murphy m'a assuré qu'il vous recontacterait pour poursuivre votre conversation.

Je lui rends son sourire.

– C'est le cas. Il m'a demandé de passer dans la soirée. Comme je me sentais mieux, j'ai accepté. Je peux le voir ?

– Navré, mais il n'est pas là pour le moment. Je vous invite à patienter dans la salle d'attente, si cela ne vous ennuie pas.

Mon cerveau est en ébullition.

– Pas du tout. Je… euh, j'ai une question un peu indiscrète, officier. Puis-je vous la poser quand même ?

Il m'écoute attentivement, prêt à m'éclairer, alors je tente le coup :

– J'ai entendu dire que tous les membres du commissariat habitaient ici. C'est vrai ?

– Non. Il n'y a que les hauts gradés et le commissaire qui logent dans le bâtiment, au troisième étage. Nous autres vivons dans les immeubles situés derrière le quartier pavillonnaire.

Je fais mine d'être soulagée, cherchant une transition souple.

– Voilà qui me réconforte pour vous. Habiter ici ne doit pas être de tout repos.

Quelqu'un fait tomber un classeur sur le sol et je bondis de frayeur. Je n'ai même pas besoin de trop exagérer, mon corps est aux abois.

– Qu'y a-t-il ? Quelque chose ne va pas ?

Je prends un air fragile, à peine feint.

– C'est que… je suis inquiète à propos de l'officier Harper.

– Ne le soyez pas. Josh Harper et Jean Laroche ont tous deux été mis en cellule d'isolement et personne n'a le droit de leur rendre visite, mis à part le commissaire lui-même.

Voilà qui est malin.

J'adopte une moue gênée.

– Eh bien… je sais que ce n'est que le fruit de mon imagination, mais j'ai eu l'impression que… Non, c'est stupide.

– Je vous en prie, qu'avez-vous vu ? me presse l'officier.

– J'étais en train de traverser la ville quand j'ai surpris un homme courir vers l'espace navigation. Je… je suis presque certaine qu'il s'agissait de l'agent Harper.

J'ai réussi à mettre l'officier sur le qui-vive.

– Cela serait fort étonnant. S'il s'était échappé, quelqu'un s'en serait aperçu. Êtes-vous sûre de ne pas l'avoir confondu avec un autre homme ?

– Bien sûr que non. Je suis peut-être encore traumatisée. Mais je… je serais plus rassurée si vous alliez vérifier qu'il est bien là.

– Je m'en serais occupée, mademoiselle, si j'en avais eu l'habilitation…

Je baisse les yeux, parfaitement à l'aise dans mon rôle de victime docile.

– Je comprends. Je vais aller m'asseoir le temps que le commissaire arrive. J'espère qu'il n'en voudra pas à vos hommes si Harper s'est échappé, vous êtes tous tellement aimables avec moi…

Mince, est-ce que j'en fais trop ?

– Mademoiselle ?

Je me retourne en haussant un sourcil innocent.

– Installez-vous, je vais appeler le lieutenant Verdi et lui faire part de vos soupçons. Je pense qu'il pourra aller jeter un coup d'œil aux cellules.

– Merci, officier.

Je vais m'asseoir dans la salle d'attente, fébrile. Si mon plan ne fonctionne pas, si Verdi ne se grouille pas d'aller vérifier les cellules et qu'il ne remarque pas que ni Sam ni Harper ne s'y trouvent, Adam, qui va rappliquer, n'aura plus qu'à me cueillir comme une cerise.

Je suis à deux doigts de me lever pour aller fouiller les lieux sans attendre plus longtemps quand j'entends un branle-bas de combat à l'extérieur.

Je m'avance vers le hall du poste pour découvrir la moitié des agents en train de se préparer à sortir. Ils enfilent des gilets pare-balles, accrochent des armes à leur ceinture.

Un rictus étire mes lèvres. Le lieutenant Verdi a dû aller vérifier que Harper était toujours là et il n'a pas dû apprécier la surprise qui l'attendait : une cellule vide.

Je patiente un peu, le temps que le commissariat soit déserté par la plupart des policiers, et m'avance à nouveau vers l'accueil, soucieuse.

– Tout va bien, officier ?

Il me sourit d'un air pincé.

– Tout va très bien, mademoiselle Simon. Un simple exercice de routine.

– Hmm, hmm. J'ai une furieuse envie d'aller aux toilettes. Pourriez-vous m'indiquer où elles se trouvent, je vous prie ?

Il pointe du doigt le fond du commissariat.

– C'est la porte au bout du couloir à gauche. Ne prenez pas celui de droite, il mène à l'ascenseur. Vous iriez rendre visite aux appartements des gradés, et non aux sanitaires.

Je m'esclaffe, comme si la situation était hilarante.

– Oui, ce serait vraiment dommage que je confonde le palier du commissaire avec la cuvette, n'est-ce pas ?

Il rit à son tour et je m'éloigne en direction du couloir en question, perdant mon sourire factice. Je tourne à gauche, attends une minute puis risque un coup d'œil en direction de l'accueil. L'officier est dos à moi, il semble classer des papiers. Les rares autres policiers qui ne se sont pas lancés à la poursuite de l'agent Harper (qu'ils ne trouveront jamais puisque leur commissaire l'a envoyé valser dans l'espace) sont trop occupés à plancher sur des affaires en cours pour me remarquer.

Une goutte de sueur glisse sur mon front alors que je m'avance sans un bruit vers l'ascenseur. Cinq pas me séparent du mur qui me dissimulera. J'en esquisse trois et regarde la salle avec anxiété. Personne ne me prête la moindre attention.

Je franchis la distance restante pour me trouver hors de vue et porte une main à mon cœur une fois à l'abri. Je me retrouve devant l'ascenseur, qui refuse évidemment de s'ouvrir. Je jure entre mes dents, m'apprête à demander à Alan de m'aider quand le voyant rouge passe soudain au vert.

Je me fige, interdite, avant de toiser mon smartfilm.

– Alan ? C'est toi qui m'as ouvert ?

Une boîte de dialogue apparaît.

« Oui, mademoiselle. J'ai pensé que vous apprécieriez ce gain de temps. »

Je souris et me précipite dans la cabine, sans perdre une seconde de plus.

– Allez, Noria Simon. Tu as dix minutes avant qu'on se demande si tu n'as pas été aspirée par la chasse d'eau.

L'ascenseur s'ouvre sur un couloir sombre, seulement éclairé par des petites LED sur les côtés. Il n'y a que trois portes et je m'avance vers la première pour lire le nom qui y est inscrit.

« Lieutenant Verdi ».

Je m'approche de la deuxième, le cœur battant, et mon regard se trouble.

« Commissaire Murphy ».

Je me frotte les mains et lève la droite pour allumer l'écran de déverrouillage quand je suspends mon geste. Après une hésitation, je saisis mon fidèle smartfilm et contacte mon tout aussi fidèle assistant personnel.

– Alan ? Comment dois-je m'y prendre pour entrer par effraction dans les appartements du commissaire ?

« Vous ne pouvez pas. »

– Mais toi tu le peux, n'est-ce pas ?

« En théorie, oui. Si je me reconnecte au réseau du vaisseau, je pourrai pirater le verrouillage de la porte et vous faire entrer. En revanche, on risque de me détecter, de m'anéantir définitivement et on remontera jusqu'à vous. »

– Mais tu t'es bien débrouillé pour réactiver le réseau dans le pavillon de Killian, non ? Tu n'as pas été découvert, semble-t-il.

« Je me suis connecté au réseau une poignée de secondes, ce qui n'a pas été suffisant pour qu'on me détecte. Je mettrai trois fois plus de temps à déverrouiller cette porte. On comprendra immédiatement qu'il y a effraction. »

Je me mords la lèvre, aux prises avec une décision difficile.

– Essaie quand même, Alan. Pour l'instant, les trois quarts des agents sont occupés à traquer Harper, et le reste, à se renseigner sur son escapade. Ils vont le chercher un moment avant de se rendre compte qu'il n'est plus là. Cette distraction nous laissera le temps de farfouiller, avec un peu de chance. De toute façon, nous n'avons pas le choix.

La boîte de dialogue se ferme et j'espère que ça signifie qu'Alan est passé à l'action. Je n'arrête pas de jeter des coups d'œil anxieux aux portes de l'ascenseur.

Je tends l'oreille, prête à entendre des exclamations telles que « trouvez-la ! », mais le seul bruit qui me fait soudain sursauter, c'est la porte de l'appartement d'Adam qui coulisse dans un chuintement.

Je souris.

– Champion, Alan.

34

J'aimerais entrer, mais je suis pétrifiée par la peur. L'appartement est plongé dans le noir et, même si rien ne bouge ou si je n'entends aucun bruit suspect, j'ai quand même la sensation de me jeter dans la gueule du loup.

J'inspire profondément pour me donner du courage. Je dois inspecter les lieux, et rapidement en plus.

Je pénètre dans la pièce enténébrée et laisse la porte coulisser derrière moi. J'ordonne à Alan de n'allumer qu'une veilleuse et il en profite pour m'informer qu'il a mis Serena hors service.

L'appartement comporte une cuisine ouverte sur le séjour, une chambre sur la droite avec salle de bains adjacente, et une pièce, tout au fond, la seule qui est restée fermée, quand Alan les a toutes ouvertes sur mon ordre. Le salon et la cuisine sont très bien rangés, il n'y a pas un verre qui traîne dans l'évier. Dans la chambre, le lit est fait à la militaire et l'air empeste le désinfectant.

– Maniaque, avec ça… je grommelle en effleurant un meuble de l'index.

Pas un grain de poussière.

J'aimerais passer chaque pièce au crible, mais je sais que je n'ai pas le temps. Je choisis d'inspecter la chambre en premier. Si Adam a des effets personnels, il doit les ranger ici. Laissant les lumières éteintes, sauf celle de la hotte de la cuisine, je fouille d'abord dans son placard à vêtements, mais n'y trouve rien d'intéressant. En revanche, je fais une découverte surprenante dans le tiroir de sa table de chevet.

Une arme.

Les yeux écarquillés, je l'attrape par le canon et la détaille, la tenant à bout de bras. C'est un neuroneutralisateur. Le même qu'il a utilisé pour mettre Sam hors d'état de nuire, à mon avis.

Décidant que le flingue sera bien moins dangereux s'il n'est pas à la portée du premier psychopathe venu, je le cale entre mes reins. Le tiroir est vide à présent, et je ne vois aucun autre meuble susceptible de cacher des informations.

Un peu déçue, je sors et réfléchis quelques instants. Cuisine ou séjour ? Ou alors…

Je lorgne la porte fermée et m'en approche à pas de loup. C'est une vieille porte, avec serrure manuelle et poignée. C'est assez incongru pour me laisser penser qu'il y a quelque chose à voir derrière. Quelque chose que le commissaire souhaite garder le plus inaccessible possible.

J'actionne la poignée mais, comme je m'y attendais, la pièce est verrouillée. Et cette fois, je ne peux même pas demander à Alan de l'ouvrir.

Je regarde autour de moi, comme si j'allais découvrir une clé, accrochée au mur, surmontée d'une plaque « c'est celle-ci ». Évidemment, il n'y a rien de tel.

– Réfléchis, Noria, je murmure pour moi-même. Si tu voulais planquer un double de clés dans une maison, où est-ce que tu le mettrais ?

Il y a tellement de possibilités que je pourrais passer les deux prochaines semaines à chercher. Et je n'ai clairement pas deux semaines. J'attrape le smartfilm.

– Alan ? À tout hasard, tu ne saurais pas comment on crochète une serrure à l'ancienne ?

– Je crois, mademoiselle Simon, que vous vous êtes trompée de direction. Les toilettes sont en bas.

Je pivote sur mes talons et manque m'effondrer au sol en m'emmêlant les jambes. Le cœur au bord des lèvres, je croise le regard du lieutenant Verdi. Il est planté dans le séjour, bras croisés, un air mécontent sur le visage.

Je suis foutue.

– Écoutez, lieutenant, je balbutie. Je peux tout expliquer.

L'homme sort une paire de menottes de sa poche et s'approche de moi.

– Oh, mais je trépigne d'impatience à l'idée d'entendre ces explications, qui doivent être sacrément bonnes pour vous autoriser à entrer par effraction dans l'appartement de mon supérieur. En attendant, je vais vous demander de me suivre.

Il s'apprête à m'attraper les poignets, mais je me dérobe et lui lance un regard suppliant.

– Lieutenant Verdi, je suis en danger. Si je suis ici, c'est parce que je suis convaincue que le commissaire Murphy me veut du mal. Je sais pertinemment qu'il cache quelque chose d'accablant derrière cette porte. Je vous en supplie, il faut me croire !

– Je suis désolé de vous le dire, mais vous nagez en plein délire. Le commissaire Murphy est en patrouille et il n'a jamais essayé de causer le moindre mal à qui que ce soit.

– Je nageais aussi en plein délire quand je vous ai révélé que Harper n'était plus dans sa cellule ? Comment je le savais, à votre avis ? Je parie que vous êtes encore en train de le chercher, que vous n'arrivez même pas à le localiser grâce à sa puce. Et si vous voulez tout savoir, vous n'êtes pas près d'y arriver. Murphy s'est débarrassé de lui en le balançant dans l'espace. C'est lui-même qui me l'a avoué. Il a fait porter le chapeau au Dr Laroche. Ce n'est pas son jumeau tueur en série, ce fameux Jean, que vous avez collé en cellule, mais Samuel, un homme innocent !

Verdi reste impassible.

– Et quelles preuves avez-vous pour étayer ces accusations ?

Je pointe la pièce mystérieuse du doigt.

– Cette pièce témoignera pour moi.

Il me scrute pendant quelques secondes puis soupire.

– Très bien. Je vais la déverrouiller et, dès que nous aurons mis le commissaire hors de cause, je vous colle au mitard. Croyez-moi, vous allez y rester un moment.

J'acquiesce vivement, trop heureuse de l'avoir convaincu. J'effleure du bout des doigts le pistolet coincé dans mon jean, prête à m'en servir si la pièce ne comporte rien d'incriminant.

Verdi sort de sa poche un kit de crochetage et je fronce les sourcils.

– Pourquoi vous vous promenez avec ça sur vous ?

Il continue à triturer la serrure.

– Parce qu'en tant qu'agent des forces de l'ordre, c'est toujours utile d'avoir de quoi crocheter une serrure.

– Sauf que plus personne n'utilise ce genre de serrure ici.

– La preuve.

Pas faux.

Un déclic retentit et la porte s'ouvre lentement sans qu'il ait eu besoin d'actionner la poignée. Un grincement lugubre s'ensuit et je recule par réflexe. J'ai beau ne pas être habituée au son, il réveille en moi une peur quasi innée. Une lumière rouge tamisée enveloppe la pièce et je suis à présent persuadée que ce que je vais trouver là-dedans ne va pas me plaire.

Je laisse le pistolet neuroneutralisant à sa place et attends que le lieutenant Verdi pénètre dans la pièce. Il dégaine son arme et entre prudemment, refermant derrière lui.

C'est le silence pendant dix bonnes secondes avant que j'entende un juron.

– Dites-moi que je rêve…

Rongée par l'angoisse et la curiosité, je pousse la porte malgré mon mauvais pressentiment et entre à mon tour. La lumière rouge ravive mon mal de crâne, mais ce que je découvre est bien pire que tout ce que j'ai pu imaginer.

Mon cœur rate un battement.

C'est une chambre noire, servant à développer les photos à l'ancienne. Une baignoire trône au milieu, remplie d'une eau que les ampoules font passer pour du sang. Ça ne serait pas si terrible si tous les clichés, suspendus ou épinglés, n'étaient pas des portraits de moi. Moi en train de marcher en ville, moi qui regarde le mot « bientôt » tagué sur ma baie vitrée. Sam et moi dans les toilettes du cinéma, ce qui me hérisse car cela signifie que Harper était en train de nous observer, dissimulé dans une des cabines.

J'examine la réaction de Verdi. Sa bouche est grande ouverte, ses yeux, exorbités.

– Alors, lieutenant ? Qui voulez-vous mettre en cellule, maintenant ?

Il ne répond rien et s'approche d'une photo suspendue à un fil.

– Venez voir.

J'obéis et écarquille les yeux. C'est un instantané de Sam en train de se noyer dans mon sarcophage. Il dévisage avec fureur celui qui a pris la photo. À ce moment-là, je n'étais pas encore arrivée.

Verdi se tourne vers moi, écumant de colère.

– Pourquoi Jean… Samuel Laroche ne nous a-t-il pas dit qu'on avait essayé de le tuer ?

Je me mords la lèvre.

– Parce que c'est moi qui le lui ai demandé. Et vous savez maintenant comme moi que ce « on » est un commissaire de police influent et qu'il se serait arrangé pour faire taire sa victime. C'était mieux de disparaître des écrans radars, le temps de découvrir son identité.

– Il va falloir que vous me racontiez tout depuis le début. Je veux savoir ce qui s'est réellement passé, où sont M. Laroche et l'officier Harper, et quelles sont leurs implications dans cette histoire.

Je vais acquiescer quand le lieutenant se raidit puis tombe au sol, en se cognant contre le bac rempli d'eau.

Affolée, je me retourne et pousse un cri en découvrant Adam dans l'entrebâillement de la porte. Il arbore un sourire vicieux, un de ces rictus qui promettent tout un tas de choses horribles, et pointe un pistolet neuroneutralisant sur moi.

– C'est fini, Noria. Le chat en a assez de jouer avec la souris. Il est temps de passer à la mise à mort.

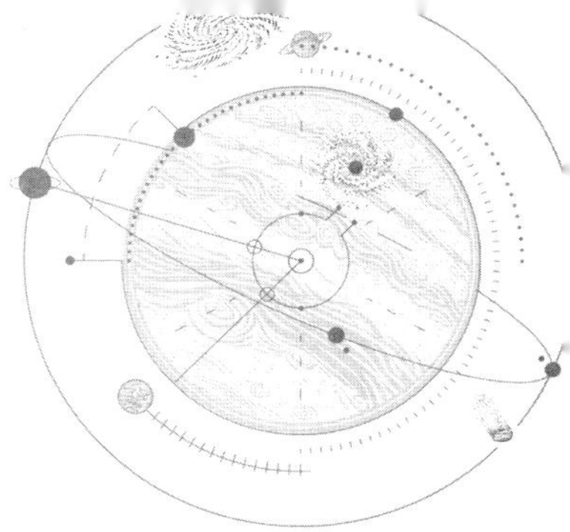

35

Adam s'avance vers moi. Je suis pétrifiée de terreur, je n'arrive pas à bouger. Il retire le pistolet de mon jean, le pose à terre et m'attrape par le bras avec brusquerie. C'est seulement quand il me traîne hors de la pièce que je réagis.

– Je vais hurler, Adam. Je te jure que quand nous descendrons au commissariat, je vais hurler à m'en arracher les cordes vocales.

Il ricane.

– Ça, ça m'étonnerait. Enfin, à ta place j'éviterais de faire ça. Il y a dans mon appartement un lieutenant inconscient que tu as neuroneutralisé avec mon arme. Tes empreintes sont dessus et je n'ai qu'un mot à dire pour que tu te retrouves accusée de tout un tas de vilaines choses et qu'on te prenne pour la paranoïaque la plus folle que le monde ait connue. Et si cela ne fonctionne pas, je n'hésiterai pas à me servir d'une arme plus… létale pour te réduire au silence. Me suis-je bien fait comprendre ?

Je sais qu'il réussira toujours à s'en sortir indemne dans cette histoire. Il est apprécié ici. Moi, on me voit plutôt comme la tarée de service, pauvre victime pathétique d'un soi-disant tueur en série. Je ne peux pas prendre le risque de le dénoncer. La situation se retournerait contre moi en un clin d'œil. Et sa dernière menace est on ne peut plus claire.

Nous entrons dans l'ascenseur, sa main toujours refermée comme un étau autour de mon bras.

– Qu'est-ce que tu vas me faire ? je l'interroge d'une voix blanche.

– Ferme-la.

Sa voix est glaciale, sans le moindre sentiment. Elle me donne tant de sueurs froides que j'en tremble.

Nous émergeons dans le hall et Adam me lâche, range son arme et me susurre à l'oreille :

– Un mot ou un geste de travers et tu peux dire adieu à la vie.

Je me recroqueville sur moi-même tout en me souvenant que je dois faire bonne figure si je ne veux pas me retrouver avec un trou fumant au milieu de la poitrine. Je me redresse donc, prends un air que j'espère impénétrable et tente tant bien que mal de raffermir mes jambes. J'espère que le résultat est convaincant. Il en va de ma survie.

Nous traversons la salle sans attirer la moindre attention. Apparemment, tout le monde est occupé à essayer de retrouver Harper. Une agitation et une effervescence nouvelles se sont emparées du commissariat. Seul l'agent à l'entrée nous hèle quand nous le dépassons.

– Commissaire ? Tous nos effectifs sont concentrés sur la recherche du fugitif, comme vous nous l'avez demandé. Vous sortez ? Comment pouvons-nous vous contacter si nous avons du nouveau ?

Adam lui lance un regard professionnel.

– Je dois recueillir le témoignage de Mlle Simon, qui a également une piste sur l'évasion et souhaite me montrer son appartement. Je ne prendrai personne avec moi. Tout le monde doit être sur le coup, chaque agent compte. Contactez-moi sur mon smartfilm à la moindre nouvelle.

L'agent hoche la tête et se remet au travail. Nous sortons de la sécurité et Adam me guide avec une douceur feinte vers un de ces véhicules sphériques que j'ai déjà empruntés, bien malgré moi. Encore une fois, je vais devoir monter à l'intérieur contre mon gré.

J'inspecte discrètement les alentours. Je dois réussir à m'échapper. Je ne peux pas rester là, sans rien faire, à attendre que ce taré mette ses menaces à exécution. Je dois trouver une solution, et vite !

Je constate que le quartier des affaires est presque désert. Ce qui est un gros désavantage pour moi. S'il y avait du monde, je pourrais essayer de m'enfuir sans trop avoir peur que le commissaire me tire dessus. Il y aurait trop de témoins. Mais là ? Si je décide de prendre mes jambes à mon cou, je dois d'abord faire diversion.

Je descends une marche et trébuche soudain. Adam m'attrape par le bras pour m'empêcher de tomber et j'en profite pour me retourner brusquement. Je lui assène le coup de poing le plus violent que j'aie jamais mis à quiconque. Je ne savais même pas que j'étais capable d'une telle force. Preuve en est, la tête d'Adam part en arrière et il tombe à la renverse dans un « hmmpf » sonore. J'aimerais m'emparer de son arme et finir de le mettre hors d'état de nuire, mais je sais que c'est un risque et que, si je ne saisis pas l'occasion de m'enfuir dès maintenant, elle ne se représentera sans doute jamais.

Je prends donc mes jambes à mon cou, en direction du véhicule. Si j'arrive à y entrer et à le mettre en route avec l'aide d'Alan, je pourrai m'en sortir. Ensuite, je contacterai le commissariat et leur demanderai d'aller tout de suite vérifier les appartements de Murphy. Quand ils constateront ce qu'il cache dans la pièce du fond, sans parler du corps inconscient qui traîne par terre, je pense que cela me disculpera.

Je ne suis plus qu'à une dizaine de mètres du véhicule. Encore quelques pas et je serai enfin en sécurité. Mon cœur bat vite, résultat de la course, de l'adrénaline qui coule dans mes veines, de la peur et de l'excitation qui prennent tour à tour le contrôle de mon esprit.

Plus que cinq mètres. Je pense à Killian, tout à coup. A-t-elle réussi à délivrer Sam ? À l'heure qu'il est, si elle n'est pas parvenue à le sortir de la capsule, il doit être en train de flotter dans l'espace dans cet engin minuscule, en direction d'une mort certaine. Je ne dois pas y penser. Il faut absolument que je reste concentrée sur ma propre survie.

Plus que deux mètres. J'y suis presque !

Mes jambes se dérobent soudain sans raison apparente et je chute à plat ventre. Avant que tout devienne noir, avant même de toucher le sol, je comprends qu'Adam m'a neuroneutralisée. Et que c'en est fini de moi.

∞

Je refais difficilement surface avec un mal de crâne carabiné, pire que d'habitude, et une envie de vomir irrépressible.

Je ne peux d'ailleurs pas me retenir longtemps et régurgite le contenu de mon estomac sur le sol de l'espace hibernation. Je hoquette plusieurs fois et écarquille les yeux quand je reconnais l'endroit où je me trouve.

Je suis ligotée et installée dans mon sarcophage. Le verre n'est remonté qu'à moitié, jusqu'à l'arrière de mon crâne. Mes mains sont attachées dans mon dos.

J'observe les alentours, complètement paniquée, et découvre Adam, appuyé contre une cuve remplie, en face de moi, l'air impassible. Il a les bras croisés, et me fixe sans révéler sa pensée.

Je commence à me débattre, à gesticuler et à hurler. Adam secoue la tête et ses yeux reprennent vie, tout à coup. Une lueur de pure folie brille dans ses prunelles et je crois que je préférais encore quand il me menaçait avec une arme.

– Inutile de crier, Noria. Personne ne peut t'entendre.

Ça ne m'empêche pas de m'époumoner à nouveau en appelant désespérément au secours. Ma voix se répercute dans cette salle immense. En entendant mon écho terrorisé, je comprends que personne ne viendra me sauver.

– Tu sais quoi ? reprend mon cinglé d'ex-petit copain. Je n'arrive pas à saisir ce qui peut bien te passer par la tête.

Il se redresse d'un geste souple et s'approche d'un pas lent. J'ai arrêté de hurler et je me contente de le dévisager, complètement coite. Il appuie ses avant-bras sur le rebord de ma cuve et penche la tête sur le côté.

– Je vais te raconter une histoire : il était une fois un couple parfait qui menait une vie parfaite. Ils vivaient heureux jusqu'au jour où la meilleure amie de la jeune femme, une personne sournoise et jalouse, l'a convaincue de rompre avec l'homme de sa vie. L'homme en question en a été dévasté et a commis une erreur, provoquée par la douleur de la perte de celle qu'il aimait. Il a… un peu perdu l'esprit et s'en est pris à elle. Mais il l'a amèrement regretté par la suite et n'a eu d'autre choix que de s'enfuir.

Adam prend une longue inspiration, perdu dans ses pensées. Je l'écoute attentivement, paralysée par la terreur. J'ai horreur de l'admettre, mais ses mots ravivent en moi des souvenirs et des sentiments que je pensais jusqu'alors inexistants…

– Il la croyait morte jusqu'à ce qu'il voie aux informations qu'elle avait été mise en hibernation afin de la maintenir en vie et de soigner ses blessures. Alors cet homme, désireux d'obtenir le pardon de son âme sœur, a changé d'identité, est passé par de nombreuses interventions chirurgicales douloureuses pour changer d'apparence. Il a réussi à monter à bord du vaisseau spatial où on avait fait embarquer sa bien-aimée endormie. Il a lui aussi été mis en sommeil le temps d'arriver aux alentours de la nouvelle planète et, quand il s'est réveillé, il était vraiment pressé de la retrouver. Mais quelle déception de découvrir que la meilleure amie de cette dernière avait perfidement programmé son réveil dix ans plus tard ! L'homme en a été profondément choqué et affecté. Comment cette ignoble femme avait pu faire une chose pareille à celle qu'il aimait ? Cette dernière allait se réveiller dans un nouveau monde, perdue, déboussolée. Il a donc décidé de la réveiller malgré tout, mais s'est trompé dans le processus de décryogénisation. Cette erreur a une nouvelle fois mis en danger la vie de la jeune femme.

Adam tapote doucement ses doigts sur le rebord du verre en me considérant fixement, songeur.

– Ça l'a beaucoup affecté, vois-tu ? Il s'en est voulu et, surtout, il en a beaucoup voulu à sa bien-aimée qui ne produisait aucun effort pour qu'ils soient enfin réunis. Le pire dans tout ça, c'est qu'elle avait perdu la mémoire. Sa meilleure amie avait effacé ses souvenirs. Il lui fallait un choc, quelque chose de puissant pour qu'elle se souvienne de lui. Il a donc décidé de lui laisser des mots afin qu'elle comprenne qu'il reviendrait bientôt la chercher. Il a surveillé le moindre de ses actes pour s'assurer qu'il ne lui arrive rien et comment a-t-il été récompensé ? Elle ne l'a même pas reconnu et lui a même causé du tort. Elle a flirté avec un autre, ce qui a mis notre héros en colère.

« Notre héros. » Il me donne envie de vomir.

– Tu vois, Noria ? Cette histoire, c'est la nôtre. Et j'ai beau chercher une solution, je ne vois pas comment elle pourrait se terminer autrement que comme ça.

Il se redresse et se dirige lentement vers le cadran de commande du sarcophage.

Les yeux exorbités, je sors subitement de mon mutisme.

– Adam ! Adam, attends !

Il s'arrête en chemin et revient vers moi, curieux.

Je le supplie du regard, la lèvre tremblante.

– Je t'en prie, ne fais pas ça ! Tu as toi-même admis que, quand tu cédais à tes pulsions, à ta colère, tu le regrettais par la suite. Je t'en supplie, écoute-moi, on peut trouver une solution !

Il secoue la tête.

– Cette fois-ci, je ne regretterai rien du tout. Je ne peux pas t'avoir, Noria, et je sais que je ne peux pas vivre sans toi. Alors, après t'avoir tuée, je mettrai fin à mes jours également.

Je me sens blêmir.

– Adam… Adam ! Regarde-moi. Il y a forcément une solution moins définitive !

Il n'a plus l'air de m'écouter. Il est déjà reparti pianoter sur le cadran. Il faut que je change de tactique. Je dois réussir à le manipuler, à le prendre à son propre jeu. Cet homme est un pervers. Si j'arrive à flatter son ego, si je le brosse dans le sens du poil, peut-être que…

Je m'humecte les lèvres et chasse la terreur de mon visage.

– Adam ? je l'appelle d'une voix plus douce, posée.

Il se tourne vers moi, attentif à mon changement d'attitude.

– Tu te souviens de nos baisers ? Des caresses que je te donnais et de celles que tu me rendais ? Tu es vraiment prêt à tirer un trait sur tout ça ? Parce que moi non. Je ne veux pas mourir sans au moins avoir eu l'occasion de te prendre une dernière fois dans mes bras. Tu prétends que je ne me souviens pas de tout. Mais mon corps, lui, se rappelle chaque moment intime que nous avons passé l'un avec l'autre.

Son visage s'illumine d'espoir. Il revient vers moi en souriant.

– C'est vrai ?

J'essaie de ne pas mettre trop de vigueur dans mon hochement de tête.

– Bien sûr, que croyais-tu ? Il n'y a que le contact de ta peau qui me mette dans un tel état. Personne n'a jamais réussi à me plonger dans une telle extase, à part toi. Je ne crois pas pouvoir m'en passer et je vivrai mes derniers instants à regretter nos moments partagés. Il faut que tu nous donnes une chance, mon amour.

J'avoue que les mots sortent assez naturellement, comme si, quelque part au fond de moi, je pensais réellement ce que je disais. Je réalise avec une certaine horreur que la femme que j'étais a été amoureuse de cet homme. Vraiment amoureuse. Et, même si elle n'éprouve plus que de la peur et du dégoût pour cet homme, ses sentiments ne sont pas loin. C'est pour ça que j'ai l'air aussi convaincante.

Une larme coule sur ma joue et je ne sais pas si ce sont les mots que j'ai prononcés qui me peinent ou lesdits moments partagés que je regrette vraiment.

– S'il te plaît, Adam. Ne me laisse pas partir sans rien faire…

Il hésite un moment puis me saisit par les avant-bras et m'extirpe de la cuve comme si je ne pesais rien. Mon cœur s'emballe de soulagement et je dois me faire violence pour ne pas paraître trop extatique.

Adam me dépose au sol, me détache d'une main experte et m'aide à me relever. Mon corps réagit de lui-même. Je m'avance et le prends dans mes bras, sans que je puisse m'en empêcher. Tout mon être est bouleversé. Je ne sais plus ce que je désire le plus au monde : qu'il meure ou qu'il me rende mon étreinte. Je m'aperçois malgré moi que ça m'avait manqué. Comme s'il était une drogue dure, dangereuse et que j'étais une junkie accro à sa dose quotidienne. C'est ça, l'amour ?

Il passe ses bras autour de mon corps et je me blottis contre lui. Je sens les larmes couler sur mes joues. Oui, c'est vrai qu'il m'inspire une crainte morbide, mais je ne peux pas renier les sentiments tout aussi forts qui m'ont un jour liée à lui.

Je m'écarte un peu et le regarde dans les yeux.

– Adam, tout ce que j'étais avant, tout ce que j'ai pu représenter, tout ce que j'ai pu faire, c'était pour toi. La Noria que j'étais t'appartient corps et âme.

Et je le pense sincèrement. Il sourit avec joie et je déglutis.

– Mais mon avenir ne sera jamais à toi.

Et, sortant son arme à feu de l'étui qui pend à sa ceinture, je lui tire une balle en pleine poitrine.

36

Je regarde à travers la vitre de la chambre d'hôpital. Killian est allongée. Elle semble triste et parle doucement avec le capitaine Williams, qui lui tient la main et lui sourit avec amour.

Je n'arrive pas à croire que tout soit terminé. Je n'arrive pas à croire qu'Adam soit mort pour de vrai.

Juste après avoir terrassé l'homme qui m'avait si longtemps persécutée, je suis tombée dans un état catatonique et ce sont Sam et Killian qui m'ont sortie de ma transe. Le médecin m'a portée jusqu'à l'hôpital, mais c'est de ma meilleure amie qu'on s'est occupé en premier. Son état était plus préoccupant que le mien. Sa plaie ouverte sur la tempe saignait toujours abondamment et des vertiges de plus en plus puissants la faisaient vaciller. Je me suis donc retrouvée assise sur un banc, à attendre dans un état second qu'elle soit soignée. Et maintenant que c'est fait, j'hésite à entrer pour lui demander des explications.

Tout ce que je sais, c'est que Killy et le capitaine ont réussi à sortir Sam de la capsule juste avant qu'elle ne s'éjecte et qu'ils m'ont cherchée partout avant de me découvrir sur le sol de l'espace hibernation, prostrée à côté du cadavre d'Adam.

Je continue à fixer le couple heureux à travers la vitre. Que vais-je devenir, maintenant ?

Sam pose une main sur mon épaule et commence à s'éloigner.

– Je vous laisse vous retrouver.

Je me retourne vivement.

– Attends ! Est-ce que… est-ce que tu veux bien venir avec moi ? Je ne me sens pas de rentrer là-dedans toute seule.

– Tu es sûre ?

J'acquiesce et entre dans la chambre. La porte vitrée se referme silencieusement derrière nous. Sam s'adosse au mur sans souffler mot.

Killian lève les yeux vers moi et je m'efforce de lui sourire, même si je lui en veux terriblement de ne pas m'avoir dit toute la vérité. Le capitaine Williams me lance un regard étrange, comme s'il revoyait une vieille amie.

Je m'approche du lit et prends la main de Killian.

– Comment te sens-tu ?

– Ça peut aller. Noria, assieds-toi, s'il te plaît, je crois que je te dois des explications.

J'aurais sans doute dû lui dire de ne pas s'inquiéter, que ça pouvait attendre. Mais je ne supporte plus ce *statu quo*. J'ai besoin qu'on m'éclaire, une bonne fois pour toutes.

Je m'assieds sur une chaise et me tais, attendant qu'elle commence.

Elle regarde ses mains un moment, des larmes dans les yeux, puis ouvre la bouche.

– D'aussi loin que je me souvienne, on a toujours été amies. Je crois qu'on s'est rencontrées à la maternelle.

Tu étais persécutée par un garçon et je t'ai défendue. On ne s'est plus jamais quittées après ça. On s'est vite rendu compte qu'on avait des tas de points communs. Nous étions toutes les deux orphelines de mère, nous avions les mêmes genres de rêves… Mais on était aussi complémentaires. Nous étions comme des sœurs, tellement proches que l'une réussissait à deviner les pensées de l'autre en un regard. On s'est suivies en élémentaire, au collège, puis au lycée, toujours collées ensemble. On avait une devise fétiche : même loin des yeux, toujours près du cœur.

Elle a un sourire nostalgique.

– On faisait absolument tout ensemble. Comme nous étions toutes les deux surdouées, on a sauté plusieurs classes, les mêmes, pour être précise. Quand on a eu quinze ans, en 2072, on est entrées dans la même fac. On a choisi des orientations différentes, mais on est restées soudées, comme si ce changement n'avait aucune incidence sur nous. Tu as commencé à étudier l'architecture navale et moi, la programmation. Nous nous retrouvions dès que nous le pouvions pour déjeuner et, même si nous nous étions fait de nouveaux amis en cours, on ne s'est pas éloignées l'une de l'autre.

Elle se tait une minute pour rassembler ses idées.

– Cinq ans après être entrées à l'université, nos bons résultats ont fait parler de nous. J'étais un génie de la programmation et de l'informatique, tandis que toi, tu excellais dans les dessins de plans tous plus incroyables les uns que les autres. Un jeune entrepreneur indépendant nous a contactées et nous a proposé de discuter autour d'un café. Comme on était curieuses, on a accepté. Il s'est avéré que cet homme s'appelait Jack Williams et qu'il avait un projet un peu fou, auquel on a immédiatement adhéré. Il nous a proposé un poste tout de suite après la fin de nos études et on a signé le contrat les yeux fermés. On était tellement excitées à l'idée de participer à cette construction qu'on a redoublé d'efforts et qu'on est devenues encore meilleures qu'auparavant. Jack venait souvent nous voir, nous demander des nouvelles en personne. D'abord, on a trouvé ça étrange, puis on s'est vite rendu compte qu'il était tombé amoureux de l'une de nous deux.

Elle lance une œillade au capitaine, qui la couve du regard.

– De deux, on est passés à trois. Jack passait tout son temps libre avec nous. On était devenus inséparables, les trois mousquetaires, le trio infernal. Jack et toi étiez très amis et moi, j'étais tellement amoureuse que j'avais du mal à me concentrer. On est sorties de l'université l'année suivante, notre diplôme en poche et un travail à la clé. On a commencé à travailler sur les plans et le réseau de l'*Artémis*.

Je cligne des yeux, surprise.

– Jack était un riche héritier qui avait décidé de laisser tomber l'entreprise familiale et de se lancer dans quelque chose de totalement différent. C'était un visionnaire. On a envoyé le matériel nécessaire dans l'espace et, quatre ans de travaux et de recherches plus tard, on a entamé la construction du vaisseau.

Elle me sourit.

– Tu as créé une merveille, Noria. Bien sûr, tu n'étais pas la seule architecte à travailler sur les plans de l'*Artémis*, mais tu étais de loin la plus douée et Jack t'avait nommée à la tête de ton équipe, comme il m'avait nommée à la tête de la mienne. L'*Artémis* a été conçu à l'origine pour être un vaisseau de croisière. Il était prévu qu'il voyage à travers notre système solaire durant quelques semaines grâce à un mécanisme de propulsion révolutionnaire. Il est devenu le premier vaisseau à pouvoir en faire le tour en moins de deux ans. Le monde entier surveillait le projet et la liste des précommandes s'étirait sur plusieurs années. Si nous avions su que nous ne l'utiliserions que quelques semaines en tout, Jack ne t'aurait pas demandé de le penser de cette façon. Tu l'aurais certainement dessiné à la manière d'un paquebot. Mais j'y reviendrai plus tard. Un jour, tu es venue me voir et tu m'as demandé de te créer ta propre intelligence artificielle. Tu voulais un assistant pour qu'il t'aide à noter tous tes oublis et prenne des notes à ta place. Comme je voulais te faire un cadeau depuis longtemps, j'ai profité de cette occasion pour travailler d'arrache-pied sur cette IA, qui restera ma plus belle réussite. Au bout de quelques mois, je l'ai activée et mise à ton service. Tu l'as baptisée Alan. Quand je t'ai demandé pourquoi, tu as simplement déclaré que tu trouvais ce nom drôle et classe à la fois et qu'il convenait très bien à l'interface. J'avais déjà créé Serena, et elle répondait parfaitement à mes besoins, mais Alan… il était différent. Je ne sais toujours pas quel code a défini son tempérament libre. Je ne crois pas qu'il était aussi ouvert, au début, mais vous avez tissé une relation fusionnelle, tous les deux. Et il s'est épanoui. Il apprenait et il évoluait tout seul. C'était une première dans toute l'histoire de la robotique et des intelligences artificielles.

Je souris faiblement et serre mon sac contenant mon smartfilm contre moi.

– Un an plus tard, en 2079, on est sortis tous les trois pour fêter le premier anniversaire de la construction. On est allés dans un pub et tu t'es levée pour commander. Comme tu ne revenais pas au bout de dix minutes, je suis allée voir si tout allait bien. Tu étais accoudée au bar, en pleine discussion avec un homme que je ne connaissais pas. Tu semblais charmée et lui avait l'air charmant. Tu nous as présentés. Il s'appelait Adam Claret et il avait insisté pour payer nos boissons. Comme je trouvais le geste sympathique et que j'avais surtout remarqué le regard qu'il posait sur toi, j'ai décidé de l'inviter à notre table.

Elle secoue la tête et une larme coule sur sa joue.

– Même si je sais pertinemment que ça n'aurait rien changé, je regretterai ce geste toute ma vie. On a parlé le reste de la soirée. Il nous a appris qu'il était inspecteur de police. Je le trouvais gentil. Une semaine plus tard, tu nous as annoncé que vous étiez en couple et que tu allais emménager chez lui. C'est vrai que je trouvais que ça allait un peu vite, mais je me suis dit que tu avais aussi le droit de rencontrer l'amour, comme moi.

Elle se tait quelques instants, les yeux perdus dans le vague.

– Ça a commencé quelques mois plus tard. Tu as d'abord changé d'attitude, du tout au tout. Tu n'étais pas quelqu'un de particulièrement extraverti, mais là, tu t'es refermée sur toi-même comme une huître. Petit à petit, tu t'es éloignée de nous et tu t'es faite de plus en plus discrète au travail. Tu ne nous suivais plus dans nos virées habituelles. Trois mois plus tard, je suis venue chez vous à l'improviste et tu as refusé de m'ouvrir. J'ai insisté et tu as finalement déverrouillé la porte. Quand j'ai vu ton profil, j'ai cru faire une syncope. Tu avais le côté droit du visage recouvert d'un hématome. Tu semblais effrayée, tu me dévisageais comme si j'étais une menace. Tu m'as assuré que c'était un accident, que vous aviez percuté une voiture deux jours plus tôt et que, même si le véhicule d'Adam était fichu, vous n'aviez pas eu de séquelles particulières, mis à part ce bleu énorme sur ton visage. J'étais moyennement convaincue, alors je suis allée voir dans l'allée quand tu as refermé la porte. La voiture d'Adam n'était pas là, j'en ai déduit que tu disais la vérité et je suis partie. J'étais triste et déçue que tu ne m'aies même pas tenue au courant, mais j'ai pensé que tu traversais une mauvaise passe. Une semaine plus tard, on a organisé des vacances au Canada, Jack et moi. On a décidé de vous emmener avec nous. C'était censé être une virée entre couples qu'on mettrait à profit pour apprendre à mieux connaître Adam.

Elle prend une gorgée d'eau et j'en profite pour ravaler la boule qui s'est installée dans ma gorge.

– On a… on a réussi à vous convaincre et on est partis. C'est lors de ces vacances que j'ai compris ce qui se passait réellement. Nous avions pris une chambre d'hôtel chacun. Adam me paraissait bizarre. Il était possessif avec toi, piquait une crise dès que tu me parlais ou qu'on riait ensemble. Et toi, dès qu'il te faisait une remarque, tu obéissais instantanément. Il était jaloux – excessivement jaloux – et voulait toujours tout faire avec toi, sans jamais te laisser le temps de respirer.

Elle porte une main à sa bouche pour étouffer ses sanglots.

– Un soir, le lendemain de la visite des chutes du Niagara, Jack et moi avons entendu un drôle de bruit dans votre chambre, qui était attenante à la nôtre. On est venus frapper à votre porte et c'est Adam qui a ouvert. Quand on lui a dit qu'on avait entendu quelque chose de bizarre, il a prétendu que tu avais glissé dans la salle de bains et que tu t'étais cognée.

Je vois ses poings se serrer de rage.

– C'est là que j'ai compris. Je l'ai poussé et je suis entrée dans votre chambre. Je crois qu'il ne s'attendait pas à ça parce qu'il n'a pas réagi tout de suite. Je t'ai trouvée dans le salon, allongée sur le sol, à moitié inconsciente. Quand Jack a vu ça, il s'est précipité sur toi et a vérifié que tu allais bien. Moi, j'étais folle de rage. Je me suis redressée et je me suis avancée vers Adam. Je lui ai ordonné de m'expliquer ce qu'il s'était passé et il a osé me sourire avec suffisance en rétorquant que ce n'était pas mes affaires. Je me suis tournée vers Jack et je lui ai demandé de te porter jusqu'à notre chambre. On allait boucler nos bagages et on reprendrait le premier avion vers Paris le lendemain, loin de cette ordure.

Killian éclate en sanglots et Jack prend le relais, comprenant qu'elle n'arrivera pas à m'en révéler davantage. C'est la première fois que j'entends sa voix. Ses intonations sont à la fois étranges et familières. J'ai subitement envie de le prendre dans mes bras.

– Il ne nous a pas laissés sortir. Il a déclaré que tu étais sa copine et que c'était à lui de décider de l'heure et du jour de votre départ. J'ai fini par te confier à Killian et j'ai exigé qu'il nous laisse passer. Comme il refusait, on en est venus aux mains et Adam a gagné. Je ne suis pas porté sur la violence mais, apparemment, lui en connaissait un rayon. Il m'a jeté sur le pas de la porte et Killian a bien été obligée de suivre.

– On est immédiatement allés voir la police locale, reprend Killy, qui s'est un peu calmée. Deux officiers canadiens nous ont suivis et, quand on a toqué à votre porte, c'est toi qui as ouvert. Tu avais l'œil boursouflé, mais tu souriais. Quelqu'un qui ne te connaissait pas aurait pu penser que tout allait bien, mais je savais lire dans tes yeux et ils me hurlaient que tu étais en danger. Tu as expliqué aux agents que tu étais tombée dans la salle de bains. Quand Adam est arrivé, il a souri et a tapé dans la main d'un des hommes. Apparemment, ils se connaissaient et ne s'étaient pas vus depuis un moment. J'ai cru vomir quand il les a invités à entrer pour « boire un coup ». Ils ont refusé, étant en service et, quand Adam a refermé la porte, il m'a adressé un clin d'œil narquois. Les policiers nous ont presque engueulés de les avoir fait déplacer pour rien. On a eu beau protester, ils sont repartis sans même avoir inspecté la chambre.

Elle écarte les mains, les yeux brillants.

– Je ne savais pas quoi faire ! Je te voyais dépérir, te flétrir, et j'étais complètement impuissante. Je savais que ce taré te tapait dessus quand il était en colère. S'en prendre à toi ! Ma meilleure amie, cette femme géniale aussi douce qu'un agneau. J'avais envie de défoncer la porte de la chambre d'hôtel et de le tuer de mes propres mains. Mais Jack m'a conseillé d'attendre que vous reveniez en France pour agir et il avait raison. On est repartis le lendemain et vous êtes rentrés à la date prévue. J'avais tellement peur, Noria. J'ai passé les pires journées de ma vie. Tu étais plus qu'une amie, plus qu'une sœur, tu étais un élément essentiel à mon univers, et je craignais par-dessus tout qu'il finisse par te tuer. J'étais persuadée qu'il en était capable. Je ne me trompais pas.

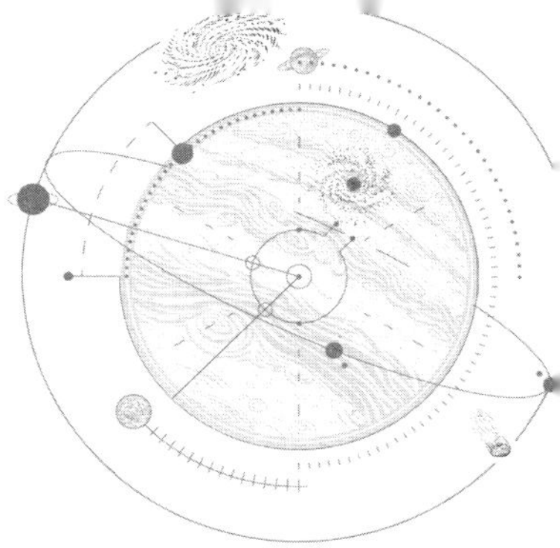

37

Une infirmière nous interrompt à ce moment-là pour vérifier les fonctions vitales de Killian et j'en profite pour me lever et aller prendre un café à une machine. Je passe mon poignet devant le panneau tactile, ce qui devrait lancer le processus, mais j'esquisse le mauvais geste et j'ai les yeux troublés par les larmes.

– Attends, laisse-moi faire.

Je me retourne, la bouche ouverte, et découvre Sam derrière moi. J'essuie rapidement les traînées salées sur mes joues et il passe souplement son poignet sur le lecteur, qui le gratifie d'un « bip ». Il me laisse appuyer sur la touche de la boisson de mon choix.

– Je suis désolé. Pour tout ce que tu as dû endurer.

Je regarde le liquide foncé couler dans le gobelet en carton.

– Moi aussi. Je suis désolée, mais pas pour les mêmes raisons. Je suis désolée de t'avoir accusé de choses que tu n'avais pas commises et surtout de ne pas t'avoir accordé ma confiance.

– Ce n'était pas ta faute ! Murphy… je veux dire, Adam te manipulait. Il s'est joué de toi comme il s'est joué de moi. Tu n'as rien à te reprocher. C'est fini maintenant, plus personne ne te fera de mal.

Je prends mon café et lui souris.

– Je crois que tu te trompes, mais c'est la vie et on n'y peut rien. Tout ce que je veux, c'est avoir toutes les cartes en main.

J'hésite un instant, mais finis par poser sur lui un regard interrogateur.

– Tu avais vraiment un frère jumeau ?

Les joues de Sam passent du rose au rouge écarlate. Il ouvre la bouche, la referme, puis s'adosse contre le mur en émettant un soupir à fendre l'âme.

– Malheureusement oui. Il est une des raisons qui m'ont poussé à entrer dans le corps médical. Je voulais trouver un remède contre son trouble. Il était atteint d'une forme grave de schizophrénie et, même à notre époque, ça ne se guérissait pas. Je voulais être le premier à trouver le moyen d'en venir à bout. Je n'en ai pas eu le temps… Mon frère… Jean… il s'est échappé de l'hôpital psychiatrique dans lequel il résidait. Il a tué deux jeunes femmes dans la rue. Après ça, il a été incarcéré dans une prison pour malades mentaux. Il s'est pendu dans sa cellule quelques mois plus tard. C'était certainement mieux ainsi.

J'avale ma salive, mais elle reste coincée au fond de mon palais. Mon cœur saigne pour Sam. Je ne sais pas ce qui me cause le plus de peine : qu'il ait honte de parler de son frère, ou qu'il ait honte de le regretter.

Je presse doucement son bras, pour l'inciter à me regarder.

– Je crois qu'on peut affirmer que tu as fait tout ce que tu pouvais. C'est le principal. Et… c'est cela que j'apprécie chez toi. Tu as… tu as de la volonté.

Il approuve et je rougis à mon tour. Il semble hésiter à poursuivre.

– Est-ce que tu crois que… qu'un jour, quand tu iras mieux, tu accepteras d'aller dîner avec un pauvre docteur un peu stupide et maladroit ? Histoire d'apprendre à se connaître autrement qu'en commettant des délits ?

Je ris malgré moi.

– Mademoiselle Simon ?

Je me retourne. C'est l'infirmière qui m'appelle pour m'informer qu'elle a terminé. Je lui fais signe que j'arrive et me reconcentre sur Sam qui attend ma réponse.

– Je ne sais pas si je suis prête à entamer une relation. Je tiens à toi, c'est indéniable. Mais… j'ai tellement peur. Je ne sais même pas si je serai à nouveau capable de faire confiance à quelqu'un.

Il hoche la tête une nouvelle fois.

– Je comprends. Je saurai me montrer patient. J'attendrai le temps qu'il faudra, que ce soit pour avoir un oui ou un non. Veux-tu que je t'accompagne à nouveau dans la chambre ?

– S'il te plaît, oui, je lui réponds en souriant.

Nous rejoignons Killian et Jack et je reprends place sur mon fauteuil, ma tasse de café entre les mains. Ma meilleure amie regarde la boisson, les yeux brillants.

– Tu as toujours adoré le café. Sans sucre, sans lait, sans chocolat. Juste cet immonde liquide amer.

Elle rit, même si ça ressemble fortement à un sanglot. Je pose une main sur la sienne et lui lance un regard encourageant.

– Killy ? Que s'est-il passé quand nous sommes rentrés du Canada, Adam et moi ?

Elle s'essuie le nez.

– Jack voulait qu'on attende encore un peu avant de passer à l'action. Mais moi, je savais qu'il n'y avait plus une minute à perdre. Alors, le lendemain de votre retour, je suis venue chez vous et j'ai profité de l'absence d'Adam pour venir frapper à ta porte. Tu m'as ouvert avec un air si fatigué, si las que j'en ai pleuré. Je t'ai ordonné de prendre tes papiers et ton sac à main. On allait directement à la police porter plainte. Tu m'as alors avoué que c'était inutile, que tu avais déjà essayé quelques semaines plus tôt de le dénoncer. Personne ne t'avait prise au sérieux, car Adam avait des amis partout qui ne le pensaient pas capable de s'en prendre à une mouche. Ils ne te l'avaient pas dit ainsi, mais ta déposition n'avait jamais eu de suite. Adam avait appris que tu étais allée porter plainte et il t'avait tabassée pour te punir. D'où l'énorme hématome que tu avais sur le visage le jour où vous aviez soi-disant eu un accident de voiture. J'ai quand même réussi à te convaincre de venir chez nous et, après avoir rassemblé quelques affaires à toi, on est parties.

Elle s'interrompt pour secouer la tête.

– Je pensais que tu étais en sécurité avec moi. Je pensais qu'il ne pourrait pas t'atteindre tant que nous serions ensemble. Le lendemain soir, nous sommes allés au cinéma tous les trois. Je voulais que tu voies un film de science-fiction que j'avais bien aimé, intitulé *La Sphère*, même s'il n'était pas forcément très bien fait. J'avais envie de te changer les idées, de te retrouver. Au bout de vingt minutes de film, au moment où l'héroïne est cryogénisée, tu as voulu aller aux toilettes. Je me suis levée avec toi pour t'accompagner et… et alors que nous allions vers les cabines, Adam est apparu de nulle part. Il t'a attrapée par les cheveux et il a commencé à te traîner vers la sortie. Moi, j'ai essayé de te défendre, mais il m'a donné un coup de poing dans la tempe et j'ai perdu connaissance. Quand je suis revenue à moi, Jack et plusieurs autres personnes essayaient de me ranimer. Mais toi, tu n'étais plus là.

Elle secoue la tête, en pleurs.

– On ne t'a retrouvée que dix heures plus tard, par le plus grand des hasards, dans une forêt. C'est le chien d'un chasseur qui a senti ton odeur. Quand je suis arrivée à l'hôpital, complètement paniquée, le chirurgien m'a annoncé que les blessures que tu avais reçues étaient trop graves pour que tu survives. Il m'a indiqué que tu avais d'innombrables os brisés, et qu'une de tes côtes avait perforé ton poumon droit. Tu avais une commotion cérébrale et ton cerveau n'émettait plus que de faibles ondes. Il m'a informée qu'ils allaient te débrancher dès que je t'aurais fait mes adieux.

Je sens mes yeux me piquer, mais je refoule mes larmes et essaie de rester concentrée.

– Je… je lui ai dit que c'était impossible, qu'il y avait forcément un moyen de te sauver. Il a réfléchi, m'a révélé qu'il y avait peut-être un moyen, effectivement, mais que c'était très onéreux et encore expérimental. Je n'avais plus rien à perdre, Noria, alors je lui ai certifié que je paierai, quel qu'en soit le prix. J'ai signé une décharge, sachant que le traitement avait peu de chances de réussir et pouvait être potentiellement dangereux. Alors, après t'avoir « raccommodée » au mieux, on t'a placée en cuve d'hibernation. Le chirurgien m'a expliqué que la stase allait t'aider à guérir. Quand je lui ai demandé combien de temps ça prendrait, il m'a avoué que tu aurais besoin d'une soixantaine d'années pour être complètement remise. Je suis restée bête et j'ai alors compris une chose : je ne te reverrais jamais. Ça m'a anéantie, Noria. J'ai demandé au chirurgien d'effacer ta mémoire pour que tu ne te souviennes pas des sévices dont tu avais été victime, mais j'ai été assez égoïste pour lui demander de ne pas m'effacer moi. Je t'ai fait mes adieux et je suis partie.

Je retiens un frisson.

– Et Adam ?

Elle hausse les épaules.

– On ne l'a jamais retrouvé. Et puis, deux ans plus tard, la Grande Épidémie a anéanti la quasi-totalité de l'humanité, donc je ne me suis plus inquiétée à son sujet. À ce stade, l'*Artémis* était pratiquement achevé, il ne manquait plus qu'à trouver les fonds nécessaires à sa mise en service. Forcément, ce n'était plus vraiment la priorité quand on devait survivre dans un monde qui avait perdu les trois quarts de sa population. Nous devions remettre sur pied une société ébranlée. Nous nous disions qu'on aurait peut-être l'occasion de lancer notre magnifique projet plus tard. Cette occasion est arrivée cinq ans après ta mise en hibernation. Tu me manquais terriblement, mais j'avais poursuivi ma vie. Jack et moi étions heureux, nous avions parachevé notre œuvre. La Terre commençait doucement à se remettre de ses blessures quand on a découvert un énorme astéroïde de la taille de la France qui se dirigeait à toute vitesse vers notre planète. La collision était inévitable et allait détruire toute forme de vie. Il nous restait cinq mois pour mettre l'*Artémis* en service. On a engagé les membres de l'équipage dans la Nasa et on a fait monter à bord des individus susceptibles d'être utiles à construire une nouvelle société. Quinze mille personnes ont embarqué et, trois semaines avant que nous rejoignions le vaisseau, des astronomes nous ont avoué que, quelques années plus tôt, ils avaient découvert la présence d'une planète viable pour l'homme, à cinquante années-lumière de là. Nos plans, qui étaient jusque-là de voyager au hasard dans l'univers pour essayer de trouver une terre d'accueil, ont changé du tout au tout. On a mis les cuves d'hibernation en service. La technologie avait fait ses preuves et avait été améliorée, depuis le jour où on t'avait mise en sommeil, cinq ans plus tôt. Une fois que tous les hommes et les femmes sont montés à bord grâce aux milliers de capsules de décollage que nous avions conçues, on a endormi tout le monde.

– Et moi dans tout ça ?

Elle essaie de sourire.

– Je t'avais fait monter à bord dès que j'avais appris pour l'astéroïde. Et quand j'ai su que nous allions aussi devoir passer par la mise en hibernation, une partie de moi, que je croyais morte à jamais, a ressuscité. Je savais qu'il te restait presque soixante ans à dormir pour te remettre des blessures que ce psychopathe t'avait infligées, mais j'avais à nouveau l'espoir de te revoir. Il me faudrait juste attendre dix ans une fois que nous serions sur Tragos. J'étais si heureuse…

– Et Adam ? Comment s'est-il retrouvé à bord ?

C'est Jack qui me répond :

– Ça, c'est le grand mystère de l'histoire. On pense que, non content d'avoir remodelé son visage, il a également changé d'identité. Ce qui fait que, quand il s'est présenté avec son CV flambant neuf de commissaire, on ne l'a pas reconnu… On ne s'est doutés de rien.

– Ah ça non ! Vous lui avez même offert le poste de chef de la sécurité !

– On ne savait pas, Noria ! se justifie Killian. On était persuadés que cet homme était mort lors de la Grande Épidémie.

Je sens une profonde déception m'envahir. Je me tourne vers Killian.

– Tu savais qu'à mon réveil je ne me souviendrais de rien. Pourquoi m'as-tu laissée patauger dans l'ignorance ?

Pourquoi ne pas m'avoir expliqué tout de suite ce que j'avais subi ? Pourquoi mon dossier était-il inaccessible ? Et surtout, pourquoi l'accès à mes nouveaux résultats était-il impossible, même pour Sam ?

Elle se penche en avant, désolée.

– J'étais persuadée qu'à mon réveil tu serais encore endormie, Noria. Je pensais qu'il te resterait dix ans à dormir et que je pourrais mettre tout ce temps à profit pour réfléchir à ce que j'allais te dire. Mais lors de la séance de Régénération neuronale, on m'a expliqué qu'il y avait eu un dysfonctionnement avec ton sarcophage et que tu t'étais réveillée en même temps que nous. Avant que ce soit à ton tour de passer au RN, j'ai donné des instructions à l'équipe qui en avait la charge pour qu'elle ne te communique que le strict minimum en matière d'informations. Qu'elle stimule seulement certaines parties de ton cerveau pour que tu n'aies que les détails importants, comme ce que nous faisions ici, le but de notre mission, ce genre de choses. Je leur avais même demandé d'inclure de faux souvenirs, qui expliquaient le manque de connaissances que tu avais de la situation. Je n'y ai pas inclus Jack, ni aucune personne que tu avais connue, c'était trop compliqué, j'avais peur que tu comprennes. Le processus d'effacement que tu avais subi était irrémédiable, mais je ne voulais prendre aucun risque. Je voulais juste combler le vide que tu avais dans la tête, pour que tu ne te sentes pas perdue. J'avais besoin d'un sursis pour trouver les mots adéquats, pour t'expliquer. Seulement, la séance n'a pas marché. Mais comme tu avais l'air d'aller bien, je ne me suis pas inquiétée. Comment aurais-je pu savoir ? Et puis tu as commencé à avoir ces migraines et je me suis retrouvée partagée. J'avais une peur morbide de te raconter toute l'histoire alors j'ai programmé l'OC pour qu'il refuse l'accès à ton dossier à quiconque le demanderait, y compris à toi ou au docteur. Je… C'était juste une solution momentanée, je t'assure ! Simplement le temps que je trouve un moyen de t'expliquer la situation.

– Et Alan ? Et ma maison qui est différente des vôtres ?

Elle sourit tristement.

– Pour ta maison, c'est toi qui l'as dessinée à ton image, des années avant que nous embarquions dans le vaisseau. C'était trop compliqué de le faire pour tous les passagers, alors on a juste personnalisé nos pavillons à toutes les deux. Quand on les a construits, même si tu étais en hibernation et que je pensais que tu n'en profiterais jamais, je n'ai pas pu m'empêcher de bâtir le tien quand même et d'y installer Alan. Ah, Alan ! Il n'obéissait qu'à toi, comme sa programmation le lui demandait, mais il y avait quelque chose de plus… comme s'il s'était attaché à toi. Alors que les IA ne sont pas douées de sentiments. Quand… quand tu es rentrée chez toi, je l'ai contacté pour lui ordonner expressément de ne rien te raconter à propos d'Adam. Il n'a eu de cesse de me répéter qu'il n'obéissait pas aux ordres d'une autre personne que toi, mais quand il a entendu la panique dans ma voix, il a accepté de se taire le temps que je trouve la force de t'expliquer.

Je serre les mâchoires. Non seulement j'ai mal au crâne, mais en plus je suis déçue. Déçue qu'elle ait mis ma vie en danger pour ménager ses émotions.

– Où étais-tu ce soir-là, quand tu m'as laissée avec Sam pour les examens ? Que tu es soi-disant allée te reposer à la bulle d'observation ?

Elle rougit.

– Je… je suis allée à la direction, voir Jack. Je l'ai informé que le docteur allait voir tes résultats et que, si quelque chose clochait, ce que je refusais d'imaginer, il éveillerait un doute chez toi et je serais alors forcée de…

– … tout me raconter, je complète pour elle d'une voix blanche. Donc, tu as tout simplement refusé l'accès à Sam. Mais j'ai une dernière question pour toi, Killian : que se serait-il passé si j'avais eu un grave problème et que j'avais succombé à mes blessures, finalement ? Tout ça à cause de toi.

Elle devient livide et ne trouve rien à répondre. Je me masse les tempes et soupire en essayant de recouvrer mon calme. Je suis en colère, mais je pense que c'est principalement dû à la douleur lancinante qui ne me laisse aucun répit. Je dois me reposer avant de dire des choses que je regretterai.

– Merci de m'avoir révélé la vérité, Killy. Je vais aller me reposer, maintenant.

Sam se redresse et m'interpelle.

– Je trouve que c'est une bonne idée, mais avant toute chose, je vais te faire passer les examens dont tu as besoin. Je veux être sûr que tout va bien.

J'acquiesce et sors de la pièce en m'efforçant de sourire à ma meilleure amie. Au fond de moi, je sens que je lui ai déjà pardonné.

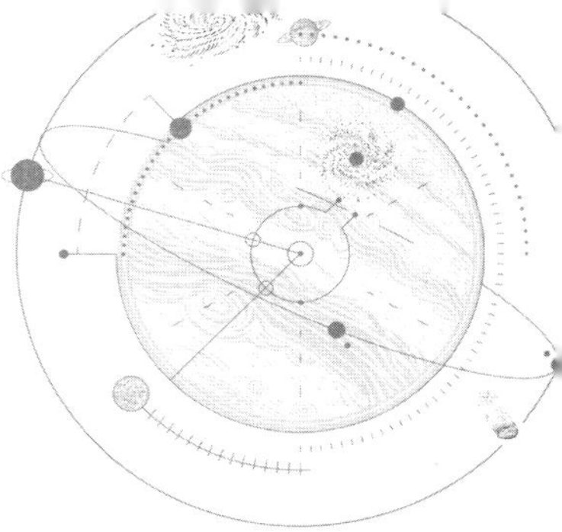

38

Sam me fait entrer dans une pièce assez spacieuse. Je le suis en silence, complètement chamboulée par les révélations que je viens d'entendre et par les douleurs que je ressens à présent dans tout le corps.

Le doc attrape son appareil à radio et me sourit.

– Cette fois-ci, les résultats seront instantanés. On va commencer par une radio de la tête. Puis je te ferai passer un encéphalogramme et un scanner.

J'acquiesce, trop heureuse d'être enfin sur le point de savoir ce qui se passe dans mon corps.

Sam m'invite à m'installer sur une chaise et me demande de fermer les yeux. Je le sens passer son appareil le long de mon visage, puis c'est le silence.

– Je peux les rouvrir ?

Il met une seconde de trop à me répondre.

– Oui, tu peux.

Je cligne des yeux et le dévisage. Il a l'air soucieux. Très soucieux.

– Noria… Tu… tu as de nombreuses fêlures de la boîte crânienne.

– C'est grave ?

– Disons que ce n'est pas insignifiant. Tu n'as pas de migraines. Ce sont ces fêlures qui provoquent des douleurs qui doivent être, si j'en crois ma radio, assez importantes. Je pense que ces cinquante ans n'étaient pas suffisants pour les guérir complètement. Maintenant, je vais te faire passer l'encéphalogramme.

Je me laisse manipuler pendant toute la batterie de tests. Son visage reste neutre tandis qu'il lit les résultats, mais je sais qu'il est inquiet. Une fois qu'il a fini, je hausse un sourcil.

– Alors ?

Il serre les dents.

– Presque tous les tests sont bons. Ta mâchoire s'est ressoudée correctement, même si je pense que le bleu qui est toujours apparent mettra du temps à se résorber. Les os de ton corps sont également en bonne santé. Les radios démontrent que tu n'as plus aucune fracture ni fêlure, mis à part sur ta boîte crânienne. Et ton poumon droit est toujours un peu abîmé.

Je lui fais les gros yeux, ne voyant pas où il veut en venir.

– Mais ?

– Mais, reprend-il avec prudence, le scanner cérébral a révélé sans grande surprise que tu es atteinte du syndrome d'Albert Caseville et que tu as une lésion importante au niveau du cerveau.

– Sam, arrête de tourner autour du pot et dis-moi franchement ce qu'il en est.

Il s'assied sur le lit.

– Tu te souviens quand tu insistais sur le fait que tous les hommes sur ce vaisseau étaient virtuels ?

– Oui. Et c'est dur de penser autrement puisque j'ai toujours l'impression de venir d'une autre réalité. Maintenant, je sais que j'ai pioché mes prétendus souvenirs dans les images d'un film de science-fiction.

– C'est cette lésion qui a induit ce phénomène. Ta mémoire étant vide, puisque Killian a fait effacer tes souvenirs, elle a provoqué une superposition mémorielle. On appelle cela le syndrome d'Albert Caseville. Cela survient assez régulièrement depuis que l'on a mis au point un moyen d'effacer les souvenirs. Mais tes hallucinations t'ont paru plus réelles et plus puissantes encore à cause de cette lésion. En fait, ton cerveau a conservé les dernières images non traumatiques qu'il souhaitait garder, en l'occurrence celles du film, et en a fait sa réalité. C'était un moyen pour lui d'atténuer la perturbation. La lésion a aggravé le tout. Elle touche également une zone essentielle à la motricité du corps, ce qui signifie qu'elle doit provoquer des tremblements incontrôlables. Elle est assez importante pour…

Il s'interrompt.

– Pour quoi, Sam ?

– Pour que ton pronostic vital soit engagé. Ta blessure s'aggrave au fur et à mesure que les heures s'écoulent. Elle va finir par provoquer une hémorragie cérébrale. Je suis désolé, Noria, mais si on ne te replonge pas immédiatement en stase, tu n'as plus que quelques jours à vivre.

Choquée, je baisse les yeux sur mes mains. Elles tremblent fortement – et ce n'est pas la première fois que je le remarque.

Je sens une larme glisser sur ma joue. Je suis trop épuisée pour être en colère, mais si j'en avais la force, je souhaiterais une seconde mort à l'homme à qui je dois mon état. Je me sens tellement lasse. Comme si j'étais une cause perdue depuis le début.

– Qu'est-ce que je vais faire ? je murmure, plus pour moi-même que pour lui.

Sam s'accroupit devant le lit pour être à ma hauteur et prend mes mains fébriles dans les siennes.

– Il faut que tu retournes dormir. La lésion est trop importante pour que tu puisses vivre avec. Il faut qu'elle ait le temps de guérir et, surtout, il ne faut pas que ton cerveau fonctionne pendant ce temps, pour ne pas aggraver la situation.

– Non ! Non, je ne peux pas retourner dans ce sarcophage. C'est… c'est au-dessus de mes forces.

Il me sourit avec bienveillance, mais je vois bien qu'il est triste.

– Pourtant, il le faut.

Je retiens mes sanglots. J'ai autant peur que je suis désespérée.

– Mais… mais et toi ? Et le dîner que tu m'as promis ?

J'ai l'impression que je suis prête à accorder ma confiance à quelqu'un d'autre, finalement.

– Tu vas m'oublier, tu vas refaire ta vie et, quand je me réveillerai… tu auras dix ans de plus !

Il semble surpris par mes états d'âme.

– Noria, s'il y a bien une chose que je peux te promettre, c'est de ne jamais t'oublier. Ce serait impossible pour moi. Tu as marqué mon existence au fer rouge, et ce genre de marque ne s'efface pas. Jamais.

J'ai du mal à voir à travers mes larmes.

– Pardon d'être aussi égoïste… mais j'ai vraiment peur de te laisser continuer ta vie pendant que moi, je dormirai… J'ai peur que tu rencontres quelqu'un. Je… c'est stupide, mais cette idée me terrifie. J'ai déjà tant perdu… Si je te perds aussi…

Je laisse tomber ma tête entre mes mains.

– Je ne sais pas ce que je deviendrai…

Sam me prend dans ses bras.

– Noria… je ne sais ce que nous réserve l'avenir. Mais je te promets d'être là au moment de ton réveil. Je te promets de veiller sur toi chaque jour qui passera. Et surtout, je te promets que tu ne seras jamais seule. Jamais. Noria, tu es la femme la plus forte que j'aie jamais rencontrée. Tu es capable de surmonter n'importe quelle épreuve. Alors, n'aie aucune crainte. Si quelqu'un est capable de se sortir des situations les plus terribles la tête haute et le sourire aux lèvres, c'est bien toi.

C'est étrange, mais ses paroles, qui pourtant ne sont pas une litanie de protestations et de promesses amoureuses transies, me réconfortent plus que tout. Je sais au fond de moi qu'il a raison. Je sais que je m'en sortirai.

Je m'écarte de lui et essuie mes larmes.

– Tu as raison. Quand dois-je être remise en stase ?

– Dès que possible, il n'y a plus une seconde à perdre. Je vais prévenir Killian et le capitaine que…

– Non ! je le coupe. Je… je préfère qu'elle ne soit pas là.

Une part de moi est encore en colère contre elle, mais ce n'est pas ce qui me freine. Je suis tout bonnement terrifiée à l'idée d'être séparée d'elle une nouvelle fois. Elle aussi va passer les dix prochaines années à vivre, comme si je ne faisais plus partie de son univers, pour reprendre ses mots. J'ai peur que la voir avant de m'endormir à nouveau soit trop dur. Trop difficile à supporter. Je préfère rester seule avec Sam.

Ce dernier acquiesce silencieusement et se lève.

– Je vais préparer ton sarcophage.

∞

Je regarde la cuve de verre avec appréhension. La dernière fois que je l'ai vue, j'étais attachée dedans et Adam était sur le point de m'assassiner.

Je me tourne vers le docteur, le ventre noué.

– Tu… tu es sûr que ça ne risque rien ? Je ne vais pas mourir noyée ou quelque chose dans le genre ?

Sam me sourit avec bienveillance.

– Ne t'inquiète pas, j'ai tout remis en ordre, tu ne risques rien. Tu vas être confortablement installée sur le dossier en gélatine et je vais t'administrer en tout premier les anesthésiques. Tu seras profondément endormie quand la température de la cuve commencera à baisser. Avant que je demande à l'ordinateur d'injecter l'hormone de mise en sommeil, avant même qu'il ne t'installe les intraveineuses, d'accord ?

Je déglutis, terrorisée. Je porte une combinaison adaptée à l'hibernation et mon sac est déposé sur le sol à mes pieds. C'est à ce moment que je pense à ce qu'il contient. Je me baisse en essayant d'ignorer mes vertiges et ma migraine, fouille à l'intérieur et en sors mon smartfilm. La gorge serrée, je contacte mon assistant personnel, que Killian a remis en service.

– Alan ?

– Oui, mademoiselle ?

– Je voulais te dire que tu as été le meilleur des assistants qu'on puisse imaginer. Tu as été plus que cela, même. Tu es mon ami. Alors, merci pour tout. Je ne peux pas prétendre que tu vas me manquer, puisque je serai endormie, mais ce qui est sûr, c'est qu'il me tarde déjà la fin de ces dix ans pour entendre à nouveau ta voix.

– Je vous remercie, mademoiselle. Je serai toujours à votre service, quoi qu'il en coûte.

– Appelle-moi Noria, imbécile. Et en parlant de service, j'en ai un à te demander.

– Je vous écoute, ma… Noria.

– Est-ce que tu accepterais de te mettre au service du Dr Samuel Laroche pendant mon absence ? Je suppose que ça vous arrangera tous les deux. Toi, tu ne tomberas pas dans l'inactivité et lui aura une aide supplémentaire et inestimable au quotidien. Qu'est-ce que tu en dis ?

– J'en dis que ce serait un honneur pour moi, Noria.

Je me tourne vers Sam qui me scrute avec une expression indéchiffrable et lui donne le smartfilm.

– Prends soin de lui, je murmure avec émotion.

– À vos ordres, répondent Alan et Sam en même temps, et je ne peux m'empêcher de m'esclaffer.

Je regarde cet homme qui ne me laisse décidément pas insensible et hésite un instant à lui ouvrir mon cœur. Je sais cependant que ce serait égoïste de ma part, que je dois garder tout cela pour moi… Pour l'instant. Je sais que ces mots qui flottent entre nous sont partagés, mais qu'ils doivent rester silencieux.

Je souris faiblement et tourne les talons, m'avançant vers le socle de ma cuve, les poings serrés pour empêcher mes mains de trembler.

Sam me rattrape par le poignet et, en moins de deux secondes, je me retrouve dans ses bras, ses lèvres posées sur les miennes. Mon cœur s'emballe alors qu'il emprisonne mes lèvres avec passion, ferveur, même. Je ne mets pas longtemps à lui rendre son étreinte. En quelques secondes, j'oublie ma douleur, ma peur, mon chagrin. Je suis submergée par des émotions tout aussi violentes, mais tellement merveilleuses. Et ces trois mots que je ne prononcerai pas, nous les partageons durant cet instant, collés l'un à l'autre. C'est à la fois le plus inattendu et le plus réconfortant des adieux.

Sam finit par s'écarter, juste assez pour nous permettre de reprendre notre respiration. Il ne veut pas s'éloigner plus, je le lis dans ses yeux. Moi aussi, je voudrais rester ainsi pour l'éternité. Il pose son front contre le mien.

– Je ne t'oublierai jamais.

Je le serre fort contre moi puis m'écarte. Je lâche sa main et vais m'installer sur le socle. Sam me sangle contre le dossier en gélatine, en me souriant avec espièglerie alors qu'il tire sur les liens pour vérifier leur solidité. Puis il se dirige vers la console de commandes sans me regarder et je sais qu'il est ému. Au moment où il s'apprête à enclencher la fermeture de la cuve et où mon cœur, déjà affolé, rate un battement, une voix féminine déchire le silence.

– Noria ! Noria, attends, je t'en prie !

Je me tourne pour voir Killian accourir vers moi, mais il est trop tard, le verre est remonté et je suis maintenant enfermée. Ma meilleure amie se jette sur le sarcophage en fondant en larmes, et c'est là que je me rends compte de ma bêtise. Pour moi, ce sera facile d'attendre dix ans, étant donné que je serai inconsciente. Mais Killian, elle, va les passer à regretter une myriade de choses. Ne pas m'avoir révélé la vérité. Ne pas m'avoir dit au revoir, ne pas m'avoir serrée une dernière fois dans ses bras.

Je me sens coupable, tellement coupable de lui faire subir cela, alors que je l'aime de tout mon cœur.

Je laisse donc mon amour parler. Je pose mes paumes sur les siennes, séparées par la vitre en verre, et lui adresse un sourire pour la réconforter. Puis, lentement pour qu'elle comprenne, alors que le gaz anesthésiant se répand dans mon cercueil, je murmure :

– Même loin des yeux, toujours près du cœur. Je t'aime, Killy. À dans dix ans.

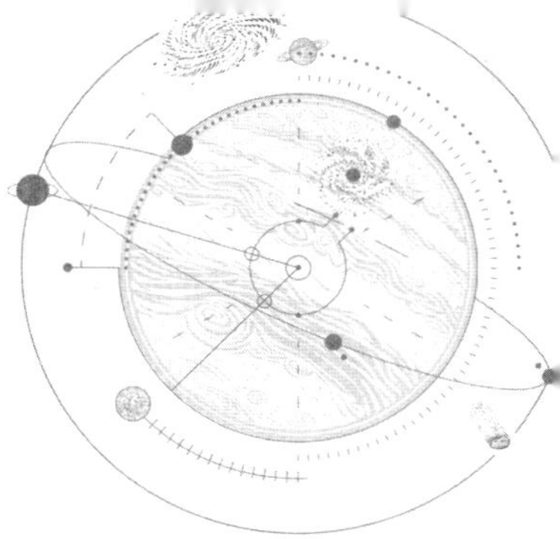

ÉPILOGUE

L'immense hangar est plongé dans l'obscurité. Il y a longtemps que plus personne n'a actionné l'interrupteur qui permet aux milliers de LED de baigner la salle d'une lumière blanche aveuglante. Les socles sont vides, inoccupés depuis des mois, presque une année. Plus personne ne les utilisera jamais.

Pourtant, au fond de cette immense pièce vide, se trouve un minuscule halo de lumière. Une cuve est en fonctionnement. Elle diffuse une douce lueur bleutée. À l'intérieur, flottant dans un liquide turquoise, on peut apercevoir une jeune femme endormie. Du moins, c'est ce qu'on pourrait croire, si on ne s'y attarde pas trop. Ses traits sont détendus, ses cheveux ondulent langoureusement autour de sa tête. Cependant, c'est dans un sommeil bien plus profond qu'elle est plongée. Elle hiberne. Elle ne se réveillera pas avant neuf ans.

Au pied du socle est assis un homme. Il porte une chemise de chanvre et un pantalon en toile. Son regard oscille entre l'occupante de la cuve et une photo, qu'il tient entre le pouce et l'index.

– Sam ?

Le docteur sursaute. La voix qui le hèle, il la connaît. Il se tourne et fronce les sourcils de désapprobation lorsque Killian apparaît au détour d'une cuve et marche dans sa direction d'un pas décidé.

– Killy ! Tu n'es pas censée être debout !

La nouvelle arrivante chasse sa remarque d'un geste de la main puis la pose sur son ventre arrondie. Elle le rejoint en quelques foulées et s'assoit à côté de lui en poussant un soupir de fatigue.

– Le bébé va bien, docteur Laroche, ne t'inquiète pas.

– Je sais qu'elle va bien, espèce de tête de mule, je t'ai auscultée hier, je te rappelle.

– Elle va même un peu trop bien, reprend Killian sans prêter attention à l'insulte. Si elle continue à me filer des coups de pied comme ça, je peux directement l'inscrire au club de foot, quand on en aura un.

Sam rit.

– N'empêche. J'ai reçu un rapport inquiétant, hier. La pesanteur sur Tragos engendre des difficultés que nous n'avions pas vu venir, en particulier en ce qui concerne les femmes enceintes. On a relevé plus de deux cents fausses couches rien que la semaine dernière sur notre secteur. On pense que c'est parce que la gravité est plus élevée. Tu dois te ménager.

– Sam. Elle va bien. Elle a tenu pendant presque sept mois, je ne pense pas qu'elle va se décrocher maintenant.

Sam n'insiste pas, vaincu.

– Où est Jack ?

– Il a une réunion avec le comité de direction du secteur. On prévoit de mettre en place les panneaux photovoltaïques avant la fin de l'année. Apparemment, tous les secteurs souhaitent que le courant soit mis en service en même temps.

– Pas de jaloux, complète Sam en hochant la tête. Ça va me manquer de cuisiner au feu de bois et de me laver avec l'eau de la rivière.

– Pas moi ! s'esclaffe Killian. J'ai toujours détesté l'eau froide. Noria, elle, aurait adoré l'expérience.

Un ange passe.

– Comment va-t-elle ? reprend Killian d'une voix douce.

– Ses constantes sont bonnes et la lésion au cerveau s'est encore résorbée. Au train où elle guérit, elle pourrait sortir de stase un peu plus tôt que prévu, même si je ne le conseille pas.

– Hmm. Moi non plus. Je veux qu'elle soit en pleine forme quand elle se réveillera.

Le silence s'installe à nouveau.

– Si tu savais ce qu'elle me manque…

Sam se tourne vers Killian. Une larme glisse sur la joue de la jeune femme, qui fixe sa meilleure amie. Si proche et si loin à la fois.

– Je sais, Killy. Elle me manque aussi.

– Tu n'es pas venu checker ses constantes, je me trompe ?

Killian se tourne vers Sam, qui fuit son regard.

– Je ne vois pas de quoi tu parles.

– Tu n'es pas heureux, Sam. Tu crois que je ne le vois pas ? Tu passes ton temps à travailler et le moindre instant de libre que tu as, tu le gâches en venant ici et en y restant des heures durant.

Sam se tend. Ses mâchoires se contractent.

– Je ne le gâche pas.

– Si. Tous les colons profitent de notre nouvelle planète. Ils construisent, ils réparent, mais ils s'amusent aussi. Il y a tant à découvrir, tant à apprendre… et toi tu restes coincé dans le passé.

Sam ne renchérit pas, il garde le silence plusieurs secondes, le regard fixé sur la photo entre ses doigts.

– Je ne suis pas coincé dans le passé, Killy, finit-il par murmurer. C'est le futur qui m'attend qui ne m'intéresse pas.

Killian se penche vers lui et examine le cliché. Un sourire étire un coin de ses lèvres.

– Vous vous ressembliez énormément, Jean et toi.

Sam a un rire sans joie.

– Oui. On avait quinze ans quand cette photo a été prise. Il allait bien, il prenait son traitement et il était stable. On était très proches, lui et moi.

Il caresse du bout de l'index le visage de son jumeau, qui fait le pitre.

– Quand il a tué ces deux filles, j'ai su que ma vie ne serait plus jamais la même, que mon monde venait de s'effondrer. J'étais tellement en colère. Tellement. En colère contre lui, mais surtout contre moi. Je n'avais pas été assez présent, je ne l'avais pas suffisamment surveillé. Je ne lui ai pas adressé la parole de tout le procès. J'ai refusé de le voir. Pourtant, il me réclamait. Il a été interné. Puis il s'est suicidé.

Sam déglutit et Killian pose une main sur son bras.

– Ce n'est pas ta faute.

– Peut-être, mais mes manquements me poursuivront jusqu'à la fin de mes jours.

– C'est pour ça que tu sembles aussi malheureux ? À cause des regrets ?

Sam lève les yeux vers Noria.

– Oui, mais pas ceux que tu crois.

Il prend quelques secondes pour rassembler ses pensées puis poursuit :

– Quand elle m'a fait part de ses peurs, de ce qu'elle croyait être la vérité, j'ai réagi exactement de la même façon que par le passé, avec mon frère. Je l'ai traitée de folle. J'ai affirmé qu'elle cherchait à pimenter son existence insipide. Tu imagines ? Quelle raclure !

Killian secoue la tête, perdue.

– Elle ne t'en a pas voulu, tu le sais bien.

– Et quand je l'ai remise en stase, poursuit-il sans écouter son amie, j'ai été lâche. Une demi-heure plus tôt, je l'invite à dîner et, quand elle décline mon invitation, je lui assure que je patienterai. Quand je comprends que nous allons être séparés pendant dix ans… je me dégonfle et ne lui avoue pas ce que je ressens. Je ne lui ai même pas promis que je l'attendrai. Encore une fois, je me suis défilé. Quel genre de trouillard fait ça ?

– Sam…

Il se tourne vers Killian.

– Je n'ai plus personne, Killy. Plus personne sur cette terre qui me donne envie de voir le futur avec optimisme. J'ai perdu mon frère. J'ai perdu toute ma famille. Puis je l'ai rencontrée, elle. Je croyais que jamais plus je n'éprouverais cela pour quelqu'un… et la voilà. Je passe mon temps à penser à elle, à tout ce que j'aimerais faire avec elle sur Tragos. Et… aux erreurs que je ne veux pas reproduire.

Killian l'observe un moment puis se relève en grimaçant.

– Dans ce cas, tu as près de quinze mille solutions à ta portée.

Elle balaye la salle du regard puis reporte son attention sur le docteur.

– Mais ça, je suppose que tu le sais déjà.

Sam ne répond rien. Killian lui presse l'épaule et s'éloigne d'un pas lourd. Une fois que ses pas se sont éteints, le docteur fixe une dernière fois le cliché avant de le fourrer dans sa poche. Il sort ensuite un smartfilm de sa chemise et fait glisser son doigt sur la surface. L'appareil s'illumine.

Tout à coup, tous les doutes le quittent. Jamais il n'a été aussi sûr de lui.

– Alan ?

– Oui, docteur Laroche ?

– Active et programme la cuve la plus proche de celle de Noria.

– Bien, docteur. Pour quand dois-je prévoir le réveil ?

Sam lève les yeux vers la femme qu'il aime et sourit.

– Un jour avant le sien. Je lui ai promis que je serai là pour l'accueillir.

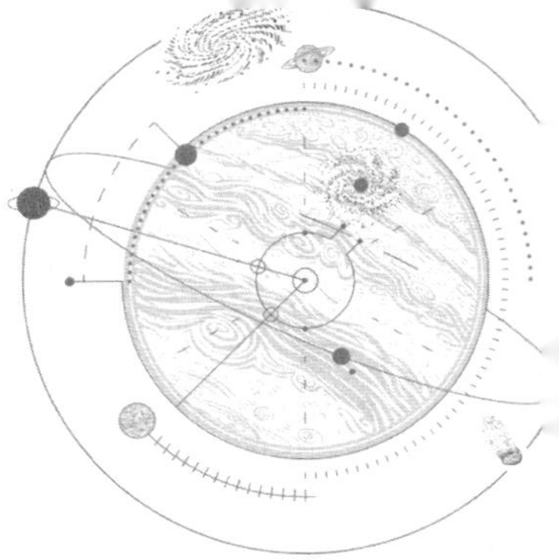

REMERCIEMENTS

J'ai commencé à écrire *La Sphère* il y a plusieurs années, quelque part entre le premier et le troisième tome des *Ailes d'Émeraude*. Un ou deux chapitres sont nés et ont aussitôt disparu dans un placard, dans l'attente de l'illumination. Et elle est venue, un an plus tard, soudaine, inexpliquée. J'ai terminé le manuscrit en moins d'un mois, prise d'une frénésie que je n'ai plus jamais ressentie depuis.

Ce roman ne s'est pas fait tout seul et bon nombre de mes amis, de mes connaissances et de gens extraordinaires m'ont aidée à en faire le livre que vous tenez entre les mains.

Tout d'abord, je ne surprendrai certainement personne en remerciant ma famille. Mes parents, toujours là, ma sœur chérie qui, quand elle lit mes textes, me donne un regain de motivation que personne ne peut égaler.

Je voudrais remercier tout particulièrement ma tante, Mélina, qui a tellement aimé *La Sphère* qu'elle en a parlé à tout son entourage. Je sais que de tous les romans que j'ai écrits, celui-ci est ton préféré ! Alors merci d'être toujours là. ☺

Merci à Soso, ma cousine, évidemment.

Merci à Ninon Amey, qui prend le temps de relire mes manuscrits et grâce à qui je rends un premier jet de plus en plus propre ! Mais tu n'es pas qu'une simple correctrice, tu es aussi mon amie !

Je tiens également à remercier les éditions Michel Lafon pour cette nouvelle édition absolument sublime et tout particulièrement Laurie Beck, ma directrice d'ouvrage, pour son écoute et sa gentillesse.

Et bien sûr, merci à mon mari qui, étant un féru de science-fiction, m'a fait le plus grand des honneurs en m'assurant qu'il avait beaucoup aimé *La Sphère*. Quel meilleur compliment pouvais-je recevoir ? Je t'aime de tout mon cœur.

Enfin, merci à toi, lecteur, qui a lu ce livre jusqu'au bout (du moins, je suppose, puisque tu en es aux remerciements. Sinon, attention *spoil* : tout le monde meurt…). Merci d'acheter ce livre et d'en parler autour de toi. Car n'oublie jamais que le plus beau cadeau qu'un lecteur puisse faire à son auteur, c'est de partager ses histoires.

Composition
PRESS·PROD

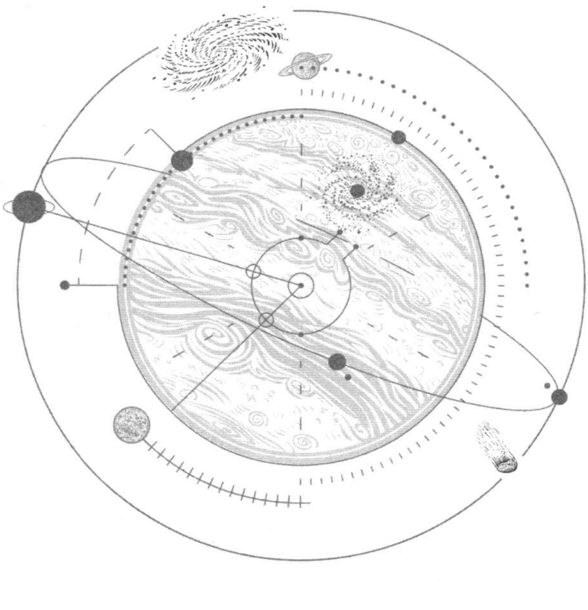

Achevé d'imprimer en Espagne
Dépôt légal : novembre 2023
ISBN : 978-2-7499-5579-7
LAF : 2942